JN324078

# 遥かなる水の音

村山由佳

集英社文庫

# 遥かなる水の音

†

〈お願いがあるんだ。僕が死んだら、その灰をサハラにまいてくれないかな〉

　そう僕が言った瞬間、緋沙姉《ひさねえ》とジャン＝クロードは二人してまったく同じ顔をした。ふだんは互いの存在を煙たがっているはずの彼らなのに、僕のことを想ってくれる気持ちは同じなんだなと思ったらつい口もとがゆるんでしまって、それを見たジャン＝クロードは、あんたこんなときによく笑えるわね、と文句を言いながら泣きだした。

　そんな彼を、僕は、ひどく哀《かな》しいような、でもやっぱり幸せなような、なんともいえない気持ちで見つめていた。あとほんの数年で五十に手の届く男が（なんていうと彼は怒るだろうけど）身をもむようにしてしくしくすすり泣いている姿は、それがいくらジャン＝クロードでもあまりみっともいいものではなかったけれど、いくつになっても乙女ぶり全開の彼を、僕はいつだってとても大事に思っていた。きっとこれは、普通の男がうんと年上の魅力的な女のひとに対して抱くのと同じ種類の感情なんじゃないかと思う。

〈ほら、もう泣かないでよ。すぐってわけじゃない。まだしばらくは先のことなんだから、ね〉

ジャン＝クロードの肩を抱きかかえて慰める僕から、緋沙姉がそっと視線をそらす。でも、その目にいつもみたいな困惑や非難の色がないことに、僕は気づいた。そこにあるのはただ、どこまでも純度の高い哀しみだけだった。

ノートルダム寺院の鐘の音が、高く低く重なりあって聞こえてくる。これから昼のミサが始まるんだろう。

街路樹がほとんど葉を落としたせいで、その日、アパルトマンから見る景色はやけにすっきりしていた。この街が一年のうちで最も美しく着飾る季節が、もうすぐそこまできているのだった。

遺灰を、サハラにまく。

ひとから見ればそんなのは、ただのナルシシズムにしか映らないかもしれない。

でも、どうしてだろう、何年も前にたった一度行ったことがあるだけなのに、以来僕はあの砂の海に魅せられてしまった。心臓の一部を結わえつけられてしまったような感じだった。サハラそのものと——そして、そこで出会った一人の〈青い種族《トゥアレグ》〉に。

今でも、夢にうつつに思いだす。濃い藍《あい》色に染め抜かれたターバンをぐるぐる巻きにした奥から、じっとあたりを窺《うかが》う眼の、黒々とした光、おそろしいほどの鋭さ。水色の丈長の衣服には襟ぐりや袖口に黄色の糸で縫いとりがほどこされていて、彼が身動きするたび、腰から革ベルトで吊《つ》りさげた三日月型の短剣がちらりとのぞいた。映画の衣装なんかではない。〈砂漠の青い貴族〉と異名《いみょう》を取る彼らトゥアレグ族の、それが伝統的な装束なのだ。

〈サハラって、たしか語源はアラビア語だよね。どういう意味?〉

僕が尋ねると、彼は、鼻から下を覆った青い布の奥からくぐもった声で答えた。

〈砂漠〉

これ以上はないほど簡潔な答えだった。

そう、思えばサハラは、僕が生まれ直したところだと言えるのかもしれない。ジャン＝クロードと初めて会ったのも、砂漠の入口でだった。

太陽と砂と風のほかに何もないあの場所では、生きものは死んでも腐ることさえ許されない。ただじりじりと陽《ひ》に灼《や》かれ、風に吹きさらされ、砂に削られて白い骨になり、やがては無に還《かえ》っていくだけだ。

命の連なりが、きれいさっぱり断ち切られる場所。

もしかしてあの場所でなら、こんな僕でもゆっくり眠れるんじゃないか。いや、この地球上に僕の魂が安らげる場所があるとしたら、あそこ以外にはないんじゃないか——。

〈それで、周《あまね》〉と、ようやく気を取りなおした緋沙姉が訊《き》いた。〈日本へは、いつ本当のこと知らせるの？〉

それはつまり、浩介《こうすけ》と結衣《ゆい》には、という意味だった。

できればすべてが終わるまで何も知らせないでほしい、と僕は言った。せめてあの二人には、元気だった頃の僕だけを覚えていてもらいたいから、と。

ジャン＝クロードがようやく泣きやんで、わかったわ、と言った。

〈あとのことは、ぼくたちにまかせて。ちゃんとみんなであんたを送ってって、一緒に砂漠の空にまいたげるから〉

そして、ポケットからハンカチを取りだして涙と洟《はな》をぬぐった。

〈あんたの遺灰、何に入れてってあげようかしらね。専用の壺《つぼ》なんかじゃ、気の利かない感じがするもんね。アマネ、あんた何かリクエストとかある？〉

〈ちょっとジャン＝クロード〉

緋沙姉が眉をひそめるのを無視して、彼は続けた。

〈ねえ、あれなんかどうかしら。あんたの好きな紅茶の缶——ほら、『マリアージュ・

フレール』の『エロス』。エロスよ、アマネ！　とびっきり素敵な夢が見られると思わない？〉

　僕は思わずふきだした。それこそこんなときでもいつもどおりの口をきいてくれるジャン＝クロードを、その瞬間とても愛《いと》しく思い、そうして彼をひとりで置いていくことを初めて心の底から申しわけなく思った。

〈なに言ってるんだよ。あのくさいお茶を気に入ってるのは、僕じゃなくてあなたのほうじゃないか〉

　そう言ってやると、ジャン＝クロードはしぶしぶながらも笑みを浮かべた。緋沙姉までが、涙を溜《た》めたまましょうがなさそうに笑ってくれた。

　目を閉じて、想像してみる。ほんとうはもう、そんなに先のことじゃない。黒い紅茶の空き缶におさまった僕の灰。ラベルは〈エロス〉。

　——いいね。
最高だ。

§ ――久遠緋沙子《くどうひさこ》

「フランスって国はね、ＥＵ諸国の中でも出生率がものすごく高いんですよ。でも、赤ちゃんの二人に一人は、結婚していないカップルの間に生まれてくるんです」

そんな話をすると、日本からパリにやって来た観光客の多くはびっくりする。

今でこそ彼らを案内する立場の私だが、はじめて聞いたときは何かの間違いだと思った。いくらフランスだからといって――大統領が愛人問題を「それがどうかした？」《エ・アロール》のひとことで流すような国だからといって、二人に一人が婚外子というのは大げさだろう、と。

けれど、この国では未婚の、というより非婚の男女が子どもを持つケースが少しもめずらしくない。若い世代であればなおさら、恋人同士の多くはまず同棲《どうせい》のかたちを選ぶ。

〈結婚？　してもしなくてもどっちでもいいけど、お互いまだ自由でいたいしね〉

誰に訊いても似たような答えが返ってくる。

〈先のことなんてわかりっこないんだもの。今さえ本当ならいいじゃない？〉

私の恋人であるアラン・ジルボーもまた、同じことを言うのだった。

〈ねえサコ、きみを愛しているということを証明するのに、どうして結婚という形が必要なんだか、僕にはわからないよ。結婚という名の契約をとりかわした瞬間に、僕らの関係は義務で長続きさせなければならないものに変わってしまう。それまではただ愛しい人のためにしていたことの一つひとつが、夫婦関係を保つためのノルマに変わってしまうんだ。そんなの、もったいないとは思わないかい？〉

アランとは三年ほど前に知り合い、去年からは彼のアパルトマンで一緒に暮らすようになった。

五つ年上の四十二歳、職業はビストロのオーナー。私が言うのも何だけれど、榛色《はしばみ》の目が印象的な、とてもフランス人らしい伊達男《だておとこ》だ。六年前にサン・シュルピス教会近くの静かな路地に開店した彼の店は、いつ行ってもテーブルの空きがないくらい流行《はや》っている。

〈わかるだろう、サコ〉

私のことを、アランはいつもそんなふうに呼ぶ。Hを発音しないフランス語では、「ヒサコ」という名は呼びにくいらしい。

〈僕らの関係に何か名前をつけるのが、そんなに大事なことかな。結婚なんて、はっきり言って『退屈』や『惰性』とほとんど同義語じゃないか。紙きれ一枚の上にあぐらをかいて、お互いへの思いやりがどんどん磨《す》り減っていくなんて残酷なこと、僕にはもう

二度と耐えられないよ〉

そう――アランには、離婚歴がある。別れた妻との間に、子どもも一人いる。フロランスという可愛《かわい》らしい名前の、七歳の女の子だ。

彼女は月に二度の週末、父親のアパルトマンに泊まりに来る。まだ小さいせいもあるのだろう、父親と一緒に暮らす私にも無邪気に懐《なつ》いていて、日曜日の夜になるとまだ帰りたくないと言って泣きだすこともあるほどだ。

ぐずる娘を元妻のもとへ送っていって戻ってくると、アランは私を抱きしめてキスすることを忘れなかった。

愛しいひと《マ・シェリ》……マ・シェリ・サコ。

彼の男らしい唇が耳もとに押しあてられ、その低くかすれた声が吐息とともに吹きこまれると、私はいつも足もとがおぼつかなくなる。パリに暮らして十年がたつ私の目から見てさえ、フランス男はただフランス男であるというだけで気障《きざ》なものだが、アランほど気障が板についていて、しかもそれが嫌味にならない人間を私はほかに知らなかった。

行きつけの店のオーナーと常連客として出会った当初は、彼のことをただの女たらしとしか思えず、友人としてうちとけるだけでも一年近くかかったものだが――いざ先入観を取り払って向きあってみると、アラン・ジルボーは意外なことに、裏表のない誠実な人間だった。〈男〉としても、〈父親〉としても、〈恋人〉としてもだ。問題があるとすればただ一つ。二度と〈夫〉になる気がないことだけだった。

〈人間ってのは、弱い生きものだろう？　いまは真実だと思っていることも、何年かたつうちには揺らいでしまうことがある。もちろんそうならないといいと思うし、そうならないための努力も必要だけど、その努力が強制されてするものだとしたら意味はないと僕は思うよ。自分で心からそうしたいと望んだことでなければね。ぬるま湯みたいな日常に慣れて、お互いに対して怠惰になってしまうより、ずっと恋人同士のままでいるほうがどんなに楽しくて刺激的だろう。僕が今、きみと暮らしてるのは、自分が心からそうしたいと望むからだ。きみだってそうだろう？　こうして、お互いの自由意思で一緒にいることこそが大事なんじゃないかな。なまじ契約なんてものを交わしていないぶん、二人で一緒にいるために、二人ともが幸せでいるために、今できる限りのことをしようって心から思える。そうじゃないかい？〉

ねえサコ、僕は何か間違ったことを言っているだろうか。

真摯《しんし》で穏やかな口調でそうささやかれてしまうと、私のほうも首を横にふるしかなくなる。反論のしようがなくなる。

けれど――もどかしさだけが変わらずに残るのだ。

ほんとうに私を愛してくれているのなら、なぜそんなに結婚という形を嫌がるの。してもしなくても二人の間にあるものが変わらないとまで言うのなら、なぜ一歩譲って、するほうを選んでくれないの。

まるで、最初からいつか駄目になることを前提に付き合っているみたいだ。そうでないとしたら、なぜ二人の間にある未来を信じようとしないのか。アランの言うところの紙切れ一枚で、私がどれほど安心し満たされるか、わからないわけではないだろうに……。

アランのような考え方がこの国では決してアラン一人のものでないことも、それをなかなか受け容《い》れられないのは自分が日本人的な考え方から自由になりきれていないせいだということも、頭ではわかっていながら、私は苦しかった。こんなに大事にしてもらって、それでも足りずに「契約」まで求める自分が浅ましいのだろうかと思いながらも、やっぱり苦しくて寂しくてたまらなかった。

＊

「でもね緋沙子、知ってる？　ここ最近みたいに『同居《コアビタシオン》』って呼ばれるようになるまでにだって、けっこう長くかかってるのよ。ひとむかし前までは、結婚しないで同棲してるカップルのことを『内縁関係《コンキユビナージュ》』なんて呼んでたんだから」

そう教えてくれたのは、大橋夏恵《おおはしなつえ》だった。同じ旅行代理店の直属の上司である彼女は、私にとっては大学時代からの先輩だ。

「でも、内縁関係っていうとほら、どっちかっていえば人目をはばかるニュアンスじゃない？　それに対して、最初は『自由な結びつき《ユニオン・リーブル》』なんて呼び方が生まれたわけ。こっちは、そうね、結婚っていうシステムそのものへの反発が匂う言葉よね。体制に対して喧嘩腰《けんかごし》っていうかさ。ま、そういうあれこれを経て、ようやくただの『同居』がここまで一般的になってきたってわけよ」

　要するに、どんな国でも年寄りの頭が固いのは変わらないってことよね、と先輩は言った。

　自分の性には合わない、というじつにシンプルな理由で日本を飛びだした夏恵先輩は、こちらで結婚し、離婚し、再婚もした。二度目の夫はユダヤ系のフランス人で、可愛い息子が二人生まれている。

「うちはまあ、ダンナがかなり保守的だから、結婚っていう形をとるのに何のためらいもなかったけどさ」

　まだ朝九時を過ぎたばかりで、所長は来ていなかった。もう一人の日本人スタッフは早朝からモン・サン・ミッシェルへの一日ツアーにガイドとして付き添っていったし、唯一フランス人であるジョルジュは空港に到着する客を出迎えに行っている。

　でも夏恵先輩には、人目のないところでは仕事の手を抜くといったような考え自体が頭にないらしい。私とおしゃべりを続ける間でさえ、目にもとまらぬ速さでキーボードに指を走らせている。みっしりと太い指がどうしてそんなに速く動くものか、コツを教えてもらいたいくらいだ。

「でもねえ、緋沙子。寂しいのはわからないじゃないけど、あなたんとこのアランが言う理屈だって、私なんかからすれば一理も二理もあるって感じよ。結婚してたってしてなくたって、続くものは続くし、駄目になるものは駄目になる。お互いに相手の気持ちを信じられるんならそれで充分、それ以上ほかの誰に向かって証明してみせる必要がある？　って、つまりはそう言いたいわけでしょ？」

「……まあ、そうだと思いますけど」

「筋は通ってるじゃない」

「……まあ、そうなんですけど」

煮えきらない私の返事に、夏恵先輩はあきらめたように肩をすくめた。

「好きにするのね。あんたがそうやって優柔不断なのは今に始まったことじゃないし。アランの側の態度が一貫してる以上、あとはあなた自身の問題でしょ。いやならさっさと別れる。それでも一緒にいたいなら結婚はあきらめる。どっちかよ」

「そう……ですよね。それもわかってるんですけど」

「弟さんの病気のこともあるんだしさ、あんたがそんな暗い顔してたんじゃ駄目でしょ。

今はとにかく、しゃんとしなさいよ」

「………」

「ほら、頼むから、考えこむなら仕事が終わってからにして。長野からのお客さんたち、ホテルに十時じゃなかった？　そろそろ出ないとまずいんじゃないの？」

「あ」

私は腰を浮かせた。

「ほうら、もう。あわてて忘れ物なんかしないでよ」

急いで客に渡す資料をそろえてバッグにほうりこみ、行ってきます、と事務所を飛びだす。街路樹の間から吹きつける秋風の冷たさに、黙って中へとって返して椅子の背にかけてあった焦げ茶のジャケットを手に取ると、夏恵先輩が、だから言わんこっちゃないとでも言いたげに片方の眉をあげた。

風に混じってパンの焼ける香ばしい匂いが漂ってきて、思わず深呼吸する。向かいの店の奥から、なじみの店主が笑顔で片手をあげた。

ここのバゲットは以前、周の大好物だった。一流のパティシエを志していただけあって、彼はおいしいものに目がなかった。

〈ちぎる時、チリチリって音がするのが、いいバゲットの条件なんだよ〉

ほら、ね、と言いながら満足そうに頬張っていた弟を思いだす。今ではもう、あんな硬いものをかじる力などどこにも残っていない。

けげんそうに首をかしげた店主に、私は微笑《ほほえ》み、手を振り返した。

ほんの少し歩くだけで、事務所前の路地はひろびろとした大通りにぶつかる。遠く右手のつきあたりには、青銅色をしたオペラ座《オペラ・ガルニエ》の大きなドーム屋根。左右対称に立つ黄金の天使像が、秋の日を受けてまぶしいほどに光り輝いている。

ブランドショップやスーパーマーケットの並ぶ大通りの片側を、正面にそびえるドームめざしてまっすぐに歩いていく。待ち合わせをしているホテルは、そのオペラ・ガルニエのちょうど裏手にあった。

二つ星の小さなホテルだけれど、部屋が広めで、リネン類が清潔で、朝食がついていて、なおかつそこそこおいしい。宿に多くの費用を割《さ》けないツアーを組む場合によく利用しているが、客からクレームがついたことはまだ一度もない。チェーン経営の大きなホテルに慣れた日本人は、かえってそういうプチホテルにこそパリらしさを感じてくれるらしい。

気持ちのいい季節だった。朝夕はだいぶ寒くなってきて、街路樹はもう色づきつつあるものの、昼間はまだコートが必要なほどではない。

そういえば、パリに越してきたのもこんな季節だった。東京の会社を辞めたのは初夏で、その前から夏恵先輩にこちらのアパルトマンを探してもらっていたのだが、条件に合うところがなかなか見つからず、結局しばらく日本で足踏みする羽目になったのだ。来た当初はまさか、こんなに長く住むことになろうだなんて想像もしていなかったのだけれど。

規模としては小さいながらも、日本人が経営する中では中堅と呼べる旅行代理店に、私は二十七の秋以来もう十年も籍を置いている。おもに日本からの観光客を相手に個人旅行をコーディネートし、通訳兼ガイドとして同行するのが仕事だ。

卒業してから日本の大手旅行会社に勤めたものの、待遇の問題に加えて新しい上司との折り合いの悪さにひどく悩んでいた私を、

〈いっそのことこっちへ来ちゃいなさいよ〉

と誘ってくれたのは夏恵先輩だった。自他ともに認める女傑の彼女とは、外語大の旅行サークルにいた頃からの付き合いだ。

〈ちょうどスタッフが一人辞めちゃって手が足りないのよ。即戦力が必要なの。あんただったら、こっちの名所案内くらいすぐにでもできそうじゃない〉

夏恵先輩はそう言って、半ば強引に私をくどいた。学生の頃、私が交換留学生として一年間パリに住んでいたことを覚えていたのだ。

決断するのに、そんなに長くはかからなかった。堅実で小心者で、趣味はしいて言えば貯金、と答えられるくらいの私には、子どもの頃のお年玉から貯《た》め続けた蓄えがあり、

加えて退職金も出たので、ふところ具合はそこそこ潤っていた。もちろん一生が保証される額には程遠かったけれど、銀行と証券会社に分けた口座を合わせれば、一年や二年働かずに海外をぶらぶらしても何とかなりそうではあった。

言葉は、まず問題ない。先輩のいる代理店で本当に雇ってもらえるなら、就労ビザだって得られる。万一就労ビザが駄目でも、語学なり美術なりの学校に入りさえすれば滞在許可証を出してもらえるはずだ……。

考えれば考えるほど、いっとき日本を脱出してパリに移住するという計画は悪くないように思えてきた。せっかく勤めた会社を辞めるだけでも、私にとっては相当に勇気の要《い》ることだったのだ。それを思いきって実行に移し、敷かれたレールを一旦はみ出してしまったからには、いっそのこともっともっと想像も及ばないような環境に自分自身を放りだしてみたいと思うようになった。それができるのはもう、今が最後のチャンスのような気がした。

日本を発《た》つ日、成田までわざわざ見送りに来てくれたのは、年の離れた弟の周だけだった。当時、彼は高校三年生——母親がまだ生きていた頃だ。

どんな時も穏やかな物言いをする弟は、そのときも、微笑みながらびっくりするようなことを言った。

〈僕も、たぶん後から追いかけていくことになると思うよ。じつはいま、パリの料理学

校の願書を取り寄せてるんだ〉

彼がパティシエを目指していることを聞かされたのは、その時が初めてだった。私と周の両親は、周が中学に上がった年に離婚している。直接の原因は、父の浮気だった。慰謝料を情け容赦なく取り立てた母親は、娘と息子の三人で一緒に暮らしたがっていたが、すでに就職が決まっていた私はその機会に独立することを選んだ。何かと神経質で、ふたことめには父の悪口を並べる母親と、もう一日たりとも同じ空気を吸っていたくなかった。

父が印刷会社を経営していたおかげで、私たちは金銭的な苦労からはまったく無縁に育ったけれど、私にとって、あの家での子ども時代にはいい思い出があまりない。なんだかいつも寂しかった。大好きだった父は留守がちで、母はといえば、私が合格確実と言われていた小学校の受験に失敗した頃からほとんどこちらをかえりみなくなり、十歳離れて周が生まれると、その愛情はすべて彼に向けられるようになっていった。

でも――最近になってふと思う。寂しかったのはもしかして、私だけではなかったのではないか。私が一人暮らしを始めてからも、周はときどきふらりと遊びに来ては、べつだん何を話すでもなく帰っていったものだけれど、あの頃の弟の気持ちを想像すると、私はいてもたってもいられなくなる。

周の身辺が一時期あんなにも乱れていたのは、彼が人とは異なる性的指向について、誰にも話せずに悩んでいたからなんじゃないか。私が弟ともっと早く腹を割った話ができていたなら、もしかして何もかもが今とは違う結果になっていたんじゃないか。今さらの話ではあるけれど、そんなふうに思えてならないのだ。

いま、周と一緒に暮らしているジャン＝クロードに対して、私がどうにも強く出られないのは、いよいよ容態が悪くなってきた周の世話をほとんど任せてしまっているからというだけではなくて、周の病気に対する後悔と後ろめたさのようなものがずっと尾を引いているせいだ。その気持ちを、あの小憎らしいオンナ男に打ち明けたことは、もちろん一度もないのだけれど。

＊

成田から昨日の夕方着いた二人の女性は、ともに二十歳《はたち》そこそこで、仲のいい幼なじみ同士という気楽な旅だった。

二人とも長野在住で、背が高くて髪の長いほうが〈吉野さん〉。低くて髪の短いほうが〈塩沢さん〉。まずは名前をきっちり頭にインプットする。

昨日はシャルル・ド・ゴール空港まで私が迎えにいき、ホテルのチェックインに付き添ったのだが、見るからにしっかり者の吉野さんが、「夕食は私たちだけでも大丈夫ですから」と言ったので、部屋まで荷物を運ぶのを手伝ってそのまま別れた。

あらためて打ち合わせの必要はないと思った。事前のメールのやりとりをもとに、あらかじめ旅行の内容を組み立て、スケジュール表もすでに二人のもとに送って了解を取ってあったからだ。

しかし、こうしていざホテルのすぐ外のカフェで向かい合ってみると、二人の本当の希望は、予定していたものとはずいぶん違っていた。

「すみません。昨日のうちにっていうか、メールの時点でもっとちゃんとお伝えしておけばよかったんですけど」

言いにくそうに、けれどはっきりとした口調でそう言ったのもやはり、髪の長い吉野さんのほうだった。手も足もモデルみたいにすんなりと伸びたきれいな女の子だ。

「観光名所とかをまわるのは最低限でいいですってお願いしてたでしょう？　あれ、できれば最低限じゃなくて、全部なくしちゃってもらえないでしょうか」

「全部？」

「はい」

「全部って、全部そっくり？」

「はい。今からじゃ、ダメですか？」

私たち二人とも、フラワー・コーディネートの勉強をしているんです、と吉野さんは言った。いつかは二人で花の店を持ちたいと考えていて、パリに来たのは「もっとセンスを磨くため」だという。

「初めての海外なのにどうしてパッケージ・ツアーにしなかったかっていうのも、つまりはそこなんです。ほかの人と一緒に行動しなきゃいけないとなると、自由時間が少なすぎて、私たちの本当に見たいものが見られないから。エッフェル塔や凱旋門《がいせんもん》なんかは、言っちゃ何ですけどどうでもよくって、それよりも街角の花屋さんとか、おしゃれな店構えのカフェとか、市場とか、蚤《のみ》の市《いち》とか……そういう、普段着のパリみたいなのをゆっくり見たいんです。この街に住んでる人と同じリズムで、あっちこっち歩けたらもうそれだけでいいっていうか、それこそが大事っていうか」

吉野さんがひと息にしゃべっている間、隣で塩沢さんのほうはおっとりと黙ったままだった。話す役目に関しては友だちに全権をゆだねているらしい。

自由時間を多く取ってほしいという話はたしかに最初から聞いていたけれど、それはあくまで最低限の観光名所を押さえた上での、合間の時間という意味だと思っていた。きっと彼女らは観光より買い物や食べ歩きがしたいのだろうと、そう思いこんでいたのだ。そういう客はちょくちょくいる。

でも今、ひととおりの話を聞いてよくわかった。たとえ名所見学をすべてなくして二人を自由に解き放ってやったとしても、この街に不案内で言葉もおぼつかない彼女たちだけでは、〈ほんとうに見たいもの〉を目にすることなどほとんどできないだろう。ならば、どうする？　どうすればいい？　話を聞きながら、頭のなかで、これまで予定していたスケジュール表のあちこちに×印をつけていく。

「了解しました」

と、やがて私は言った。

「最初に聞かせて下さってよかったです。せっかくいらしたんですもの、悔いの残らない旅にして頂かなくちゃ。心配しなくても大丈夫ですよ、エッフェル塔も凱旋門も、べつに見るのに予約が必要ってわけじゃないんですから、行かなくたって何の問題もありません。まあ、あちこち歩いているうちにはいやでも目に入りますしね」

ほっとしたように顔を見合わせる二人の前に、私は地図をひろげた。

「それじゃ、今日のところはまず、サン・ジェルマン・デ・プレのあたりを歩いてみましょうか。ほら、このあたりです。この界隈《かいわい》にはおしゃれな店が集まってるから、お二人の参考になるんじゃないかしら。パリでいちばん古い教会もありますし、すぐ近くのリュクサンブール公園ものすごく広くてきれいなところなんです。よかったら、どこかでバゲットのサンドイッチを買っていって、公園で日向《ひなた》ぼっこしながら食べても気持ちいいし」

「あ……それ素敵」

と、初めて塩沢さんが口をはさむ。雰囲気そのままの、のんびりとした口調だった。

「じゃあそうしましょうか。それから、明日の木曜日は、バスティーユの市場《マルシェ》が立つ日ですし、常設のマルシェを見たければそちらにも案内できますよ。いちばん大きなクリニャンクールの蚤の市は、土、日、月と開かれています。日曜日のパリは街なかのお店のほとんどが閉まってしまうから、その日を蚤の市にあててもいいですね。個人的にはヴァンヴの蚤の市もおすすめ。クリニャンクールよりずっと庶民的で、どちらかというとガラクタ市って感じですけれど、可愛いキッチン雑貨なんかもたくさんありますから、花をいけるのに面白そうなものが見つかるんじゃないかしら。それから、マレ地区にも素敵なお花屋さんやお店がたくさん集まってます。あそこなら、日曜日でも開いているところが多いし。そういえば、お二人はブランド品とかのお買い物に興味は？」

「全っ然、ないです。ね？」

と吉野さんが隣に目をやり、塩沢さんも当然のようにうなずく。

「了解」

と、私は笑って言った。

「だったら、とりあえず今日のところは、すぐそこからバスに乗っちゃいましょうか。メトロもいいですけど、お天気がいいから外が見えたほうが気持ちいいでしょう？　一週間乗り降り自由の定期券を買っておきましたから。このために、顔写真を送って頂いたんです」

はいどうぞ、とオレンジ色のパスケースをそれぞれに渡すと、二人はそろってつくづくと私を見た。混じりけのない尊敬がこめられたまなざしに、面映《おもは》ゆくなる。

「久遠さんて、すごい」と吉野さんが唸《うな》るように言った。「こんなに急に無理なお願いをしたのに、ちゃんとツボを押さえて下さるなんて」

「もしかして、パリの全部がまるごと頭に入っちゃってるんですか?」

と塩沢さんが言う。

「全部ってわけじゃないですけどね、もちろん」と私は微笑んだ。「でも、それが仕事ですから」


十年という歳月が、長いのか短いのかはよくわからない。

でも、パリの地図や情報がどれだけ頭に入っていようと、我が家の庭であるかのようにお客を案内できようと――何より肝腎《かんじん》な、そこに住む人々の心のありようを、私はまだよく理解できていない。

たとえば、そう、彼らについて箇条書きにすることならできる。

しょっちゅう抱き合って挨拶を交わす。

しょっちゅう文句ばかり言っている。

歩きながらパンをかじるのは平気。

人前でのキスももちろん平気。

若い女性が魅力的。でも年を重ねた女性はもっと魅力的。

犬を連れて歩くのが好き。でも犬の糞《ふん》は絶対片づけない。

新しいものに敏感。でも決してそれに惑わされない。

徹底的な個人主義。でも相手の美点はきちんと認めようとする。

愛を語るのに言葉を惜しまない。ただし喧嘩する時もそれは同じ。

エトセトラ、エトセトラ。

けれど、そんな断片をどれだけ並べてみたところで、もっと深いところにあるはずの核の部分にはどうしても手が届かない。それがわからなければ、おそらくアランの心に寄り添うことはできないのに。私には、それが歯がゆく、せつなかった。

いっそ、彼の言わんとすることを理解できなければよかったのにと思う。無茶苦茶なことを言う、とあきれてしまえたら、こんなに悩まなくても済んだはずだ。

夏恵先輩に指摘されたとおり、アランの論理には確かに筋が通っている。だからこそ厄介なのだ。反論することができない。理屈なんかではなく、こちらはただ「わかって」「受けとめて」ほしいだけなのに、それが通じない。

ため息が、白い息になってこぼれた。今夜はずいぶん冷える。

ジャケットの襟をかき合わせ、路地に面したビストロのひさしを見あげた。昼間見るとシックなアイリスブルーの天幕が、今は闇に沈み、そのぶん白い文字で書かれた店の名前が浮きあがって見える。

〈シェ・フロランス〉

ようやく出した店に、当時生まれたばかりだった娘の名をつけた時、アランは自分が数年後には妻と別れることになろうとは想像もしていなかったに違いない。そう考えると、彼の中にしこりのように凝《こご》っている結婚というものへの不信感が、なおさら哀しく思える。

ブロンズで鹿の角をかたどった取っ手を引いて店に入ると、いつもならすぐさま体を包む穏やかなざわめきはすでになく、かわりに静かに流れる音楽が耳に届いた。

給仕《ギャルソン》のミシェルが、下げてきたばかりの皿を手にぱっと微笑みかけてくる。まだ三十を過ぎたばかりなのに頭が薄くなりかけているのが気の毒だが、客あしらいのそつのなさと気働きにかけては超一級、とアランのお墨付きをもらっている男だ。

「こんばんは、サコ。めずらしいですね、こんなに遅く」

「ボンソワ、ミシェル。もう終わりかなと思ったけど、寄ってみたの。……いる？」

「はい、奥に。声かけときますよ。食事は？」

「済ませてきたわ。ありがとう」

ほんとうは、食欲がなくて何も食べていなかった。最近、弟に会ってきた晩はいつもこうだ。
「今日もショコラで？」
「いいのよ、気にしないで。まだお客さんもかまいませんって。まだお客さんもひと組残ってますしね」
「……お言葉に甘えて」

言いながら私が奥まった目立たない席を選んで腰をおろすと、ミシェルはからかうように目だけで優しく笑って厨房《ちゆうぼう》へ引っこんでいった。私がアランと〈同居〉していることは、スタッフみんなが知っている。だからこそ店ではかえって遠慮してしまう私に、ミシェルも、偏屈なシェフのセルジュも、とても良くしてくれているのだった。

壁に掛かった黒板に、本日のおすすめが書かれている。少しクセのあるミシェルの字が、かえって面白い味わいになっている。

野菜のブーケ、三種《ファルス》のソース添え。

花ズッキーニの詰め物、パプリカのマリネ添え。

ひめじのポワレ、鳩《はと》のミルフィーユ、羊肉のコンフィ……そして デザートは野生のリンゴのタルトか、あるいは木の実のキャラメリゼを散らせたパリブレスト。

一つひとつはシンプルながら、そのどれもが一度食べれば忘れられなくなる味であることを、私は自分の舌で思い知らされている。周も、ここのデザートにはいつも嬉《うれ》しそうに、時には悔しそうに唸っていた。

〈わたしはね、ひとつの皿の上に、十も二十もの違う味が見つかるような料理は好きじゃないんだよ〉

と、いつだったかセルジュは言っていた。三つ星レストランで修業を積んだこともある彼は、アランよりもかなり年上のベテランだが、二人はなぜか仲良しだった。親友といってもいいくらいに。

伝統的なフランス料理が複雑に絡みあう味の奥行きを楽しむものであるのに対して、セルジュの目指す料理はもっとずっと軽やかだ。コースをきっちりたいらげても、あとで胃がもたれたりしない。それでいて、ひと皿ひと皿の印象が鮮やかに記憶に残る。軽やかでありながら同時に充分なインパクトがあるのだ。

オーナーであるアラン自身も、仕入れ担当者として店の味に大きく貢献していた。もちろんそれも、セルジュとの確かな信頼関係あってのことだ。

目利きのオーナーが、日々自ら確かめながら仕入れてくる新鮮な食材や、秘密のツテで入手するとっておきのワイン。そして腕利きのシェフ。

これだけそろっていて、しかも良心的な値段の店が、流行らないほうが嘘《うそ》だと思う。

「お帰り」

ふり向いて見あげた私に、アランが長身を折って軽くキスをしてきた。

「お疲れさま」と私は言った。「……ん？　どうかした？」

「いや」向かいの椅子に腰をおろして、アランは言った。「なんだか疲れた顔をしてるなと思って」

「……」

「病院、行ってきたの？」

私は、うなずいた。

「どうだった？」

黙ったまま首を横にふる。

「そうか」

「……ごめんなさい」と私は言った。「こんな遅くに寄ったりして。先に帰ってればよかったんだけど、なんとなく顔が見たくなっちゃって」

「どうして謝るのさ。僕は嬉しいけどな」

「でもあなた、まだお仕事中でしょ？　どうぞごゆっくり。私のほうは読みたい本もあるし、ここで待たせてもらえればそれで」

「これ以上働かされたりしたら、カロウシしちゃうよ」そこだけ日本語で言って、アランはぐるりと目玉を回してみせた。「きみこそ、それ、ゆっくりお飲み。そしたら、一緒に帰ろう。後かたづけなんかセルジュとミシェルがやってくれるから」

「そんな……」

「いいって。いつも僕のことを邪魔者扱いしてるんだ。たまにはぷいっといなくなって、ありがたみをわからせてやらなくちゃ」

くすっと笑った私の手を、アランはテーブル越しにしっかりと握った。

「さ、飲んで。うちのショコラはパリじゅうのどのカフェのより美味《おい》しいって、アマネも言ってたろ?」

なぜだろう——そのひとことと一緒に、甘く立ちのぼるショコラの香りをかいだら、ぽろりと涙がこぼれてしまった。小さく謝り、指先でぬぐう。

首を横にふったアランが、握ったままでいた私の手を、励ますように二、三度やさしく叩《たた》いた。

†

緋沙姉が来てくれたのはわかっていた。

でも、いつ帰っていったかはわからなかった。

泣いていたような気がする。それともあれはジャン＝クロードだったのだろうか。はっきりしない。

残された時間はどんどん少なくなっている。僕にはそれが、砂時計の砂を眺めているかのように見てとれる。

夢とうつつの境界すらわからない、今のこのふわふわとした僕の想念と、心臓が鼓動をやめてからのそれは、いったいどんなふうに変わるのだろう。それとも、少しも変わらないのだろうか。

もしかして僕は、これから先ずっとこんな感じなのではないか。肉体は焼かれ、ただの白い骨と灰になってしまってもなお、あたりまえのように自分の想念を保つことができるんじゃないか。そうして今と同じようにふわふわと、愛する人たちのそばにとどまれるんじゃないか。

なんだか、そんな気がしてしょうがない。ちょうど、もっと意識がはっきりしていた頃の僕が、かつての生者の想念を——いま生きている人たちのまわりを撫《な》でるように漂う彼らの影を——ごく当たり前にそこに在るものとして感じ取れたのと同じように。

そう、僕はものごころついた頃からずっと、人に見えないものや聞こえないものにいちいち反応してしまう子どもだった。こんなことを言いだすとへんにオカルティックに響いてしまうかもしれないが、僕にとってはそれがふつうのことだったのだ。ざわめく葉ずれの音の中に、立ちのぼる朝靄《あさもや》の中に、高く透きとおる青空の中に、あるいは地を這《は》う小さな虫の体の中に……何だろう、神秘とも、超越ともつかない、何か大きな、巨《おお》きなものの存在が隠されているのを感じて、そのことにいちいちひれ伏したくなるほど打たれていた。

だが、感受性の鋭さも、行き過ぎれば一種の障害でしかなくなる。とくに子どもの頃などは興奮して眠れない夜が続き、さんざん母親の気を揉《も》ませた。

〈どうしてこの子はこんなふうなの。緋沙子の時はこんなことなかったのに〉

母はよく泣き顔でひとりごとをつぶやいていたが、僕のほうこそ不思議でたまらなかった。

どうしてみんな、あんなに無防備に眠れるのだろう。外の暗がりでうごめく何ものかの息づかいを、まるで感じていないのか？　漆黒を煮詰めたような闇の中、かつて生きていたものたちの、けれどもはや生きてはいないものたちの気配が、じわじわと充《み》ちては濃くなっていくのを、ほんとうに感じずにいられるものなのか？

でも、そういう類《たぐい》のことをうっかり口にすると、母はものすごい剣幕で僕を嘘つき呼ばわりした。頭がおかしいと思われるのがいやなら、そんなばかげたことを絶対に人前で話すなとも言われた。

もちろん僕だって、人と違っているのはあまり気分のいいものではないから、誰彼かまわずそういうことを打ち明けたりはしなかったし、話した相手は本当にごく少数だった。それでもそのほとんどが僕を信じようとはしなかった。

信じないことのほうが健全なのか、それとも逆なのか、僕にはわからない。ただ、気持ちはわかる。人は誰も、自分に見えないものを視《み》る者がいるなどとは信じたがらないものだ。なぜならそれは、自分が隅々まで知悉《ちしつ》しているつもりの世界が、じつはまったく別の顔を（しかも無数に）持っていることを認めるも同じだから。たとえて言うなら、自分の恋人に別の相手が（しかもたくさん）いたのを第三者から知らされるようなものだ。認めたくなくて当然だろう。

でも、その一方で、僕を丸ごと全部信じてくれた相手も少しはいた。

最初は緋沙姉だった。

〈ほんとのこと言うとね〉

と、緋沙姉は内緒話のように僕に打ち明けた。

〈私も子どもの頃はときどき、うっすら感じることがあったの。この世に、この世のものではない何かが混じっているのをね。ほんとにうっすらとでしかなかったけど、たしかに感じてた。だから、周にそういうのが視えたり聞こえたりしても、ちっとも不思議には思わないよ〉

あの言葉には、どれだけ救われたかしれない。

その次が、浩介と結衣だった。浩介のやつは少し考えた後で、俺には見えも聞こえもしないが、お前がそうだと言うならそうなんだろうと言い、結衣はまたいかにも結衣らしく、今度何か感じたら絶対その場で教えてほしいと言った。いやな感じのやつだったら、あたしが追っ払ってあげる。見えないあたしには怖くも何ともないもの、と。

最もあっけらかんとしていたのはジャン＝クロードだ。

〈要するに、あれでしょ。人よりアンテナの感度が良すぎるってだけでしょ〉

と彼はこともなげに言った。

〈だけどアマネ、視えるから聞こえるからって、何でもかんでもキャッチしてたら、そのうち神経が焼き切れちゃうわよ。あえて片目と片耳はふさいでおくくらいの練習をしておかなくちゃ駄目。自衛手段としてね〉

正直なところ、こんな能力は、持っていたからといって実生活の役には立たない。どこかの霊能者のように死者と交信できるとかならまだしも、僕の場合、森羅万象から発せられる意思とも言えない何かを、ただおぼろげに感じ取ることができるというだけで、こちらから何かを伝え返すことはできないのだ。

そもそも、相手には人格もない。擬人化すらできない。ただ、何か超越的なものとしてそこにあるだけ。僕にはただ、そこにある（いる）ということがわかるだけなのだ。

にもかかわらず――僕が、自分の遺灰をサハラにまいてほしいと言った一番の理由もまた、このよけいな力のせいなのだった。もしも骨や灰になった後まで、ほんとうに僕自身の想念が残っているとしたら……そしてそうなってもなお、同じ境遇にある他者の想念や気配をも感じ取ってしまうというのなら、僕は未来永劫《えいごう》、心安らかに休息することなどできないだろう。子どもの頃、なかなか眠れなかったのと同じように。

せめて死んだ後くらい、ひとりで静かに眠りたい――そう願うなら、過去の命の営みが、途切れることなく現在につながっているような場所では駄目なのだ。すべての命から隔絶された、砂漠のようなところでなければ。

＊

どうやら、また呻《うめ》き声をあげていたようだ。

金属質の物音に薄く目をあけると、白いマスクをした女性看護師が僕の手首をとり、目だけで微笑みかけてくれた。忘れな草みたいな色の瞳に、僕はちょっと幸せな気分になる。

とたんに、圧倒的な痛みが体を貫く。身をよじる僕の腕の内側を、看護師が手際よく拭き、針の先をそっと刺す。

彼女がはめたゴム手袋や、消毒薬の匂い。

体を覆う毛布のぬくもりと、少しごわごわとした感触。

そういったもののすべてが、もうすぐ僕から永久に喪《うしな》われる。針が腕から抜かれ、またコットンで拭かれた。小さく鋭い痛みと、腕の内側がすうすうする感じを、僕は愛《いと》おしみ、味わう。

こんな僕にもいやな顔ひとつ見せず優しくしてくれる彼女に、ありがとうと伝えたかったのに、唇が動かない。

薬がきいて楽になるのを、僕は、目を閉じて、ひたすら、待つ。

§　――ジャン＝クロード・パルスヴァル

母親の腹の中にいた時からゲイだった。

しかも、抱く側ではなく抱かれる側へと育ったぼくにとって、この世でいちばん怖《おそ》ろしいこと――それは、差別ではない。孤独でもない。〈老い〉だ。

年を重ねるとともに、人生の苦味と折り合いをつける術《すべ》は身についてきたが、反比例するかのように容色は衰えていく。たとえどれほどサロンに通って努力を重ねても、あるいは金に飽かせて顔や体を弄《いじ》ってみたとしても、時の流れは容赦がない。ホモとヘテロの如何《いかん》にかかわらず、男たちは常に若い子が好きなのだ。

ぼくにだって、何人かの恋人がいた。中には優しいひともいた。けれど生来の口の悪さが災いしてか、いつも最後には必ず相手を怒らせ、遠ざけてきてしまった。

若かった頃はまだいい。ヘテロのホモフォビアから、男のくせになよなよしているといった理由でどんなに攻撃されようと、ぼくは早いうちから開き直ってこういう自分を愛してやることができたから、いくらでも笑ってかわすことができた。恋人の前で多少傲慢《ごうまん》にふるまっても苦笑いで許されたし、別れたとしてもすぐに次が見つかった。

だが、もう、だめだ。美しい少年が女の子のドレスを着れば絵になるが、同じことを中年男がしても笑いものになるだけだ。それと同じように、今のぼくを、そしてこれからただ老いていくだけのぼくを、抱きしめようとしてくれる男はいない。おそらくこの先も現れない。

寂しさそのものより、その境遇の惨めさにぼくは傷ついた。こんなに醜《みにく》くなっても誰かを求めてしまう自分のいじましさに鳥肌が立った。

いっそ、まだしもきれいなうちに死んでしまおうかと思ったこともある。そういう考えは、暗く思いつめるかたちでやってくるのではなくて、たとえば素敵なワインに酔っぱらった翌朝、伸びかけたひげを剃《そ》ろうと鏡を覗《のぞ》きこんだ時なんかにふっと訪れた。まるで肩先に蝶《ちょう》がとまるようなさりげなさで訪れ、そうしてぼくを優しく地獄へつき落とした。流砂のような、緩慢な地獄へ。

その地獄からぼくを救ってくれたのが――アマネ・クドーだったのだ。

彼とは、サハラ砂漠の入口の町で、互いに旅行者として出会った。ぼくは一人で車とドライバーをチャーターしていたが、彼のほうはおもに路線バスとヒッチハイクで移動する貧乏旅行だった。

着ているものといえば上から下までほとんど黒ずくめの質素なものだったし、決してまわりから浮くほど目立っていたわけじゃない。けれどぼくは、一瞬で彼に目を奪われた。

砂丘が隆起して官能的な曲線を描く、その柔らかな剃刀《かみそり》みたいな稜線《りょうせん》にアマネが立つと、それだけで一幅《いっぷく》の絵のようだった。

赤い砂漠と、蒼《あお》い空と、黒いアマネ。

ほかに何ひとつ必要ないと思えてしまうほど美しい、完璧な取り合わせだった。

細くてしなやかな体つき。深い知性の宿るまなざしと、やんちゃな口もと。笑うと細かい皺《しわ》の寄る目尻。心地よく澄んだ声に、歌うような話し方。

彼がぼくと御同類で、これまたぼくと同じ受け身の側の人間だとわかっても、なぜか興味は尽きなかった。結局ぼくは、彼をその夜の食事に招待し、翌朝は自分の車に乗っていくよう誘い、やがてパリへ戻ると、まもなく一緒に暮らすようになったのだ。

いま、ベッドに横たわるアマネに、かつての美しさはない。頬はこけ、まぶたは落ちくぼみ、唇はひび割れてしまっている。

けれどぼくは、これまでにないほどアマネが愛《いと》おしかった。こんなに彼に近づけたのも、こんなに誰かから必要とされたのも、これが初めてのような気がした。

にじみ出る汗を拭いてやる。唇が動いたので耳を寄せると、アマネは小さな声でつぶやいた。

「……こわいよ」

胸が、詰まった。

「大丈夫。ぼくがついててあげる。その瞬間まで、決してひとりになんかしないから。ね？」

アマネは目を閉じたまま、静かに微笑んだ。

†

天は二物を与えずなんて言葉があるけれど、たとえ一物であれ人より過剰に与えられた人間は、同時に欠落をも抱えこまざるを得ない。僕の場合は決して望んで与えられたものではなかったし、あって嬉しいものでもなかったけれど、それでもやはりノルマを免《まぬが》れることはできなかった。

もう十年も前、パリに発《た》つ緋沙姉を見送ったあの日。成田から帰ってきたその足で、僕は新宿へ出かけていった。

今でもはっきり覚えている。高校三年の秋の、土曜日だった。翌週に模試が控えていたが、塾へ行く気になど到底なれなかった。

二丁目をうろうろしてみたことは前にも一度だけあったけれど、そういった類の店に入るのはそれが生まれて初めてだった。前のときは、店のドアに手をのばすのが怖くて逃げるように帰ってきてしまったのだ。怖いのは、そういう店に入ることそのものじゃなく、答えをはっきり知ってしまうことだった。

僕に課された欠落のノルマ。それは、どんなに努力しても、異性を好きになれないことだった。

気づいた時もつらかったが、認めるのはもっとつらかった。誰かを好きになることが、僕の場合はそのまま、自分を嫌いになることに直結していたのだ。同性を好きになればなるだけ、僕は自分自身を少しずつあきらめなくてはならなかった。好きな相手のことを大っぴらに話せる友人たちが羨《うらや》ましく、ねたましく、恨めしかった。その仲間に加わろうとすれば僕は、いちいち、「彼」を「彼女」と言い換えて話さなくてはならなかったから。

自分の性的指向を、素直に認めることなんてできなかった。それでなくとも人とは違う奇妙な感覚を持って生まれてきたのだ。せめてそれ以外のことではみんなと同じでいたい。いま自分の心と体の奥底で渦巻いているすべてはただ、思春期にありがちな勘違いに過ぎないのだと、そんなふうに思いこみたくてたまらなかった。思春期どころか幼稚園の頃からずっとこうだったじゃないかという内なる声には、意固地《いこじ》に耳をふさいでいた。

でも。

あの日までは常に一番近くにいたはずの緋沙姉に、いきなり崖っぷちで手を放されたことで——姉の渡欧は僕にとってそういう意味を持っていた——とうとう、自分自身と向き合わざるを得なくなった。思えば、十歳も年の離れた姉は、それまで緩衝材《かんしょうざい》のような存在だったのだ。僕のことを、外界からではなく僕自身から守ってくれる繭《まゆ》。あらゆる重たい真実を、とりあえず見なくていいようにしてくれる衝立《ついたて》。

子どもの頃から良くも悪くも母親にスポイルされ続けてきた僕を、緋沙姉はいつも何くれとなく気にかけてくれていたし、時には母に向かって、また僕に向かっても、あえて厳しいことを言ってくれた。それでいて、いつ会っても僕に対する態度は基本的に変わらなかった。そんなのは普通の家族ならあたりまえのことなのかもしれないが、そのあたりまえのことが何より僕を安らがせてくれたのは、なんといっても母にはそれがまったく期待できなかったからだろう。

ともあれ、あの日の話だ。

意を決して入ったゲイバーは、べつに怖ろしいところではなかった。むしろ、僕にはどこまでもやさしい場所だった。中にはそうでないところも多いと聞くし、女装したホステスがノンケの客をもてなすスタイルのところだってあるわけだが、たまたま僕が入ったバーは、ゲイを自認する人たちが静かに集まってきて酒を飲むという、ただそれだけの店だった。幸運だったと言えるのだろう。

その店で僕は、ようやく普通に息ができる場所を見つけた気がした。人とは違う性向を自覚して以来、初めてのことだった。

ここでは誰も、僕を色眼鏡で見ない。自分がちゃんと「男らしく」ふるまえているかどうかを、常に鏡を覗くかのような神経質さでチェックしなくていい。「彼女」とのセックスの話題に無理して加わる必要もなければ、まったく興味を持てない女性の裸に興奮するふりも要《い》らない。

ただそれだけのことが、これほどの解放感をもたらすなんて知らなかった。

ほどなく、僕はその店で知りあった年上の人と、いわゆる初体験を済ませることとなった。内面について何かが言えるほど長く話したわけじゃないけれど、少なくとも見た目は僕の好みにぴったり合致していた。目鼻立ちがはっきりと大きくて、体も大柄で、あまり細かいことにこだわらない、気のいい大型犬みたいなタイプ。

その人は、どうしても抱く側でなければという立場の人だったし、僕のほうはどっちだろうが別にかまわなかったから、おのずと僕が受け身になった。彼は優しくしてくれた。つい最近まで、こんな自分は一生誰かと生身で抱き合って満たされることなどないのだと思いつめていたくらいだから、それがかなうというだけで嬉しかった。ほんとうに、泣きたくなるくらい嬉しかったのだ。実際、少し泣いてしまったかもしれない。

その体験を経て、僕はようやく腹の底から理解した。やはり自分はそうだったのだ、と。ありがちな、いっときの勘違いなんかじゃなかったのだ、と。いくらなんでも、ただの勘違いで、股間から同じもののはえた男に欲情はしないだろう。

そうして——それをはっきり認めると同時に、もうひとつのことも呑《の》みこまないわけにはいかなくなった。

自分の性的指向がこういうものである以上、〈彼〉への想いもまた、勘違いでも気の迷いでもないということをだ。

〈彼〉は、本当にいいやつだった。目鼻立ちがはっきりと大きくて、体も大柄で、あまり細かいことにこだわらない、気のいい大型犬みたいなタイプ。そう、僕の好みを規定してしまったのは〈彼〉だ。

でも、言えるわけがなかった。口に出せばきっと、永遠に失ってしまう。気持ち悪いと避けられでもしたら、もう一秒だって生きていられない。そばにいられなくなるくらいだったら、このままでいい。

まるで乙女みたいな恥ずかしいことを、僕は真剣に思いつめていた。ただ友だちとしてそばにいて、間近に顔を見て笑って、時折さりげなく体に触れて、触れられて。それだけでいい。それだけで充分満足できる。そう思った。

そんなはずが、あるわけはなかった。

胸の奥に秘めた恋というものは、何が何でも隠さなければという思いが強ければ強いほど、おそろしい勢いで発酵していく。その発酵臭に酔っぱらうみたいに、僕はやがて、何人もの男と関係を持つようになった。

いっぺんたがはずれてしまえば、あとは坂を転がるより簡単だった。

バーに一人で入っていく。そういうバーだ。誰かと目が合う。値踏みするような視線が僕の上を這う。どちらかが近づいて、しばらく会話のジャブを楽しむ。気が合いそうなら、店を出てホテルへ入る。男同士でもＯＫなホテルか、そうでなければ普通のシティホテルだ。

あるいはまた、映画館へ出かけていく。そういう映画館だ。ここでは会話なんかは省略される。男と目が合う。値踏みをする。男が先に立って出ていく。トイレに入る。彼の入った個室に僕も続いて入っていく。あとはお決まりのコースだ。ホテルで横になってしたことを、ここでは立ったままするだけだ。

もちろん、いくら手当たり次第とはいえ、僕だってそれなりに相手を選んでいたつもりだった。薬をキメていそうなのは論外。酔っぱらいもパス。できるだけ紳士的であること。最低限、暴力はふるいそうにないこと。

ほとんどの場合、彼らは僕が何も言わなくても自分からゴムを付けた。互いに相手を信用できない関係では当然のことだ。誰だって、いっときの快楽は欲しいが、命は惜しい。

それでも、二十回に、いや十五回に一回くらいは、相手を読み誤ってしまうことがあった。紳士的と思って気を許していると、いざというときに豹変《ひょうへん》する手合いだ。相手が僕の好みどおり大柄であればなおさら、後ろから押さえこまれてしまったら抵抗などするだけ無駄というものだった。

今、こうしてふり返って、後悔しないといえば嘘になる。僕はたしかに愚かだった。どうしようもなく愚かだったし、弱かった。

でも、ほかに何ができたというのだ。人肌の温かさがそばになければ、うまく眠ることさえできなかった。子どもの頃に眠れなかったのとは根本的に違う、もっと別の種類の孤独だった。

僕が唯一、セックス以外でその孤独から解放されるのは、家のキッチンで凝った料理を作っているときだけだった。とくに、形からして芸術品のような洋菓子の類。母はそういうことをする僕を女のようだと言って嫌がったが、完全に手もとに集中している時だけ、僕はすべてから解き放たれる気がした。たかだか素人《しろうと》のお菓子作りではあったけれど、僕にとってそれは、現実の世界とつながるためのただ一つの手段だった。

独創的かつ繊細な味の菓子を、僕は次々に作りだしては〈彼〉や結衣に食べさせた。たとえば、忘我の極みにまぶたの裏に閃《ひらめ》く一瞬の光。たとえば、遥《はる》か彼方《かなた》から幻聴のように耳に届くかすかな水音。

そんなふうな、どこまでもあえかなものを命綱のようにたぐりよせては、新しい作品を生みだす。そうすることで初めて、僕は世界と新しくつながり直すことができたのだ。

今では僕ももう、ゲイであることを欠落だなどとは思っていない。ただ、それでも、つらさの本質は昔とあまり変わっていない気がする。僕がいちばん欲しいと思うひとを失わないでいるためには、最後まで——それこそ死ぬまで——この気持ちを告げるわけにはいかないのだから。

＊

ああ、気持ちがいいな。

ふたたび、薄く目をあける。いつ来たのだろう、ジャン=クロードが汗をふいてくれているようだ。

一日のうちに何度も、白い霧が出たり、また晴れたりする。あたまの中の話だ。このところ、急速に霧の時間が長くなってきている。すっきり晴れている時間はもう、そんなにない。

鼻先も見えないほどの霧の中で、かつてちょっと知っていた顔や、親しかったけれど今はもういないはずの人たちが現れ、大声で好き勝手なことを言っては僕をこづきまわす。ほかに、いくつもの知らない顔があたりを取り囲み、無表情にそれを眺めている。

押し寄せてくる悪意のあまりの濃さに、怖くてたまらなくなって悲鳴をあげると、そのたびに誰かが僕を抱いてなぐさめてくれる。たぶん、ジャン=クロードだ。でなければ緋沙姉。もしかしたらそれさえも幻なのかもしれないけれど、どっちでもいい。幻の中でも現実でも、彼らだけはいつだって僕に優しい。決してつきはなすことをしない。

ジャン=クロードの胸にもたれて、にじみでる嫌な汗をぬぐってもらいながら、僕はぼんやり思う。あいかわらず濃い霧のかかっている頭の隅で。

――ジャン=クロードがおかあさんだったらよかったのに。

知らぬ間に声に出てしまったらしい。

洟《はな》をすすりながら笑った彼が、今からでもなってあげるわよ、と言った。

§　――早川《はやかわ》結衣

並んだ植木鉢に水をやろうとポーチに出るなり、まぶしくて思わず手をかざした。風向きのせいか、潮の香りがいつもより濃い。

今日みたいに晴れた日には、道路の向こうに広がる湘南《しょうなん》の海が、みごとな青色に澄みわたる。ひと頃に比べれば陽ざしはもうずいぶん柔らかくなってきたけれど、わずかに浮かんだ雲と水平線とのコントラストはまだくっきりとして目に痛いほどだ。

国道一三四号線沿いに建つ、二階建ての古い洋館。

十坪ほどの芝庭の奥にひっそりとたたずむその建物が、あたしと、元同級生の奥村《おくむら》浩介が共同経営しているインポートショップ、〈FUNAGURA〉だ。

昭和の初めに建てられたという、どこか札幌《さっぽろ》の時計台みたいな横板張りの二階家は、前庭に植わった野生の花たちのせいもあって、訪れる人の心をなごませる独特の雰囲気を持っている。

開店して三年がたった今でこそ運転資金に困らなくなったけれど、軌道に乗るまではずいぶん大変な思いもしてきた。浩介がせっかく入った大学にもろくに通わずにバイトをかけ持ちして貯めたお金と、ひと足先に短大を出て商社に勤めていたあたしの貯金と退職金、そして、起業家支援のシステムを利用して借り入れたお金——それらを合わせた開業資金のほとんどを、店の内装工事と商材の仕入れのためだけにつかうことができたのは、何より、自由にできるいれものが先にあったおかげだ。

そう、もともとここは、浩介のおじいさんがひらいた歯科医院だった。年をとって医院を閉めてしまってからも一人でその二階に住んでいたのだけど、亡くなる前の年、可愛がっていた浩介に、生前贈与のかたちで土地ごと譲ってくれたのだという。当時からバイトに明け暮れてばかりだった孫が、いつかは自分の店を持ちたがっていることに気づいていたらしい。これだけロケーションにも広さにも恵まれた物件を普通に借りるとなったら、月々の家賃だけですぐさま赤字を出してしまったことだろう。

二階は住居スペースのまま残したものの、一階はまるごと店舗に改装した。入口脇にかかっていた〈奥村歯科医院〉の看板は、今では記念にレジ上の壁に飾られている。

何の店といえばいいんだろう。ひとことで雑貨屋といっても、扱っているのは生活雑貨や衣類や家具、新旧とり混ぜてさまざまだ。

入口からすぐの待合室だったところにはできるだけ買いやすい値段の小物を並べ、奥の診察室だったスペースは大ぶりなインテリア用品のために使っている。土地柄サーファーも多いからTシャツやトレーナーなんかも置くけれど、それだってわざわざ自分たちで海外に出かけて探してくる、よそでは見られないデザインのものばかりだ。

商品全体の五割が、海外から仕入れる新品の生活雑貨。二割は洋服やアクセサリーで、残りの三割が蚤《のみ》の市《いち》などで買いつけてくるガラクタ類。じつはこのガラクタこそが、この店の目玉だ。ほかでは買えないというので、遠方からわざわざ通ってきてくれるお客さんもいる。

新品や中古品やアンティーク。

浩介の選んだものと、あたしの選んだもの。

それらすべてがそれぞれに主張しながら混ざり合うことによって、店内はまさしく船倉みたいな独特の雰囲気を醸《かも》しだしている。高いところの商品を取るための脚立《きゃたつ》も、テーブルがわりの古いトランクも、備品まで含めてほとんど全部が売り物だ。

海遊びや観光の帰りに一旦足を踏み入れた客は、ひととおり商品を見るだけでまず数十分は出てこられない。知らず知らずのうちに、自分だけのお宝探しに夢中になる。

宝探し――まさにそれこそが、〈FUNAGURA〉のコンセプトだった。

ポーチから続く石段に置かれた幾つものコンテナに、売り物のジョウロで順番に水をやっていく。ペイントのはげたブリキのジョウロは、ロンドン郊外のサンデーマーケットで見つけてきたアンティークだ。

こういう一点ものの商品にはすべて番号のラベルが貼ってある。いつどこで、いくらで買いつけたかを、通常の方法で仕入れる商品とはまた別に、パソコンに入力してきっちり管理している。楽な作業ではないけれど必要なことだし、ほかにやる人間がいないのだからしょうがない。正直な話、あたしがいなかったらこの店はどうなっていたかと思うと空恐ろしいくらいだ。

なのに。

〈来年あたりからさ、こじゃれたカフェなんか併設してみねえ？　真冬以外は前庭にもテーブル並べてさ〉

浩介はものすごく簡単に言ってくれるのだった。

〈そうだなあ、無国籍だけど、アジアにヨーロッパの風が吹いたみたいな雰囲気でさ。ベトナムコーヒーとかナシゴレンとか、ちょっとだけフレンチっぽくアレンジしたアジアンエスニックをいろいろ合わせて出すわけよ。そういうのなら、この店の雰囲気にも合うだろ。カフェがありゃ飲食目当ての客も来るし、オーダーを待つ間とか帰りがけに店のほうも覗いてもらえる。テーブルも椅子も食器類も全部、うちで扱ってる品物を使ってさ。気に入ればどれでもすぐに買ってってもらえるようにすんの。どうよ、そうい

うの〉

どうよと言われても、本気でそれを実現しようと思うなら、今は二人交代で来てもらっているバイトを三人か四人に増やさなくちゃならない。そのぶんをまかなうだけの集客が見込めるかどうかを計算するのはあたしの役目だと、はなから浩介も思いこんでいる。無尽蔵にアイディアを出すことと、それを実現するための方法をありとあらゆるツテをたどって見つけてくることは得意でも、ことデスクワークとなると、浩介はまるで算数のドリルを前にした子どもみたいな反応を示すのだ。

夢も体も大きな彼の、理想を現実に変えてしまう行動力とか、まわりを否応《いやおう》なく巻きこむエネルギーはたいしたものだ——と、あたしだって心の中では思っている。思ってはいるけれど、あのおおざっぱさだけはなんとかならないものだろうか。

おおざっぱさを、おおらかさと言い換えれば聞こえはいいけど、要するにいいかげんなのだ。ほんとうに、時には絞め殺してやりたくなるほどに。

〈えっ？　な、なんでお前がここにいんの？〉

あの朝のひとことを思いだすたびに、はらわたが煮えくりかえる。同時に、なぜだか胸まで痛くなる。あんなのは、一種の事故だったんだと思ってしまえ。いくらそう自分に言い聞かせても、気持ちの深い部分が納得してくれないのだ。

ため息をごまかすようにふかぶかと潮風を吸いこんでいると、

「結衣さーん」

店の中から声がした。

「お茶入りましたよー」

はーい、今行くー、と返事をして、からになったジョウロを置いた。繁華街からは離れているから、ひっきりなしにお客が来るとは言い難い。それを承知でここに店をひらいたのだから、今さらあくせくしたってしょうがない。店内をいつも清潔に保つ努力や、ディスプレイを工夫したり在庫を整理整頓したりといった作業は必要だけれど、することをした上でなら、暇を見てお茶でも飲みながら楽しくやろうよ、というのがあたしたちのやり方だった。

レジの奥、壁で仕切られた三畳ほどの小部屋が、そういう時の休憩所になっている。隅に小さな流しのあるその部屋は、歯科医院だった頃は義歯や詰め物なんかを作る作業スペースだった。

もちろん、改装の時に手を入れて、水まわりはすべて新しくしてある。白い陶器のシンクに、金色のスワンネックの蛇口。ミニ冷蔵庫の上に据えたイギリス製の電気ポットは、びっくりするような速さでお湯を沸かしてくれる。

「今日は気分を変えてアールグレイにしてみたんですけど」

アルバイトのひとり、陽子《ようこ》ちゃんがマグカップをそっと置いてくれる。お礼を言って、あたしは腰をおろした。

二人とも、カフェの店員のようなお揃《そろ》いの前掛《タブリエ》けをつけている。黒地に〈FUNAGURA〉と白いステンシルをほどこしたものだ。混んでいる時でも一目で誰が店員かわかるようにしておかないと、気の小さいお客さんなどは声をかける機会を逸して、せっかく手にとったものを買わずに帰ってしまったりする。

「昨日のマドレーヌも残ってますけど、どうします？」

「あ、食べよ食べよ」

嬉しくなって、あたしは言った。マドレーヌ。あたしが好きなのを知って、あのころ、よく周が焼いてきてくれた。バターの香りがこうばしくて、刻んだレモンの皮が入っていて、ほんとに絶品だった。

「お、やった。二個ずつあるじゃん」

「でも店長のぶん……」

「いいって、あいつのなんか」

「帰り、遅くなるんですかね」

知らなーい、とあたしは肩をすくめた。浩介は、朝から東京と幕張《まくはり》の見本市に出かけている。

「結衣さんてば、」陽子ちゃんが咎《とが》めるような視線を投げてくる。「まだ店長のこと、許してあげてないんですか」

黙っていると、彼女はやれやれという顔をした。

「こう言っちゃ何ですけど、そうしてる結衣さんのほうがずっとしんどそうに見えますけどね」

おとなしやかな外見に似合わず、時折ずばっと鋭いことを言ってのける陽子ちゃんは、あたしや浩介より二つ下の二十五歳。ここの居心地がよほど気に入ってくれたのか、バイトを始めてからすでに二年半と長い。

当初からの習慣であたしへの敬語は崩さないままでいるものの、今となってはお互いにいちばん信頼のおける女友だちだった。何でも打ち明けられる気がするし、事実打ち明けている。

「許してやったよ、とっくに」と、あたしは言った。「毎日、ちゃんと普通にしゃべってるじゃない」

「そこで『ちゃんと』って言葉が出てくること自体、まだこだわってる証拠じゃないですか。それって裏返せば、努力しないと普通にしゃべれないってことでしょ」

「う……」

「そのあたり、それこそちゃんとして下さいよ。結衣さんがそんなじゃ、私たちの元気までしぼんじゃう。佳奈《かな》ちゃんだって、あの二人どうかしたのかなって心配してましたよ」

「うわ、佳奈ちゃんにまでバレてんの」

「バレてはいないでしょうけど、不穏な気配は感じるんじゃありませんか。もちろん私からは何も話してませんけど」

「うー、サンキュ」しょんぼりして、あたしは言った。「ごめんね、ほんとに。いろいろ気を遣わせちゃってさ」

陽子ちゃんが、しょうがなさそうに笑った。

「そういう素直で可愛い顔を、店長の前でも見せてあげたらいいのに」

「冗談じゃないっつの」

「きっと店長、もっと結衣さんに甘えてほしいんだと思いますよ」

「甘える？　やだ気持ち悪い」

陽子ちゃんは目を丸くした。

「気持ち悪い？　なんでですか」

「だって……。だってさ、ずっと昔っから、あたしとあいつはこういうスタンスだったんだよ。それこそ中学の時からずうっと。まあ、あの頃は周も入れて三人だったけど」

男というものが、いったいどれくらいお酒を飲めば行為不可能になる生きものなのか、女のあたしはもちろん知らない。ずいぶん酔っぱらっていたのに充分可能だった浩介が、はたして例外なのかどうかもわからない。

わかっているのはただ、あの晩、外で飲んでここまで一緒に帰ってきた浩介から、玄関を入るなりふいに腕をつかまれ抱き寄せられた時、なぜか少しもいやだと思わなかったという、その一点だけだ。

〈俺さあ……俺、さびしいよう、結衣ぃ〉

たくましく張りつめた胸板にあたしをぎゅうっと抱きこんだまま、浩介は耳もとで情けない声を出した。そのほんの数日前、浩介は一年あまり付き合った年上の女性にきれいさっぱりふられていたのだ。もとはうちのお客さんだった。

聞くところによれば、長いこと上司との不倫に悩んでいた彼女の手をとって、泥沼の中から引っぱりあげてやったのは浩介だったそうだけれど、どうやら彼女にとって浩介との付き合いはいわゆるリハビリに相当するものだったらしい。

〈今までどうもありがとう、だって〉

もう聞いたよそれは、とあたしは言ってやった。

〈くにへ帰って、実家でコロッケ揚げるの手伝うんだって〉

それも百ぺんは聞いたってば。

〈なあ結衣ぃ、なんで？　俺のどこがいけなかったわけ？　あんなに、あんなに尽くしたのにさあ〉

あんたの場合は尽くしすぎなんだよ。不幸体質のひとを見つけては救済に走っちゃって、だからいつもいつも彼氏っていうより保護者みたいに思われて、ありがとうさようならでおしまいになっちゃうんだよ。

と、これは思ったが言わないでおいた。あまりにも図星でかわいそうだから、だけじゃない。それを指摘することで、浩介が自分の性格を変えようとしてしまうのが嫌だったのだ。浩介独特の、見境もないかわりに出し惜しみもしない優しさは、彼の持つ美点の中でもあたしがとくべつ気に入っているところの一つだったから。

〈どうせ、どいつもこいつも俺のこと置いてくんだ〉

飲み屋の最後のほうからもうずっと、話が同じ所をぐるぐるまわっていた。

〈シュウのやつだって、なんかこのごろ冷たいしさあ〉

昔から、浩介だけは周のことを「シュウ」と呼ぶ。

〈メールには返事よこさねえし、向こうに電話かけてみても出ねえしさあ。なぁんで俺、あんなナヨナヨしたおフランス野郎に冷たく当たられにゃならんのよー〉

わかったから、ほら。とにかく二階へ上がろ。

浩介の腕から無理に逃れ、ふらつく彼に手を貸してやりながら、あたしは階段をのぼった。店舗の上の階、小さいキッチンから続く八畳ほどの居間をはさんで、二つの六畳間がある。その一室ずつを、浩介とあたしがそれぞれ自分の部屋とするようになって早三年がたとうとしている。〈同棲〉ではない、単なる〈同居〉だ。

もちろん、いくら中学時代からの腐れ縁とはいえ、恋人でもない相手と一つ屋根の下に住むだなんて、とくに最初のうちはお互い抵抗があったものだけれど、開店の準備に追われていたあたしたちには先立つものが絶対的に不足していた。当初からここに住むつもりでいた浩介はもとより、あたしもまた、よそにアパートを借りるような余裕があるなら一円でも店の資金に回したかったし、これほどの職住接近はやはり大きな魅力だったのだ。

この三年、それぞれに恋人らしき相手ができたことは何度かある。でも、お互いの間にいわゆる〈間違い〉が起こりそうになったためしなんか、ただの一度もなかった。気配すらなかった。毛ほどもなかった。なのに——どうしてこの晩だけは違っていたのか。

ベッドに転がりこむまで面倒を見てやったあたしが部屋を出ていこうとするのを、浩介は手首をつかんで引き戻し、まだ行くな、もう少しここにいてくれと言って抱きすくめた。子どもの駄々のようだった言葉や目つきが、途中から明らかに男のそれに変わった時、あたしを襲ったのは嫌悪でも恐怖でもなくて、自分でもあきれるほどの恥ずかしさだった。

何を今さら、よりによってこいつとこんなことになっているんだろう。戸惑うわりにはなぜだか抵抗もしないまま裸に剝《む》かれていく自分と、ふだんはどうせ女とも思っていないはずのあたし相手に歯の浮くようなセリフをささやきかけている浩介の、その両方ともが、恥ずかしくて恥ずかしくて、悶死《もんし》しそうだった。

大柄な体格で胸板に厚みがあるせいか、浩介の声はとても深く響く。そんなことは昔からよく知っていて、ふだんは意識したこともない。

それなのに、耳もとを熱く湿らせてささやかれる彼の声は、今まで赤面もせずに聞き流すことができていたことのほうが不思議なほど、つやっぽくて、少しかすれていて、あたしの尾てい骨にずんずん響いた。

〈結衣……俺、ほんとはずっとお前のこと……〉

どうせ、酔っぱらいのたわごとだ。

〈ああ、お前ンなか、あったけえ。なんでもっと早くこうしなかったんだろ〉

どれもこれも、お酒が言わせているだけだ。

浩介の性格なんか、いやというほど知り抜いている。いいかげんだけれど、そこに悪意はまったく無いのだ。好きになった女性がタイプ、と明言してはばからない彼のことだから、今だって嘘を言っているわけではないのだろう。そう、こっちが本気にしなければいいだけだ。

ささやかれる言葉の一つひとつを、あたしはそのつどクリックし、丁寧にドラッグ&ドロップしては頭の隅の〈ごみ箱〉に捨てていった。言葉だけじゃなく、彼があたしの体に残していく幾つもの強烈な感覚についても、いちいち同じようにした。

知りあって十五年目にして初めて重ねた、唇の感触も。

骨がきしむほど抱きしめてくる、太い腕の力も。

歯の間を割って忍びこむ、舌の熱さと厚さも。

酒と煙草の混ざり合った唾液の、甘苦いような味も。

やがて脚の間を分けて押し入ってきたそれの、圧倒的な質量さえ、どれ一つとして、あたしは頑《かたく》なに自分の中に残すまいとした。今この時は味わってもいい。でも、覚えてしまってはいけない。覚えたら、次が欲しくなってしまう。相手はただの酔っぱらい、ただの酔っぱらいなのだ。たとえそれが、心の奥底ではずっと好意を寄せていた男であったとしても。

そうして、いつしかそのまま眠ってしまった翌朝――。浩介のやつは、二日酔いの頭をかかえて起きあがるなり、隣でまだまどろんでいたあたしを見て宣《のたま》ったのだ。

〈えっ？　な、なんでお前がここにいんの？　……うそ！　俺、マジでお前とやっちゃったの？〉

ある意味、みごとに予想通りの言葉だったと言える。

人間、覚悟をきめて備えてさえいれば、いざという時もそれほどショックを受けたりしないものだと、その朝まであたしは思っていた。そんなことはなかった。浩介の言葉を耳にした瞬間、あたしは、体の奥底で何かがくしゃりと潰《つぶ》れる音を聞いた。あれほどまでに注意をはらい、記憶のすべてを削除したつもりでいたのに、コンピュータと違って生身の脳みそには不可能だったらしい——そう、〈ごみ箱の中身を空にする〉ことまでは。

傷ついた自尊心と、どうしようもないやりきれなさを、あたしは不機嫌という仮面の下にまとめて押し隠した。

さすがの浩介も、起き抜けに思わず口走った言葉がどれだけまずかったかには気づいたのだろう。二日酔いからさめると、土下座しかねない勢いで謝ってきた。

ごめん、ほんとにごめん、酒のせいで記憶がマダラボケだったから一瞬びっくりしただけで、決して後悔しているわけじゃないんだ、むしろ今までお前とこうならなかったことのほうが不思議だと思うんだ。そんなふうにフォローもしてきた。

〈なあ、頼むよ、結衣。俺の言うことなんか信じられないかもしれないけど、頼むからこれだけは信じてくれよ。俺、ほんとにお前のこと好きなんだよ。今までの恋人と比べたって、ずっと大事っていうか、もう別格で比べようもないっていうかさ。昔っからそばにいるのがあたりまえすぎて、家族より友だちより近かったからエッチのことまで思いつかなかっただけで……お前が俺となんかもう二度としたくないっていうならそれはそれで仕方ないけど、ちょっとくらいは俺のこと憎からず思っててくれるんなら、そりゃ俺としてはすげえ嬉しいっつうか、あらためて俺と付き合って下さいっつうか、ぜひともう一発お願いしたいっつうか……。なあ、結衣ってばぁ。ごめんなさい。許して。お願い。このとおり〉

い・や・だ。絶対に、許してなんかやらない。

試しにそう言ってやった瞬間、浩介は、あまりにも情けない表情で、上目づかいにあたしを見た。叱られたレトリーバーみたいなその顔を目にしたとたん、あたしはもうそれ以上、怒り続ける気をなくしてしまったのだ。

あれから、二ヵ月。

あたしの気持ちの奥には、今もトゲが刺さったままだ。あの時くしゃりと潰れたものも、まだそのまま〈ごみ箱〉に入っている。

「昔っからそう。ぜんっぜん変わってないのよ、あいつは」

ようやく冷めてきた紅茶をすすりながら、あたしはぼやいた。本気でついたため息から、アールグレイの甘い香りがするのも腹立たしい。

「クラスでも一人だけ、やたらとマイペースでさ。何かに夢中になるとそれしか見えなくなっちゃって、まわりの気持ちなんかおかまいなしで。それで何かまずいことが起こったりすると、どうしよう結衣ぃ、って情けない顔で甘ったれてきて、しょうがないからあたしが面倒見てなんとか始末つけてやってさ。なのに……たまたまこういう関係になっちゃったからって、今さらこっちからべたべた甘えるなんてことできるわけないじゃない」

「できるわけないいんじゃなくって……」陽子ちゃんはマドレーヌの最後のひとかけを口へ運びながら言った。「するのが納得いかないってだけなんじゃないんですか？　ただの意地でしょう、それって」

あたしがまた黙りこくっていると、陽子ちゃんはやれやれという顔で膝の上を払った。

「なんでうまくいかないんでしょうね。嫌いなわけでもないくせに」

「……ね」

「ね、じゃないですよ、人ごとみたいに」

と、そのとき、あたしの携帯が鳴った。

タブリエのポケットから引っぱりだしてみると、かけてきたのは当の浩介だった。ひとつ鼻を鳴らして、耳に当てる。

「なに」

『結衣』

「なによ」

『……結衣』

「だから何なのよ。こっちも忙しいんだから早く言ってよ」

向かいに座った陽子ちゃんが露骨に顔をしかめる。黙って唇を尖《とが》らせてみせたあたしの耳もとで、

『あのな、結衣。しゅ……』

浩介の低い声が、いきなり湿って歪《ゆが》んだ。

『シュウが、』

§　──久遠緋沙子

誰が言ったのだったろう。天国は地上にあるなんて。

夕暮れのオリーブ畑が、車窓いっぱいにひろがっている。どこまでいってもほとんど変わることのない、ただひたすらにおおきな風景の中を、列車は時おり汽笛を響かせながら走り抜けていく。

山吹色に照らされた大地の隆起と、その上に覆いかぶさる空を眺めながら、私は何度目かのため息をついた。

ぼんやりしたまま、窓際に置いた黒い紅茶の缶に、そっと指先で触れる。触れてしまってから隣にいる男に気づかれなかったことを願ったのだが、無駄だったようだ。ジャン＝クロードは、気遣いと少しの苛立《いらだ》ちとが入り混じったような視線をちらりと投げてよこした。

と、ふいに眉を寄せた彼が、読んでいた「ヴォーグ」をとじて私を覗きこんでくる。

「いやだ、サコ。なんなの、その目の下」

「え？」

「マスカラが溶けて流れたかと思うじゃない」

「泣いてなんか、いないけど」

「わかってるわよ。くまでしょ、くま」

フランス語には日本語ほど男言葉と女言葉の間に差はないはずなのだけれど、私の耳に、ジャン＝クロードの口調はいつも過剰なほど女っぽく聞こえる。もしかして何か彼なりのポリシーでもあって、わざと演じているのかと疑いたくなるくらい。

「あんたの取り柄なんてせいぜいお肌だけなのに、何よもう、頬まで荒れちゃってガサガサじゃない。おおいや。おお醜い」

肩をすぼめて大げさに震えあがってみせる年上の友人（と言えるかどうか）の身だしなみには、いつもどおり一分の隙もない。長旅だというのに、ひと目でエルメスとわかるシャツはとろりとしたシルク。肌の張りこそさすがに失われてきたものの、日々のたゆまぬ努力で保たれた細身の体に、ぴたりと貼りつく焦げ茶のレザーパンツが嫌味なくらい似合っている。あまりにも似合いすぎて、一種の痛々しささえ漂うほどだ。

「そのぶんだと、またゆうべも寝られなかったんでしょう」

答えずに、私は目の下に触れてみた。涙ぶくろのあたりの薄い皮膚が、ぴくっと痙攣《けいれん》するのがわかる。

もう何日も、切れぎれにしか眠れていない。眠ろうとするとすぐに弟の顔が浮かぶのだ。それも、病院のベッドから起きあがることさえできなくなってからの、あの青白く痩せこけた顔が。

パリにいた間はかたわらにアランがいて、夜も抱きかかえて眠ってくれたからまだよかったけれど、この旅に出てからは夜どおし寝返りをくり返す日が続いている。仕事のあるアランが、私たちと一緒に来られなかったのは仕方がない。そう——仕方がない。私と結婚しているわけでもない彼にとって、周はべつに義弟でもなんでもないのだし。

「アルへシラスまで、まだ何時間もあるのよ」と、ジャン＝クロードが言った。「少しは寝ておいたら」

「……そうね」

返事はしたものの上の空で、それきり再び紅茶の缶ごしに外を眺めやった私に、今度はジャン＝クロードがため息をつく番だった。

「ふん。勝手になさい」


九月最後の水曜日、ほんの身内だけがひっそりと集まるお葬式だった。

そして、日本から文字どおり飛んできてくれた浩介くんと結衣ちゃん、それに私とジャン＝クロードの四人が、シャルル・ド・ゴール空港からセビーリャ行きの飛行機に乗ったのは、そのたった三日後のことだった。

〈この期《ご》に及んでそんなに急ぐ必要もないのかもしれないけど〉と、ジャン＝クロードは言った。〈アマネを早く連れていって休ませてやりたいのよ〉

その言葉の意味するところは、私たちの間ではもういちいち説明するまでもなかった。

あまりにも急なモロッコ行きの手配を、行程から移動手段から宿まで、すべて調べてととのえるのはもちろん私の仕事だった。

〈前回のアマネの足跡を、できるだけそのまま辿《たど》ってやりたいの〉

というジャン＝クロードの主張に、私もあえて異は唱えなかった。

成金の親からありあまる財産を受け継ぎ、いくつものアパルトマンやギャラリーを人に貸し、その収入だけでも充分食べていける正真正銘の暇人。悪趣味なくらい派手好きで、意地悪で、口をひらけば辛辣《しんらつ》な皮肉ばかりで……。それでも、どんなに認めたくなくとも、ここ数年にわたって弟の最も近くにいたのは彼なのだ。最後くらい言うとおりにしてやっても罰《ばち》は当たらないと思った。

〈ふつうはさ、ヨーロッパからモロッコに入る人のほとんどが、飛行機でカサブランカとかマラケシュあたりまで飛んじゃうでしょ〉

とジャン＝クロードは言った。葬儀の終わった日の晩、前日着いたばかりの浩介くんたちに、ようやく落ち着いて周の遺言について話していた時だ。通訳は私がした。

〈ぼくだって、前に行ったときはそうだった。パリからマラケシュなんてほんの数時間でひとっ飛びだもの。でも、アマネはあのとき、スペインをしばらく放浪した後でモロッコに渡ってきたからね。セビーリャでフラメンコを堪能《たんのう》してから、気ままに列車を乗り継いでアルヘシラスまで行って、そこから船でジブラルタル海峡を渡ってきたんだって言ってたっけ〉

しかし、いくらなんでもパリからスペイン全土をつっきって最南端のアルヘシラスまで、ずっと陸路で移動するのは体力的にも時間的にも無茶な話だろう。ジャン＝クロードはいつだって暇かもしれないが、ほかの三人には仕事というものがある。それこそ、この期に及んで急ぐ必要のない死者の時間に、どこまでも無限に付き合うわけにはいかないのだ。どんなにそうしてやりたくても。

結局、スペイン南部のセビーリャまでだけ空路をとることにした。そこから先は、弟がかつてそうしたように、列車でヨーロッパ大陸の最南端であるアルヘシラスまで行き、ジブラルタル海峡を船でアフリカ大陸へと渡って、モロッコ王国の最北端タンジェの街に上陸する。出入国の手続きは船の中で行われるはずだ。

さらにその先、モロッコ国内の移動については、現地のドライバーごと七人乗りのワゴン車をチャーターした。

十月という、現地ではまだまだ暑い盛りに途中でエンジントラブルでも起こされてはたまらないから、予約のためにかけた電話でも、手続き上の書類をファックスで送った時も、エアコン完備のできるだけ新しい車をよこすようにしつこいほど念を押しておいた。これだけ言ってもオンボロ車が迎えに来てしまったら（よくあることだ）、相手がどれだけ御託《ごたく》を並べようと、断固として別の車に換えさせるつもりでいた。

初日は、タンジェで一泊。翌日は古都フェズまで南下して二泊。

どちらも三つ星クラスのそこそこ小ぎれいな宿で手を打とうとしていた私に、五つ星の名門ホテルでなければ絶対にいやだと駄々をこねたのはもちろんジャン＝クロードだ。たとえ一晩であっても、狭苦しいベッドで眠るのは我慢ならないのだと言う。

庶民はそんな馬鹿高いところには泊まれないと私たちが抗議すると、

〈いいわ。だったらこの旅の間じゅうの全員の宿泊代をぼくがもつわよ。それなら文句ないでしょ〉

　こともなげに言いきって、みんなをあきれさせた。いくらなんでもそこまでしてもらうわけには、と口をはさみかけた私に、彼は鼻を鳴らして言った。

〈誰があんたたちのためだなんて言ったのよ。アマネをしみったれた宿なんかで寝かせたくないだけよ。なんたってこれは、特別な、一度きりの旅なんですからね〉

　フェズから先は、かつての周の足取りのとおりマラケシュを経由し、アトラス山脈を東南へと越えてエルフードへ向かう。そのままメルズーガの村まで距離をかせいで一泊。そこまで行けばもう、ジャン＝クロードがどんなに駄々をこねようが、五つ星のホテルなどどこにもありはしない。アラジンの魔法のランプでもこすらない限り無理だ。

　旅の終着地であるサハラ砂漠は、車をジープに乗り換え、砂礫《されき》の中の道なき道をあとほんの数十キロでアルジェリアとの国境というところまで走った、その向こう側にひろがっているのだった。

〈たどりつくだけで、ざっと一週間はかかっちゃうわね〉

　と、私は言った。

〈結衣ちゃんたちは、ほんとに大丈夫？　一緒に付き合ってもらえる？　そんなに長くお店を空けちゃっても平気なのかしら〉

〈それは大丈夫です〉と、結衣ちゃんは言った。〈今はオフシーズンだし、バイトの子たちも頼りにできる人たちだし。事情はちゃんと連絡しておきましたから〉

〈そう〉私は心底ほっとして言った。〈ありがとう。周は、幸せな子ね〉

みんなで行くほうが弟も喜んでくれる——その思いはもちろんだけれど、正直なところ、ジャン＝クロードと二人きりで旅するのは遠慮したかった。同行する人数が多ければ多いだけ、あの皮肉や嫌味の矛先も分散されると思いたい。

〈いちばんの問題は、モロッコ全体がちょうどこの旅の間じゅうラマダンだってことなんだけど〉

けげんな顔をした結衣ちゃんに、ああ、ラマダンっていうのはね、と私は説明した。

〈イスラム教徒《ムスリム》の断食月のことなの。九番目の月、という意味だけど、それもイスラムの暦でのことだから、今年は十月いっぱいがラマダンにあたるのよ。でもまあ、ムスリムでない私たちが無理に合わせる必要はないからね。観光客相手のレストランの中には開いてるところもあるし、そこでなら普通に食事を出してくれるはずだから、あらかじめドライバーに頼んでおけば大丈夫でしょう。ともあれ、行きはこのとおりちょっと大変だけど、帰りはうんと楽よ。サハラからカスバ街道をマラケシュへ抜けさえすれば、そこからは飛行機で一足飛びに戻ってくればいいんだもの。チケットはもう全員ぶん押さえてあるから安心してね〉

同じことをジャン＝クロードにも説明すると、
〈はいはい、あんたが優秀だってことはもう、ようくようくわかったわよ〉
肩をすくめた彼は、最後にまたよけいなひとことを付け加えた。
〈ま、途中で仲間割れ、なんてことがないよう祈るわね〉

§　——早川結衣

列車の汽笛が、オリーブの広野を切り裂いて高く長く響く。

ぐっと速度を落として通過する踏切のそばに犬を連れた黒髪の少年がたたずんで、無表情にこちらを見あげている。アンダルシア地方特有の彫りの深い顔立ちに、あたしは異国にいることをふいに強く意識した。

単調なレールの音に、眠気を誘われる。せめて暗くなるまでは外を見ていたくて、あたしは背筋をしゃんと伸ばして座りなおした。周が死ぬ前にもういちど辿りたがっていたという旅の行程のすべてを、できるかぎり自分の目で見ておきたかった。

あまりにも、急な知らせだった。少なくとも浩介とあたしにとっては。

何も知らせるなというのは周の意向だったそうだけど、あたしは、できることなら最後にひと目だけでも会っておきたかった。浩介だってそうだと思う。どんなに周がやせ細り面変わりして、たとえあたしたちのことなんか覚えていなかったとしても、彼の死がどうしても避けられないものだったのなら、その死をこそ見届けたかった。

元気な頃の姿しか思いだせないのは、ありがたいことだけれど、つらい。彼がもういないのだということを、いまだに時々忘れてしまう。

〈シュウが、〉

あの日、電話口で、ひしゃげて歪んだ浩介の声。

その浩介はいま、あたしの右隣で眠っている。前の席には緋沙姉——あたしたちも周にならって昔からそう呼んでいる——が、あのいろんな意味で強烈なフランス人と並んで座っていた。

苗字《みようじ》はたしか、パルスヴァルといったか。もう四年越しで周と暮らしていたはずだ。前にあたしと浩介がパリに来た時にもちらりと顔を合わせたことがあったのだけど、会うなり、斬りつけるような早口で何か言われて鼻白んだことがある。

何と言ったのかと、そばにいた緋沙姉に訊いたら、ものすごく気まずそうな顔で教えてくれた。

〈アマネは譲ってあげないからね、って〉

あのとき周は取り合わずに笑っていただけだったけれど、今思うと、あれは本当に冗談だったのかどうか。

そもそも、ゲイのフランス人と同居していたからといって、周が果たしてそっちの人だったのかどうかも、あたしはあまり深く考えたことがなかったのだ。長い付き合いの中でふと感じるものが無かったわけではないけれど、あくまでもかすかなものだったし、本人が何も言おうとしない以上はこちらから問い質《ただ》すことじゃないように思えた。それとも周は、もしかして、あたしが訊くのを待っていたのだろうか。もう、確かめることもできない。

背もたれの隙間から、窓辺に置かれた紅茶の缶が見える。フランスのブランドのものだけれど日本にも入っているから、前に陽子ちゃんが一度買ってきてくれて休憩の時に飲んだことがある。あの時のはたしかダージリンだった。

ふたの上部が凸の形に盛りあがったコロニアル缶は、なるほどこの特殊な用途には不思議なくらいよくなじんでいたけれど、数日前、火葬場を出てきたあとでジャン＝クロードから初めてその黒い缶を見せられたとき、あたしは思わず眉をひそめたものだ。

（……エロス？）

口には出さなかったけど、あんまりな銘柄だと思った。

初めて会った時から、あたしは、このフランス人がどうにも苦手だった。決してゲイだからというわけじゃなくて（それだけなら日本の友だちにもいるから何とも思わない)、ただ単にその人間性がというか、とくに緋沙姉に対するずけずけとした物言いが気にくわなかったのだ。

早口のフランス語だから内容は半分くらいしか理解できないのだけど、弟を亡くしたばかりの、それも大切な同居人の姉である女性に向かって、よくもまあそんな皮肉で意地悪な態度が取れるものだとあきれる思いだった。

＊

浩介とあたしが最後に周と会ったのは、おととしの秋だった。あのときはパリまで古着や雑貨の買いつけに来て、久しぶりに周を呼び出し、郊外のヴァンヴで開かれる蚤《のみ》の市《いち》へ出かけたのだ。その日、彼がパティシエとして勤めている店はちょうどお休みだった。

ずらりと並ぶ出店を次々に覗きながら、新聞にくるまれた焼き栗《やきぐり》をつまみ、クレープを頰ばり、屋台のホットワイン《ヴァン・ショー》を飲んでは頰を上気させ……まるで中学や高校の頃に戻ったかのような気分ではしゃぐあたしと、その後ろをゆったりとした大股でついて歩く浩介とを、周はずっと、何歩か離れた場所から奇妙に透きとおった笑みを浮かべて眺めていた。思えば、あのとき彼にはもう全部わかっていたんだろう。

街路樹のプラタナスが黄色い葉を降らせる下を、先に立って案内してくれた周の、さみしいくらいまっすぐに伸びた背中……。

ふいに、やり場のない人恋しさがこみあげてきて、あたしは黒い缶から目をそむけ、長年の相方を見やった。

浩介はさっきから、大柄な体をあたしのほうに傾けて眠っている。こうして間近で見ると、半びらきの口のまわりや日灼けした頰のあたりに、ぽつぽつと無精ひげがはえているのがわかる。

湘南と東京を頻繁に行き来する日々から、突然知らせを受けてパリへ、そして葬儀がすむなり砂漠を目指すこの旅へ……。それでなくともこのところ、あたしの数倍も忙しく働いていたのだ。さすがの浩介もいいかげん限界にきているのだろう。

(なのに、よけいなことにまで体力使ったりするから)

ゆうべセビーリャで泊まったホテルの部屋は当然のように二人一室で、それは緋沙姉があたしと浩介の関係をどう思っているかをはっきりと表していた。いや、そう思っているのは緋沙姉ばかりではない。浩介本人もだ。

まったく、どうしてそう能天気でいられるんだろう。もう子どもでもないのに、どうしてそんなに人を疑わずにいられるんだろう。自分が好意を向けた相手からは同じだけのものが返ってくると、あたりまえのように信じられるというあたりがそもそもわからない。

あたしは、なおも傾いてくる肩をぐいぐい乱暴に押し戻してやりたい衝動に駆られた。この肩幅の広さや、洗いざらしの白シャツに包まれた胸板の分厚さ。腕にくっきりと浮きあがる筋肉の獰猛《どうもう》さや、そして普通に座っているのに膝が前の座席の背につっかえそうなところまで——女の自分とは違う何もかもが、むやみやたらと腹立たしく思えて八つ当たりしたくなる。

太い腕は腹の前で組まれ、今は深い呼吸に合わせてゆっくり上下している。服を脱げば現れる腹筋はうっすらと割れていて、なめし革のような肌がそれを覆っていることを、あたしはもう知ってしまった。

〈マイペースぶりは昔と変わらないのに、一緒にお店やってると、なんかときどき生意気なんだよね。浩介のくせにさ〉

周と会ったあの日、浩介が席をはずした隙にあたしがそうこぼすと、周はめずらしく声をたてて笑った。

〈浩介のくせに、か。まあ、そんなふうに言いたくなるのも無理はないのかな。中一の頃だっけ、あいつ、結衣にやりこめられるたんびに唇かんでうつむいて耐えてたもんねえ〉

〈そうそう〉とあたしも笑った。〈クラスでも前から数えたほうが早いくらいチビでさ。今の浩介からは信じられないよね。あの頃のうちに、あたしたち二人でもっときつく締

めあげとけば、もう少しくらいは謙虚な男になったのかも〉
〈そうかも。育て方を誤っちゃったかな〉

窓の外に目を戻す。

わずかな間に、オリーブ畑はまぶしいほどの赤に染まっていた。

同じ風景をいま、小さな缶におさまった周も、目を細めて一緒に眺めているような気がした。

§ ——奥村浩介

アルヘシラスから乗ったフェリーは、俺が漠然と想像していたよりずっと大きなものだった。

予定の時間を大幅に過ぎてから動きだした船、〈エル・リフ号〉が、低い振動音とともにゆっくり岸を離れていく。港に続くなだらかな丘のふもとには、荷を積み降ろしするためのクレーンや倉庫や工場がぎっしりとひしめいていて、曇り空の下、少しずつ遠ざかる景色を眺めながら俺は、首都高から見おろす川崎の港を思いだしていた。

ほんのしばらく前まで降っていた雨のせいで、青い塗料で塗られた甲板は空が映るくらいに濡《ぬ》れている。ずらりと並んだベンチに座って海風に吹かれるのは、晴れていればさぞかし気持ちよさそうだが、今はかなり寒い。もともと少ない客たちは今ごろ、だだっぴろい船室のあちこちに居場所を定め、自分の荷物に足か頭をのせて居眠りをしているんだろう。オレンジ色の雨合羽《あまがっぱ》を着た船員が、一人で立ちつくす俺を、物好きなと言わんばかりの流し目で一瞥《いちべつ》していった。

ぼんやりと、揺れる水面を見おろす。

白い泡が立っては、また消えていく。

昔、「うたかた」という言葉の意味を教えてくれたのは、そういえばシュウの奴《やつ》だったなと思う。放課後三人で集まって、古文の試験勉強をしていた時だ。

あのシュウは、もういなくなってしまった。それこそ、うたかたのように。

「なによ、こんなとこにいたの」

ふり返ると、結衣がベンチの間をすり抜けてくるところだった。

「探しちゃったじゃない」言いながら、両手に持った紙コップの片方を俺によこす。

「熱いよ。気をつけて」

「サンキュ」

風が巻き、ふわっとコーヒーのこうばしい匂いがした。

「ほかの二人は?」

「下にいるよ。ジャン=クロード氏は免税店で煙草買いだめしてた。モロッコ入っちゃうと外国煙草がやたら高いんだって」

ジャン=クロード。最初に名前を聞いたときは、Junk Road と勘違いした。ガラクタな道。あのいけすかない野郎(と、言っていいんだかどうなんだか)にはそのくらいの名前が似合いだ。

「緋沙姉は?」

「あたしたちの荷物見ながら、ちょっと横になってる。疲れきってるみたい。無理もないけど」

——緋沙姉、か。昔からシュウと親しかった俺や結衣はずっとその呼び方で通してきたけれど、

「なあ」

「うん?」

「もしかして緋沙姉……そう呼ばれるの、つらいんじゃないかな」

「ああ、」ひとつうなずいて、結衣は言った。「あたしもそれ、訊いてみた」

「うそ。本人に?」

「ほかに誰に訊くのよ」

「いつ」

「お葬式の日。ううん、次の日だったかな」

船の揺れに合わせて波立つ紙コップに唇を寄せ、結衣が熱そうにすする。コーヒーの匂いのする彼女の吐息が、俺の鼻腔《びこう》をくすぐる。

「緋沙姉、なんだって？」

「せめて、あたしとあんたくらいは、ずっとそう呼んでてほしいって」

「……そっか。ならいいけどさ」

俺は、自分もコーヒーをすすった。

「……浩介のくせに」

と、結衣がつぶやく。

「は？」

「べつに」

「何だよ、言えよ」

「あんたってさ、ふだんは人の心の、何ていうの？　キビ？　そういうの、考えたこともないような顔してるくせに、ほんの時たま驚かせてくれるよね」

「へ？　そうかな」

「ほめてないわよ、ばか。まるっきり鈍いなら鈍いでいっそあきらめもつくのに、たまにそういうことがあるからかえって腹が立つって言ってんの」

「おいおい」

「やればできるんなら、なんでいつもそうしないのかって」

俺は、黙っていた。結衣の言うことはいちいちその通りだろうからだ。

「……寒くないの？」

訊かれて、俺は首をふった。薄着のまま上がってきてしまったからほんとうは少し肌寒かったが、下の船室で、青ざめた緋沙姉と並んで黙っているのはどうにも気詰まりだった。

あのフランス男によれば、晴天なら対岸のアルヘシラスからもくっきり望めるというアフリカ大陸だが、今のところはまだ影さえ見えてこない。ゆく手にいくら目をこらしても、水平線の上に鈍色《にびいろ》の雲が重たく垂れさがっているだけだ。

「あ」ふと気づいて、俺は船の後ろを指さした。「すげえ。イルカがいっぱい」

結衣が、びっくりしてふり返った。

数十頭にも及ぶイルカの群れが、後ろを追いかけてきている。船が残すV字の航跡に寄り添うようにして、泡立つ白波を軽やかに飛び越えながら泳ぐ。スピードに昂揚《こうよう》するのか、宙に躍りあがるのもいる。

俺は昔からダイビングが好きで、たまの休みとか海外買いつけのついでなんかにちょくちょく潜りにいくからイルカなんてそう珍しくもないのだが、隣で結衣のやつは息を呑んで目をみはっていた。

「なにお前、イルカ見んの初めてなの？」

「うん」目は水面に固定したままで、結衣は言った。「水族館でならあるけど、本物は初めて」

「はは、水族館のだって本物じゃん」

「そういう意味じゃ、」

言いかけて——結衣は口をつぐんだ。何やら目もとが険《けわ》しい。まずったか、と思う。いつも通りの軽口は、俺なりに結衣の気持ちを明るくしようとしてのことなのだが、そんな気遣いは今はどうやら鬱陶しいだけらしい。結衣のついたため息には、不穏なものが含まれていた。

　どう触っていいのかわからない。

　それが、あの夜からの俺の本音だった。

　たしかに、酔っぱらって行為にもつれこんだのは俺が悪い。翌朝ほとんど忘れていたのも、やっぱり俺が悪い。あの不用意なひとことも含めて、とにかく全面的に俺が悪い。だけど、ちゃんと謝ったじゃないか。

　これまで俺がしてきたどの恋愛とも違っている気はするが、結衣のことを好きなのは本当だし、これからきちんと付き合っていきたいとも思っている。というか、こいつとはもう、このさき何があっても離れっこないんじゃないかという気さえしている。互いの腰のあたりがくっついているみたいな感じだ。

　そういうことを俺は全部話したし、彼女だって許すと言ってくれたはずだった。なのに、いまだに時々いきなり牙をむく。小さい牙だが、これが尖っていてけっこう痛いのだ。

　風に吹かれて早くも冷めてきたコーヒーを飲んでから、俺は言ってみた。

「結衣」

「うん?」

「お前さ。……知ってた?　シュウのこと」

　ごごご、とエンジンが唸る。波のうねりに合わせて、船がゆったり大きく上下する。

「どういう意味?」

　訊き返すまでもないだろう。シュウの持つ感応力というのか、そういうもののことだったら、もとから二人とも知っている。病気のことなら、どちらも知らなかった。

「いや、だからその、さ」言いにくくて、俺は口ごもった。「ほら。あいつのさ……」

　ようやく譲歩してくれる気になったらしい。

「知ってたわけじゃ、なかったけど」

「けど？」

「……」

「けど、何だよ」

「もしかして、そうなんじゃないかな、と思ったことならあったよ」

「マジで？」声が思わずかすれて裏返ってしまった。「なんで？　どういうとこで？」

「そんなの口じゃ説明できないよ」と、結衣は苛立《いらだ》った。「だいたい、昔からあんたのほうが一緒にいる時間長かったじゃない。それこそ男同士なんだから、あんたのほうこそほんとに何にも感じなかったの？」

「や、全然。マジで全然わかんなかった。なんでだろな。俺が、あいつの好みじゃなかったからとか？」

とたんに、

「そういう問題じゃないでしょ」

結衣の声が硬くなった。

「なんでそういう無神経な言い方すんの？　もし周が、ほんとに……ほんとにそうだったんだとしたら、きっと、ものすごく悩んでたにきまってるんだよ？」

剣幕にびっくりして、うん、と馬鹿みたいにうなずいてしまった。

「あたしたちにさえ打ち明けられなかったのが、何よりの証拠じゃん」

「う、うん」

「なのに、なんでそんな茶化《ちゃか》すようなこと……」

「や、ごめん。そう怒るなよ。いや、俺だってそんなつもりじゃなくてさ、」

「つもりとか、どうでもいいよ。そういうこと軽々しく言わないでよ」

「だから、ごめんって」

けおされていた。いったい何だって急にこんなに怒られるのか、よくわからなかった。べつに、シュウを貶《おとし》めるようなことを言ったつもりじゃないのに。

結衣が、まるで〈むかつく〉と書いてあるみたいな顔で俺をにらんでいる。いま背中を向けたら蹴飛ばされそうだ。

なおも何か言おうとした彼女に向かって、俺はすかさず、思いきり情けない顔を向けた。俺がそういう顔をすると眉が八の字にさがってかなりみっともないのだが、経験から言って結衣を黙らせるにはこれがいちばんなのだ。

思った通り、彼女は口をつぐみ、それでもまだ怒った顔で海のほうへ視線を戻した。いつのまにかイルカたちの姿は消えていた。

結衣が、黙りこくったままコーヒーを飲みほす。

その姿を横目で見ながら、俺はひそかに溜め息をついた。少し船に酔ったのだろうか、すっかり胃がもたれている。飲みきれそうにないコーヒーに目を落とし、もうひとつ嘆息する。

と、

「あ」

結衣のやつがふいに指さした。細くてきれいな指の先を追いかけて、

「なんだよ、また居たのか？」

言いかけた俺の口からも同じく、あ、と声がもれた。

鉛色をした水平線に、うっすらと横たわって霞《かす》む島影。

アフリカ大陸だった。

§　――ジャン＝クロード・パルスヴァル

ジタンの灰が落ちないように気をつけながら、地図をひろげて眺める。空港の書店で買い求めた大きな地図だ。

それで見ると、ジブラルタル海峡は、北のヨーロッパ大陸と南のアフリカ大陸が互いにキスをしようとすぼめた唇をさしのべるのを、いかにも不粋にさえぎっているような具合に見える。

東と西には、地中海と大西洋。

大陸間の距離そのものはわずか十数キロだが、そこを境に、街も人々もがらりと様相を変える。とくにヨーロッパ側から訪れるぼくらのような人間にとって、対岸のモロッコは異世界という以上に、異次元のようだ。

洗練と、混沌《こんとん》。

文明と、野性。

理知と、情念……。

フェズやマラケシュには前にも行ったことがあるけれど、これから上陸するタンジェの街は、ぼくにとっても初めての場所なのだった。

地図にはすぐに飽きた。短くなったジタンを床にこすりつけて消す。もしかして船の中は禁煙だったのかもしれないが、べつにかまやしない。見とがめられなければ同じことだ。

テーブルの上の黒い紅茶の缶を眺め、ヒサコが買ってきたまずいコーヒーをすする。

灰色の海峡を、船はゆっくりと渡っていく。

船酔いしないように気をつけながら、ぼくは持ってきたポール・ボウルズの小説集をひろげた。昔たしか一度読んだはずなのだが、内容はほとんど忘れてしまっていた。

本来は作曲家だったボウルズを、作家として一躍有名にした長編『シェルタリング・

スカイ』は、タンジェで書きあげられている。一九四〇年代の末、三十七歳のときにニューヨークからモロッコへ移り住んだ彼は、九九年に死ぬまでとうとう故国に戻ることはなかった。

「ねえ、あんた知ってた？」

隣でぼんやりと船窓の外を眺めているヒサコに、ぼくは教えてやった。

「アマネはね、ボウルズの『遠い挿話』がお気に入りだったのよ」

ヒサコは、面やつれした顔をわずかにこっちへ向けて、そう、と短く答えた。

ほかの若い二人は、どこにいるのだか知らない。彼らにはどうせ、聞かせてやったところでボウルズが何者かもわかりはしないだろう。

「彼の小説ってほら、主人公が放浪の末にどこにも戻れなくなっちゃう話が多いじゃない？」

黙っているヒサコに、ぼくはゆっくりと続けた。

「見果てぬ夢を追い求めて、あまりにも遥か遠くまでどんどん行ってしまったばっかりに、もといた場所へ二度と還《かえ》れなくなる。心の臨界点みたいなものを超えてしまって、帰りのぶんの燃料が尽きちゃうのね。そういう話。……正直言ってぼくはあんまり好みじゃないけど、アマネはとても好きだった。そもそもモロッコへ渡ろうと思った最初のきっかけ自体、ボウルズに憧れたからだって言ってたもの」

ヒサコは黙ったままだ。体はともかく心が疲れきって、口をきく気にもなれないのかもしれない。

わずかな間に頰が削《そ》げたせいだろうか。こめかみから顎にかけてのラインが、はっとするほどアマネによく似て見えた。

§　――久遠緋沙子

霧の向こうにアフリカ大陸が姿を現したあとになって、ふっと意識が途切れた。

浅くて短い眠りの底を、フェリーの低いエンジン音と振動が支えていたから、自分でも夢を見ていることはわかっていた。わかっているのに、弟がすぐそばに立って見下ろしている、という感じは夢とは思えないほどリアルで、私は懸命にまぶたを押しあげようともがきながら呻《うめ》き声をあげ、ジャン＝クロードに揺り起こされた。

周は、いなかった。――もちろん。

視線をさまよわせる私を、ジャン＝クロードが痛ましそうに横目で見る。その目つきが苛立《いらだ》たしい。

でも本当に、気配ばかりか懐かしいコロンの匂いまで残っている気がしたのだ。まぶたをひらくほんの一秒前まで周がそこにいたかのように。

じれったくなるほど徐々に徐々に速度を落としていくフェリーが、ゆっくり接岸するのを待ち、私たちはそれぞれに自分の荷物を引きずってタラップを下りた。

ジャン＝クロード所有のヴィトンのトランクがいちばん大きかったけれど、彼だけは駆け寄ってきたポーターの一人にさっさとそれを任せ、下りたところで優雅にチップを手渡した。

「使われるために生きてる連中は、使ってやらないとね」

片方の眉をあげて言い、シルクのパンツの埃《ほこり》をはたく。言わんとするところがわからないわけではないけれど、私はジャン＝クロードのこういう物言いが好きになれない。弟はいったい、この男のどこにあれほど安らぐことができたのだろう。

迎えの車はすでに着いて待っていた。大きな黒いワゴン車で、あれだけ念を押した甲《か》斐《い》あってか新車と呼んでも差し支えなかった。

運転席から降りてきたアラブ人のドライバーは、私たちそれぞれに「アッサラーム・アライクム」と挨拶しながら握手を求め、

「ドライバー兼ガイドの、サイード・アリです。どうぞサイードと呼んで下さい」

そこからは流暢《りゅうちょう》なフランス語で名乗った。

今ひとつ年齢不詳だが、おそらく四十を少し過ぎたくらいだろうか。上背も幅もかなりたっぷりとした男で、額から後ろだけがつるりと禿《は》げあがり、それを補うかのように豊かな口ひげをたくわえている。

彼と言葉をかわしている私のうしろで、浩介くんがささやくのが聞こえた。

「なあ、毛の配置がさ、波平さんって感じしない？」

「しない」

結衣ちゃんが冷たく言い捨てた。

どうやらこの二人は今ちょっと微妙な仲らしい。喧嘩というほどでもないのだろうけれど、どうにもぎくしゃくして感じられる。

でも私には、若いというだけで彼らの喧嘩すら微笑ましく思えた。アランとの間で、こんなふうにツンケンしあったことはない。できない、と言ったほうがいいかもしれない。

「サイードさんはね、フランス語だけじゃなくて英語も話せるんですって」

私は向き直って言った。

「結衣ちゃんたち、できればそうしてもらったほうがいいわよね」

「そりゃ、私たちはそのほうがありがたいですけど。でも、ジャン＝クロードさんは？」

彼女の言葉を私が訳して伝えると、

「おやおやまあ！」

ジャン＝クロードは大げさに目をみはった。

「それはそれは、どうもありがとう。まさかこんなおちびちゃんから言葉の心配をしてもらえるとは思わなかったわ」

わずかにフランス語訛《なま》りはあるにせよほとんど完璧な英語の嫌味に、結衣ちゃんはほんの少し眉をひそめたものの、それも一瞬だった。お客相手の仕事をしているせいだろうか、若さに似合わず人間ができている。私のほうが見習いたいくらいだ。

車の後部を開けて荷物を積みこんでくれたサイード・アリに、私は知っている数少ないアラビア語で「シュクラン」と礼を言った。

運転席のすぐ後ろに私とジャン＝クロード。その後ろに結衣ちゃんと浩介くん。全員が乗りこんだところで、車はまずホテル目指して走りだした。

多くのイスラム都市がそうであるように、タンジェもまた、旧市街《メディナ》と、コロニアル様式の新市街とに分かれている。

高い城壁に囲まれた部分がメディナ。新市街はその南側一帯にひろがっているのだと、サイード・アリは運転しながら英語で説明してくれた。さすがに観光客を案内することには慣れているようだ。

「それでも、たとえばフェズ、マラケシュなど、オかの大きな街に比べれば、タンジェのメディナは小さいですから。旅人がイとり歩いても、迷うことないと思いますよ」

Hを発音しないフランス語訛りに加えて、RもLも両方とももののすごい巻き舌で発音するアラビア語訛りが一緒くたに入り混じる。でも、その点にさえ目をつぶれば、構文や語彙《ごい》がシンプルなぶんだけ、わかりやすい英語といえなくもなかった。

モロッコがフランスからの独立を果たして王国となったのは、一九五六年のことだとサイードは言った。中でもここタンジェは、ほかの地よりもしばらく遅れてモロッコに返還された。

地中海の終点という立地から、交易と軍事の重要な拠点とみなされて、有史以来おびただしい野望にさらされ続けてきた街。古くはフェニキア人、ベルベル人、ローマ人、ビザンチン帝国、アラブのイスラム王朝——大航海時代にはスペインやポルトガル、イギリス。さらに二十世紀には、列強八カ国が共同で管理するなか、政治的にも軍事的にも中立の国際都市となり、そして第二次大戦後に至っては、さらに多くの国が港の覇権をめぐってしのぎを削ったらしい。

いくつもの宗教と言語。

四つの通貨と、無尽蔵の欲望が入り乱れる無国籍都市。

国際的な謀略、密輪、それこそ小説か映画のようなスパイ合戦……。

訪れては通りすぎていったいくつもの文明の足跡は、次々に蓄積され、土俗のものと混ざり合いながら姿を変えて、タンジェを他のどことも違う貌《かお》を持つ都市へと導いていった。

ワゴンは城壁を横目に見ながらしばらく走り、やがてゆるやかな坂を登っていったかと思うと、するすると道路の右端に寄って停《と》まった。

歩道沿いに建物の並ぶ中、さりげなくひらかれた重厚なドアと、お仕着せを身にまとって恭《うやうや》しく控える壮年のスタッフ。そこが、モロッコでも有数の名門ホテル〈エル・ミンザ〉の入口だった。

サイード・アリには後でまた迎えに来てもらうよう頼み、とりあえず中に入る。とたんに私たちは、一人残らず感嘆の溜め息をもらした。さほど広いわけでも、これ見よがしに豪奢《ごうしゃ》なわけでもない。でも、歳月を経てきた建物だけが持つ落ち着きと静寂がそこにはあった。複雑な紋様のモザイクタイルといい、色ガラスのはめこまれたランプといい、誰もが思い描くアラビアン・ナイトそのままの世界が広がっている。

どこかで香を焚《た》いているのだろうか。サンダルウッドの官能的な匂いがする。しっとりと湿った風が、奥のほうに見える中庭《パティオ》からフロントのホールを通り、窓のほうへと抜けていく。

私がまとめてチェックインの手続きをする間に、ボーイが真鍮《しんちゅう》のキャスターに全員の荷物をのせ、しずしずと部屋へ運んでいった。

「あなたたち、サインだけは直筆でお願いね」

カウンターの上の記録カードを示し、それぞれに鍵を配る。こんなところへ来てまで、そつのないツアー・コンダクターをやっている自分に少しあきれる。

手続きが済み、エレベーターで部屋へ上がろうとした私たちをジャン＝クロードが手招きした。あとについて短い階段を上がると、そこは古い木の椅子やソファの置かれた重厚な雰囲気のサロンだった。

長いあいだ多くの人に踏まれてきたことのわかる絨毯《じゆうたん》と、八角形をしたアラブ風のテーブルに飾られた花。美しいドレープの寄った薄地のカーテン越しに、ようやく射してきた陽ざしがおずおずと床を照らしている。

「バロウズもギンズバーグもケルアックも、みんなこのサロンに集まったらしいわよ」

と、ジャン＝クロードが言った。

「誰それ」

浩介くんは正直だ。

「あら、知らないの？　じゃあ、テネシー・ウィリアムズは？」

わからない顔で首をひねった浩介くんの代わりに、結衣ちゃんが言った。

「なんでしたっけ……『欲望の電車』？」

「ふうん」

　ことさら意外そうに結衣ちゃんを見て、ジャン＝クロードはまた眉を片方だけ吊りあげてみせた。

「正しくは『欲望という名の電車』だけど、まあいいわ。じゃあ、これは知ってる？　そういった作家たちの多くが、ゲイだったってこと」

　結衣ちゃんが驚いて首を横にふると、ジャン＝クロードは私のほうを見てつけ足した。

「じつはポール・ボウルズもそうだったのよ。一応結婚はしてたけど、美人の奥さんはレスビアン」

　浩介くんがあんぐりと口を開け、

「俺、ついてけねえわ」

　日本語でつぶやくのを見て、ジャン＝クロードはふっと皮肉に笑った。

「すいません、そのポール・ボウルズって？」結衣ちゃんが、ジャン＝クロードと私を曖昧《あいまい》に見比べながら訊いた。「あたしも、そのへんのこと何にも知らなくて」

　ジャン＝クロードが、やれやれと大仰に肩をすくめる。

「しょうがないわね。あんたたち、ちょっとそこに座んなさい」

　浩介くんがアラブ風の木の椅子に、結衣ちゃんと私はソファに腰をおろした。

「十九世紀ごろからあと、たくさんの文学者や芸術家がこの地を訪れるようになったのよ。さっき、あのガイドが言ってたでしょ。当時のモロッコはまだ、無国籍都市といってよかった。ヨーロッパから目と鼻の先なのに、どこの国にも属していない。そういう自由さが、当時の芸術家たちにとっては理想的な環境だったのね。そういえば、ドラクロワくらいは知ってるでしょ？」

浩介くんと結衣ちゃんが、そろって首を横にふる。ジャン＝クロードは目だけで天を仰ぎ、長々とため息をついて、おうちに帰ってから調べてちょうだい、と言った。

「とにかく、ドラクロワの絵に構造性を与えたのもここタンジェなら、マティスの絵に光と色彩を加えたのもタンジェだったの。ピエール・ロティに、サミュエル・ベケット、ぼくの好きなアレン・ギンズバーグやウィリアム・バロウズといった作家たち。あと、そうね、さすがに知ってるでしょう。ローリング・ストーンズ」

浩介くんたち二人の頭が、こくんと縦に揺れる。

「彼らもまた、自分たちの音楽にさらなる魔術性が加わることを願ってタンジェに通いつめたのよ」

ある者は異国情緒を。ある者は自由を。

ある者はドラッグを。ある者は少年愛を。

〈タンジェは誘惑する〉——それが、当時の白人芸術家たちの合言葉だった。

「その中でね、ただ訪れて通りすぎるのじゃなく、この街にとどまり続けることを選んだのが、ポール・ボウルズだったのよ。かつてのこの街はいわば、ぼくたちみたいなアウトサイダーにとっての解放区だったわけ。ボウルズを輪の中心に据えた、幸せな不良たちの集まり。彼らにとっては、いい時代だったんでしょうね」

隅に置かれている、中央のへこんだ革張りのソファに目を移す。

「ぼくもまぜてほしかったわ。たぶん、アマネだってそう思ってたはず」

浩介くんがなぜか気まずそうに目をそらした。

それきり、沈黙が落ちてくる。

私は立ちあがり、空気を入れ換えるように言った。

「さあ、授業はおしまい。部屋にはもう荷物が入ってるはずよ。小一時間したら晩ごはん食べに行きましょう。サイードさんには五時に迎えに来てくれるように頼んであるから、時間厳守でフロント前に集合ね」

「はいはい」

と、例によってジャン＝クロードが嫌みたらしく言った。

「あんたってばまるで、いき遅れの女教師みたい」

やっぱり私は、この男が好きになれない。

†

アラビア独特の美しいモザイクタイルに彩られた中庭《パティオ》。中央に噴水があり、細い水の柱が涼やかな音をたてている。

吹き抜けになった空の下にはいくつかのテーブルと椅子が置かれ、椰子《やし》の木やブーゲンビリアが色を添え、宿泊客が二人、その前で記念写真を撮っている。

見あげれば、パティオを四角く取り囲む建物の上のほうにずらりと客室の窓が並んでいる。東の角の外側に開いている窓のところが、浩介と結衣の部屋だ。

でも、緋沙姉のいる部屋はこちら側にはない。彼女とジャン＝クロードの部屋は海に面している。

窓辺にたたずみ、ひろがる街とその向こうの海を見つめている緋沙姉は今、一人きりだ。ジャン＝クロードとなら、同室どころか同じベッドで寝たって間違いなんて起こりようがないのだが、ぜいたくにも別々に部屋を取るよう緋沙姉に言ったのはジャン＝クロードのほうだ。きっと彼は、夜の間ぐらい独りになって泣きたいんだろう。

雲の間からようやく顔を覗かせた太陽が、低い建物ばかりの街の上に淡い光を投げかけている。

くすんだ薔薇《ばら》色の光と、濃い青緑色の海とを眺めながら、緋沙姉はマティスの絵を思いだしている。僕にはそれが感じ取れる。

それから彼女は、パリに残してきたアランのことを想う。どうして彼は私と……というあの悩みを、いつもとそっくり同じ順番で丁寧にトレースして、最後にため息をつく。

僕らの両親の結婚がうまくいかなかったからこそ、緋沙姉が幸せで完璧な結婚に憧れるのはわかる。でもアランは、同じ理由で、逆に結婚に失望してしまったのだ。歩み寄ることは難しいかもしれない。

いま見ている――視《み》ている――これらが、果たしてまだ生きている僕の夢なのか、それとも死んだ後にさまよい出た想念のようなものなのか、僕にはわからない。どちらとも区別がつかない。どちらでもいいように思える。どちらでも同じようにも。

やがて、緋沙姉が身じろぎする。なめらかな白い頰に、涙がひと筋流れる。

でも、僕には、それを拭ってやることが、できない。

## §　——サイード・アリ

我々イスラム教徒《ムスリム》の聖典、コーランの中には、信仰の実践として五つの義務について触れられている。

信仰の告白。一日五回メッカを仰ぐ礼拝。喜捨。断食月ラマダンの遵守。メッカの巡礼。その五つだ。

イスラム各国の宗教的指導者たちが、新月を確認してラマダン入りを宣言すると、それからの一ヵ月間、我々は日の出から日没まで、ひとかけらの食べ物も口にしない。一滴の水も飲まない。喫煙も禁じられているし、妻との性的行為も、少なくとも日中は厳しく慎まねばならない。


「ラマダンの断食を、必ず九月に行われるものと思っている外国人、多いけど、それは違います。太陽暦での九月でなくて、イスラム暦の九番目の月という意味なのですネ」

俺が英語で説明を加えるたび、肌のなまっちろいフランス男が眉をひょいとあげ、いちいち小馬鹿にした顔をする。

どこからどう見たってオカマ野郎《ズアメル》だ。俺の大嫌いな。

だが俺は、そんなことはおくびにも出さない。日本人の男女三人とフランス人のオカマ野郎からなるけったいな御一行様を、メルズーガまでお連れしてサハラ砂漠を見せてやり、無事にマラケシュまで連れ戻ること。それはあくまでプロとして請けおった仕事であって、俺はそれを遂行するだけだ。

フランス野郎がどんなに俺の英語を馬鹿にしようが（なぜだ）、知ったことではない。この仕事で俺のふところに入ってくる金額はまあまあ大きいし、わざわざあの〈エル・ミンザ〉を選んで泊まるということはけっこうな金持ちなのだろうから、もしかするとチップもはずんでくれるかもしれない。そうなればラマダン明けの祭りに母親に何か買ってやるくらいのことはできるだろう。俺に妻はまだ、ない。

城壁近くの駐車場に車を残し、旧市街《メディナ》の一角にあるレストランへと四人を案内しながら、俺は説明を続けた。

「イスラム暦は太陰暦だから、西洋の暦から見ると、毎年違う時期にラマダンの断食をしてることになります。今年はたまたまこの季節ですが、真夏にあたった年はもっとつらいネ。何しろ、日中どんなに暑くても、ひと口の水も飲めないわけだから」

「ああ、そういえば湾岸戦争のときアメリカは、ラマダン月に入る前に攻撃を終わらせましたっけね」

と、日本人のうち年上のほうの女性が言った。物静かな、というより、哀しげな顔をした女だった。たしか、〈サコ〉と呼んでくれと言っていたか。

「そうでしたネ」俺は苦笑いでうなずいた。「もしもあのまま攻撃を続けていたら、世界じゅうのムスリムがものすごく怒ったでしょう。それは、どう考えてもアッラーに対する冒瀆《ぼうとく》だから」

一年で最も神聖な月。我々ムスリムにとってラマダンは、修行と内省の時だ。

だが、そのわりには喧嘩が増える。車の事故も増える。それはもう、致し方がない。夜明けから日没まで飲まず食わずでいれば、誰だって短気になろうというものだ。

ラマダンの間、我々は皆、夜明け前に起きて急いで腹ごしらえをする。そうこうするうち、モスクの祈りの塔《ミナレット》から詠唱者が唱えるアザーンが街じゅうに響き渡って、折り重なるようにこだまする。

アッラーは偉大なり《アッラーフ・アクバル》!
我は証言する。アッラーのほかに神なしと。
我は証言する。ムハンマドはアッラーの使徒なりと。
礼拝のために来たれ!
成功のために来たれ!

礼拝は眠りよりもよい。

アッラーは偉大なり！

アッラーのほかに神なし！


それから、日が昇り、日が傾き、夕刻六時に今日の断食の終わりを告げるアザーンが流れるまでの間、礼拝をくり返しながらひたすらに長い時を耐えるのだ。信心深い老人たちともなれば、水を口にしないばかりでなく、湧いてきた唾まで飲みこまずに道ばたに吐き捨てる。

「サイードさんも、今朝から何も食べてないんですか？」

と若いほうの女性が訊く。名前は、聞いたはずだが忘れてしまった。

俺は、できるだけ人のよさそうな笑顔を作ってうなずいた。

「もちろん。水を飲んでもいないし、煙草も我慢してますよ」

「なのに、あたしたちだけ食事だなんて……ごめんなさい」

「おお、そんなことは全然かまわないネ」

俺は嬉しくなって両手をひろげた。

いい子じゃないか。彼女は慈悲というものの何たるかを知っている。

「我々は、信仰のために断食をしている。でもそれは、ムスリムでない人に強制することではないからネ。けど、気にかけてくれて嬉しいです」

　そして俺は、右のてのひらをひろげて胸にあて、

「シュクラン」

　彼女に礼を取った。

　信仰のために……。そう、もちろん、嘘ではない。

　だが俺に関して言えば、ラマダン中の断食はもちろん守るけれども、メッカに向かって日に五度までの礼拝はしないし、モスクへも行かない。俺くらいの年ならそういうやつはべつに珍しくもない。

　お前は神を信じているか？　そう訊かれれば迷わず、信じていると答える。それだって嘘ではない。

　しかし正直なところ、礼拝をする、しないにかかわらず、俺にとって神は、そもそものはじめから信じるとか信じないとかいった対象ではないのだ。ちっぽけな俺ごときが信じようが信じまいが、あるいは無視しようが裏切ろうが——神の御意思は、それとはまったく無関係に、しかし厳然としてそこに在る。

　我々の上に。

　すべてのものの上に。

ラマダンの間は、昼も営業している飲食店がほんとうに少ない。ドアを開け放って待っていたって客など入って来るわけがないのだからあたりまえだ。

こうして歩いていても、ほとんどのレストランにはシャッターが下りている。カフェの店先に集う人々は、何も載っていないテーブルをはさんで話を続けているだけだ。できるだけ体力を消耗しないように、ぼそぼそと、小さな声で。

でも、とある路地の奥には観光客を見込んで開けているレストランが一軒あって、俺はこの時期はいつもそこへ客を連れていくことにしていた。すばらしく旨《うま》いとまではいかないが、まあそれなりのモロカン料理を出すし、アンダルシア音楽の生演奏もあるから客は喜ぶ。

サコと相談し、最も一般的なコース料理を出すよう店の者に伝える。それから俺は、しばらく一人で車に戻っているから食事が終わったら携帯に電話してほしい、とサコに告げた。

あまり長く空車を駐車場に置きっぱなしでいると何が起こるかわからないから、というだけではない。タジンやクスクスの旨そうな匂いがぷんぷんする店の中で、彼らが食べ終わるのをじっと待っているのはけっこうな苦痛を伴うからだ。それくらいなら、日陰で昼寝がしたい。夕刻のアザーンまであと一時間、腹もへったが何より水が恋しくてたまらなかった。煙草もだ。

物悲しい弦楽器の音色を背中に聞きながら、店を出ようとしてふとふり返ると、四人は互いに黙りこくってテーブルの真ん中に目を落としていた。

俺もずいぶん長くガイドをしてきたが、あんなに楽しくなさそうな観光客を見るのは初めてだ。

§　――早川結衣

モロッコ料理なんて、出てくるまではどんなふうだか想像もつかなかったのだけれど、いざ運ばれてくるとどれも馴染《なじ》み深いスパイスの匂いがしてひどく食欲をそそられた。鶏肉や羊肉を、いろいろな野菜や干したアンズなどといっしょに柔らかくなるまで煮込んだ〈タジン〉。茶色の分厚い陶器の深皿ごと運んできたウェイターが、とんがり帽子みたいな不思議な形の蓋《ふた》を目の前で取るなり、サフランやパプリカの匂いが湯気といっしょにひろがる。

船で飲んだコーヒーのせいですっかりもたれていた胃が、いっぺんにきゅううっと収縮して目を覚ます。インドのナンに似たアラビアパンをちぎりながら、汁にひたして食べる。すごくおいしい。

それから、〈クスクス〉。細かい粟飯《あわめし》のような食感の小麦の粒に、ニンジンやズッキーニ、カブなどを煮込んだものを汁ごとかけて食べると、なんというか、辛くないカレーみたいでこれもまた美味なのだ。

ほかに、羊肉を串に刺して炭火であぶった〈カバブ〉。豆と野菜のスープ〈ハリラ〉も、スパイシーなミネストローネといった感じでするする飲める。食事にハリラは付き物だというから、日本でいうところの味噌汁《みそしる》みたいなものらしい。

「モロッコ人ときたらさ」とジャン＝クロードが言った。「毎日毎日、飽きもせずにおんなじもの食べるのよね」

どうやら熱いものが苦手らしく、今ごろようやくハリラに口をつけたところだった。

「一応、家ごとに独特のレシピはあるみたいだけど。なんでも、スパイスの調合がそれぞれ違うんですってよ。ハリラにコリアンダー入れたり、レモンを搾《しぼ》ったりするところもあるし。そうそう、あとで市場《スーク》をのぞいてごらんなさいよ、とんでもない数のスパイス類が売られててびっくりするから」

厨房と客席の間にしつらえられた一段高い台の上に、丈長の民族衣装姿の男たちが四人座って、いかにもエキゾチックな音楽を無表情に奏でている。瓜《うり》をたてに割ったような形の胴体を持った弦楽器に、軽やかな音のする太鼓や笛。どう見てもバイオリンにしか見えない楽器を、まるで二胡《にこ》のように体の前に立てて弾くのにはちょっとびっくりした。

ハリラを飲みほした後のカフェオレボウルみたいな器をあたしが矯《た》めつ眇《すが》めつしていたら、隣で浩介が笑った。

「どうやったら買い付けられるかって考えてんだろ」

「わかる?」

「そりゃな。使い勝手よさそうじゃんか。茶碗《ちやわん》にも小鉢にもなる大きさだし」

「こういう細かいモザイク柄って、日本にはまだあんまり沢山は入ってなくて新鮮だから、けっこうイケると思うよ。青と白だったら何にでも合わせやすいし。きっと単価もすごく安いんじゃないかな」

「そのぶん、梱包《こんぽう》代と輸送代がばかばかしいくらいだろうけどな」

どこへ行けばこういう器を卸値で買えるのか、あとでサイード氏に訊いてみようと思っていると、空になった料理の皿を下げていったウェイターがかわりにフルーツの盛り合わせを持ってきた。

彼らだって断食の最中のはずだ。自分は食べられないのに鼻先でおいしそうな匂いを嗅ぎ続けるのはどんなにつらいことだろうと思うのだけれど、見たところ顔色ひとつ変える様子はないし、ほかの客たちの注文にもひたすら笑顔で応じている。たいした精神力だ。パリのカフェのウェイターに比べたら百倍も愛想がいいくらいだ。

だけど、そもそもどうしてそんなつらい思いまでして……。

「なんだってラマダンに断食なんかするんだろうな」

と浩介。こちらの頭の中を見透かされたようで、

「知らないよ、そんなの」

思わず邪険に言ってしまった。

「そんなこと考えだしたら、なんで一生に一回メッカに巡礼しなくちゃいけないいんだろう、なんでアラーの神が唯一絶対なんだろうって話になっちゃうじゃない」

「や、まあそうなんだけどさあ。けど、その絶対唯一の神様が断食を命じたっていうなら、なんかこう、特別な意味がありそうじゃん」

「じつはね」と、ジャン＝クロードが口をはさむ。「前に来た時もこんなふうだったのよ」

あたしたちが喋《しゃべ》っていたのは日本語なのだが、アラーだのラマダンだのといった言葉から大体見当をつけたらしい。

「今回みたいに全行程ってわけじゃないけど、ちょうど終わりの四日間ほどがラマダンにかかっちゃって、せっかく訪ねて行った評判のレストランがそのせいで閉まってたのよ。すっごく楽しみにしてたのにさ。でも、ぼくがその不運を嘆いていたら、アマネってばこともなげに笑って言うの。『ハプニングこそが旅の醍醐《だいごみ》味でしょ』って」

「ハプニングこそが……？」

つぶやいたのは緋沙姉だった。

「そう。予定通りにいかなかったり、道に迷ったり、そういうことがあってこそ旅ってものでしょ、って。でなけりゃ自分の家にいるのと変わらないじゃないかってね」

「あいつの言いそうなことだな」

と、浩介が苦笑した。

「それだけじゃないのよ。アマネったら結局、自分まで四日間、断食しちゃったんだから」

「ええ？」

緋沙姉が思わずといった感じで顔をあげた。

「断食って、イスラム教徒《ムスリム》以外でもしてかまわないの？」

「かまわないの、とはどういうことよ」

「だってほら……イスラム教への信仰のない人間がこう、いわば興味本位で断食なんかしたら、彼らの神様を冒瀆することになるとか、そういうふうなことはないの？」

「べつにいいんじゃないの」と、ジャン＝クロードは肩をすくめた。「むしろ逆だったみたいよ。ぼくと一緒にどこかの店に入っても、アマネが、自分はラマダンの断食を守ってるから水もミントティーも要《い》らないって断ったら、ほとんどのモロッコ人がものすごく喜んだり感激したりしてたもの」

「そうなの……」

「なによ。まさか、あんたまで断食しようっての？」

「あ、ううん、べつにそういうわけじゃないんだけど……周は何を思ってそうしたのかなと思って」

「あの子の考えることはいつだって、ぼくたち常人にはさっぱりよ」

とたんに、緋沙姉の顔つきが変わった。

「やめてよ、そういう言い方」

「は？　そういう言い方って？」

「あの子が私たちと違ってたみたいな言い方するのはやめて、って言ってるの」

ジャン＝クロードは、それが癖なのだろう、また片方の眉だけを上げてテーブル越しに緋沙姉をじっと見た。てっきり痛烈な皮肉でも言い放つかと、見ているあたしはどきどきしたのだけれど、意外にも何も言わなかった。かわりに紙ナプキンを取って口もとをぬぐい、ぶどうの房に手を伸ばす。

「ほら、あんたたちもさっさと食べなさいよ」と、彼は言った。「そろそろ運転手を呼び戻して、あのひどい英語でスークを案内させてやんないと」

＊

夕暮れが近づいて、スークのある旧市街《メディナ》の通りは、さっきあたしたちがレストランに入った時よりもはるかに活気づいていた。

日没とともに、今日の断食は終わる。一種異様な熱気があたりに充《み》ち満ちている。その日最初に口にする食べもの、のどを滑り落ちる水の感触——たぶん、それらへの期待感が人々の数だけ渦巻いているせいじゃないかと思う。

サイード・アリ氏の案内で、小さな路地を折れ、スークの建物の奥へと入っていく。すぐにわかった。スークの中を歩くとは、幾重にも折り重なった匂いのヴェールをかき分けくぐり抜けていくことなのだった。

つんと鼻をつく様々なスパイスの匂い、の次には焼き菓子の甘ったるい匂いがして、カバブの肉の焼ける匂いと薔薇水の匂いが入り混じり、すれ違う男性から漂ったムスクが、魚の生臭さと嫌な感じに混ざりあったかと思うと、アラビアパンの香ばしい匂いが鼻腔をくすぐり、すぐに羊の頭骨からしたたる血の匂いに取って代わられ、それをかき消すのは摘みたてのミントの清爽な香り、そしてその先には甘酸っぱいオレンジと熟《う》れたバナナの芳香が待っている。

人がようやくすれ違えるかどうかという細い通りの両側には、天井の高いキオスクみたいな感じで幾つもの店が並んでいた。野菜や果物を売る店。漢方のようにガラス瓶に入った薬を並べている店。日用雑貨品を天井までぎっしり積みあげた店もある。だぶっとした民族衣装を着て尼さんのような布をかぶった女性客が何か言うと、雑貨屋の店主は長い棒を手に取り、天井近くから器用に生理用ナプキンの包みを下ろしてよこした。

　男たちはだいたい半分くらいが普通のシャツとズボン姿で、あとの半分くらいはその上から伝統の丈長の衣服を着ていた。ボタンのない、頭からすっぽりと着るかたちのそれは、〈ジェラバ〉というものだとサイード氏が教えてくれる。生地の質感や色柄こそ様々だけれど、全体のデザインと背中に大きなフードが三角に垂れているところはみんな同じで、いざフードをかぶると『ゲゲゲの鬼太郎《きたろう》』のねずみ男そっくりになるのがおかしい。

　男たちに比べると、女性はまず百パーセントと言っていいほど民族衣装に身を包んでいる。薄手のパジャマみたいなズボンの上から、裾の両脇にスリットの入った長い上衣をすとんと着て、頭には必ず布をかぶっている。場合によっては顔の下半分も隠して目だけ出している。

　生地の色合いは男たちのものよりずっと華やかで美しい。襟や袖ぐりにさりげなく刺繍《ししゅう》がほどこされていたり、スリットに別布で縁取《ふちど》りがしてあったりして、あたしはすれ違うたびにじろじろ見てしまった。

ただ、いかんせん、中年を過ぎると見事なくらい太ってしまう人が多い。狭い路地で向こうから布をかぶったおばさんたちが何人もやってくると、何というかこう、独特の迫力があるのだった。

もっと奥へ行くと、生肉の店が多く並ぶようになる。宗教上の理由で豚だけはどこを探しても見あたらないものの、それ以外の肉はじつにバラエティに富んでいる。

人間ほどの大きさの羊が皮を剝《は》がれて逆さに吊り下げられ、首は首でまた別に並べられ、その横には毛色も様々な兎《うさぎ》や鶏や鳩などがぶらぶら揺れている。ある店では若い男が二人がかりで、巨大な牛の頭部めがけて斧《おの》を振りおろしているところだった。前掛けは血まみれ、割れた頭蓋《ずがい》の奥にぬれぬれとした脳みそがのぞいていて、あたしの前を行く浩介が、ぐう、と呻《うめ》くのが聞こえた。こういうのが彼はからっきし駄目なのだ。

さらにその奥が、野菜と魚介類のスークになっていた。体育館みたいな天井の高い空間全体が、ありとあらゆる野菜と魚に埋めつくされている。

こんなところまで入りこんでくる東洋人が珍しいのか、あたりの視線があたしたちに集中する。悪意は感じられない。むしろほとんどが好意的なものだったが、あたしはひどく緊張した。彼らの視線にはやみくもな力があって、こちらのヤワな殻など突き破る勢いでまっすぐに向かってくるのだ。

へんてこな野菜や、毒々しい色をした巨大な魚を、彼らはおどけたように捧《ささ》げ持って次から次へと差しだしてくる。戸惑って首を振るあたしたちの後ろから、サイード氏がアラビア語で何か言っては手をふり、彼らを遠ざけてくれる。目がまわりそうだった。あまりにも鮮やかな色・色・色の氾濫《はんらん》に、万華鏡の中に放り込まれたみたいに頭がくらくらしてくる。

そして何より、この匂い。足もとは常に何を洗ったのだかわからない水で濡れていて、石畳はあちこちはがれ、うっかりよそ見しているとドブに足をつっこみそうになる。ほんの三センチくらいのヒール靴なのにおそろしく歩きづらく、あたしはしょっちゅうよろめいては浩介の背中にぶつかった。

何度目かでふらついた時、

「お前、大丈夫かよ。俺につかまって歩けば？」

あきれたようにふり向いて言った浩介に、あたしは慌てて首をふった。いらない。冗談じゃない。そんな、まるで恋人同士みたいに彼にかばわれて歩くなんてまっぴらだ。ましてやここは、男と女が人前で手をつなぐことさえ稀《まれ》なイスラム世界のまっただなかなのに。

混みあった細い通路の端に寄って、すぐそばに積まれたナツメヤシの甘い匂いをかぎながら、向こうから来る人波をやり過ごす。

と——ふいに体から力がすうっと漏れていくような感じがした。

見下ろしたとたん、心臓がばくんと跳ねあがった。たすき掛けにしていたあたしのポーチの蓋に、浅黒い小さな手がかかっていた。

反射的に払うようにして蓋を押さえたのと、小さい手が慌てて引っこんだのは同時で、その直後、サイード氏の怒声が響いた。見ると彼は、逃げようと身をもがく十二、三歳の少年の手首をつかみ、厳しい口調で叱りつけているところだった。

「大丈夫ですか」

と、少年を放さないまま、そこだけ英語であたしに訊く。

「盗《と》られたもの、ないですか」

あたしは、震える手でポーチを確かめた。蓋の留め金ははずされていたけれど、中のチャックまでは開いていない。念のため中も確かめたけれど、財布はそのままだった。

「あっぷねえ……」

と浩介がつぶやく。緋沙姉もジャン＝クロードも、さすがに目をみはって立ちつくしている。

ぶたれると思ったのか、あばれながらも自由なほうの手をかざして首をすくめていた少年が、なおもサイード氏に何か言われ、二度、三度とうなずく。ようやく彼が手を放すと、少年は、あたりにできかけていた人だかりに体当たりする勢いで逃げていった。

「どうもすみません」サイード氏が深々と溜め息をついた。「気をつけていたつもりだったのだけれど」

「いえ、おかげさまで助かりました」と、あたしは言った。「ええと……シュクラン」

緋沙姉や浩介が重ねて礼を言うと、きつく寄せられていたサイード氏の太い眉が、ふっとゆるんで八の字になり、アラビア語で低く何か言った。たぶん、どういたしましてとかそんなふうな意味だったのだろう。

「ねえ」

心配そうに、緋沙姉がジャン＝クロードにささやく。

「周は？　大丈夫？」

「あたりまえでしょ」

ジャン＝クロードは皮肉な感じに笑うと、上品な焦げ茶色をしたサファリジャケットの右ポケットを示してみせた。大きくふくらんでいる。

「これだけは、何があろうと絶対なくすわけにいかないものね」

どうやら、ずっと手をつっこんで握ったままでいたらしい。

「それじゃポケットのとこだけ生地が伸びちゃうわよ」

「どうだっていいわよ、そんなこと。それより、どう、サコ。あんただってアマネのこと、一緒に連れて歩きたいんじゃないの」

持って歩く、ではなくて、連れて歩くという言い方がなんだかジャン＝クロードらしいとあたしは思い、それと同時に最初のころ彼に感じていた嫌悪感がわずかながら薄まったことに自分でも驚いた。

「そうしたいのはやまやまだけど……」緋沙姉が疲れた顔で言った。「こんな人混みじゃ、とても預かる自信がないわ」

「じゃあ、アトラス越えまで待つのね。その先はひたすらだだっ広いだけの荒野だから」

「住んでる人はいないんですか?」

あたしが訊くと、ジャン＝クロードは唇の端をゆがめてみせた。

「いないわけじゃないけど、めったに見ないのよ」

いっそのことスリでも強盗でもいいから人の姿を見たい! って思うくらいよ、と彼は言った。

†

かつてタンジェの街で僕が訪れた場所の一つひとつを、ジャン＝クロードはまるで地図に印を付けたかのように正確に覚えているらしい。

　僕はそんなに何度もこの街の話をしただろうか。いったん頭に霧がかかってしまうと自分がいったい何をしゃべっているかもよくわからなかったから、あるいは同じ話ばかりをぐるぐるくり返していたのかもしれない。

　僕が以前〈カフェ・ハーファ〉を訪れたのは、たしか午後も早い時間で、せり出したテラス席から真っ青な海が間近に見下ろせたものだ。

　でも、市場《スーク》を出てからしばらく旧市街《メディナ》を歩きまわった彼らが、一旦ホテルに戻って休憩し、やがてサイードと再び落ち合ってここにたどり着いた時――あたりはすでに、すっかり闇に沈んでいた。

　足もとの石段さえよく見えない暗がりをそろりそろりと辿りながら上っていくと、斜面に建つ、まるでひと夏限りの海の家のような佇《たたず》まいの建物からぼんやりと明かりが漏れているのが見えた。

　先に立って入っていったサイードが奥へかけた声に、中にいた先客たちがうっそりと顔をあげる。ちらちらと揺れる青みがかった光は、隅の高いところに据えつけられた古いテレビからのものだ。

　結衣が、くん、と鼻をうごめかす。きっと、あのとき僕がかいだのと同じ匂いを彼女も今かいでいるのだろう。ちょうどプールの更衣室みたいな、湿った匂いだ。

　サイードは全員に、ミントティーでいいかと訊き、店の者に問われるまま、砂糖入りとそうでないのとどちらを選ぶかをそれぞれに確かめた。緋沙姉と浩介が砂糖抜きで、残る二人は砂糖入りを頼む。結衣が甘党なのは僕もよく知っているが、ジャン＝クロードと好みが重なってしまった彼女は少しばかり複雑そうだ。

電球がひどく暗い、というようなことを浩介が言い、緋沙姉がそうねとうなずく。いまの僕にはこのくらいでも突き刺さるほどに明るく感じられるけれど、彼らの目にはまた違ったように映るのだろう。

先客は、全部で四人いた。濃褐色の肌に縮れ毛の中年男が一人と、同じ年格好のアラブ人が二人。ごく普通のシャツとズボン姿の彼らは、同じテーブルを囲んでぼんやりテレビのニュースを見あげている。

開け放たれた窓のすぐ外、斜面にせり出したテラス席にはもう一人、どう見てもアメリカ人にしか見えない老人が、どう見てもアメリカ人には見えない格好で座っている。焦げ茶の縦縞《たてじま》のジェラバに身を包み、足もとは先の尖った革のバブーシュ。濃いコーヒーを飲みながら、足もとにまとわりつく猫を目を細めて見おろしている。おそらく八十近いのではないだろうか。観光客にしてはずいぶんこなれた様子だが、かといってアラビア語で伝えられるテレビのニュースには何の興味も抱いていないようだ。

しばらくするとミントティーが人数ぶん運ばれてくる。この国のミントティーとは、緑茶でミントの葉を煮出したものだ。

分厚いグラスに、いいかげん煮すぎて黒っぽくなったミントの葉が、液体よりも多いくらいみっしりと押し込められている。夜気のなか、たよりなくたちのぼる湯気に、誰もが思わず鼻をひくつかせる。脳を洗い清めるかのようなあの芳香を、僕もできるだけ思いだそうとしてみる。

ひどく熱そうにすすったジャン＝クロードが、ああ、懐かしい、と吐息をもらした。

「こうでなくっちゃ。さっきのレストランで飲んだのはなんだか薄かったものね。あんたたちも、砂糖抜きだなんて邪道よ。やっぱりモロッカン・ウイスキーはこう、どろっとするくらい甘くなくちゃ」

「ウイスキー？」

と浩介が訊き返す。

「なんでだか知らないけどそう呼ぶのよ。お酒が禁止の国だから、これでも飲んで酔っぱらっとけってことなんじゃないの？」

今までならそこですかさず説明を加えるはずのサイードは、しかしテーブルに目を落として黙っている。一日の断食を終えて疲れたのか、それとも――。

ジャン＝クロードは片方の眉をあげて斜向《はすむ》かいの彼を見やるが、あえて口には出さない。それとも、〈オカマ〉のぼくのことは無視するって決めたわけ？　などとは。

斜面の下のほうから吹きあげてきた海風が、低い茂みを揺らして葉ずれの音をたてる。

生ぬるく湿っているであろうその風にいざなわれるかのように、

「あんたがた。どちらから来なすったね」

外の老人が、窓枠越しにジャン＝クロードに話しかけた。声は思いのほか若々しくて、言葉はやはりアメリカ人のそれだった。

「ぼくと彼女はパリから。彼らは、日本からです」

緋沙姉、それに結衣と浩介をそれぞれ示しながら、ジャン＝クロードが礼儀正しく答えた。あいかわらずの彼の外面《そとづら》の良さを、僕は微笑ましく見守る。本来ならジャン＝クロードは、かなり年上の紳士が好みなのだ。外の老人があともう少しだけ若かったら、彼の猛攻を退けるのに四苦八苦しなければならなかったろう。

老人の足に体をこすりつけていた猫が、こちらを見あげて鳴く。その細い声に、結衣はたまらず立ちあがって外へ出ていった。老人との間に慎ましい距離を置いてしゃがんだ彼女のもとへ、猫が小走りに寄ってくる。赤みがかった虎猫だった。

そっと背中を撫で、おなかに手をやった結衣が、あ、という顔で老人を見あげる。

老人は、微笑んでうなずいた。

「子猫がいる。下の茂みに四匹もね。彼女は、わたしがここに来るのを待っているんだ。人が誰もまわりにいなくなると、ぞろぞろ連れてくる」

「名前は？」

「その猫のかね」

「ええ」

「ジェイン。まあ、わたしが勝手に呼んでいるだけだが」

「ジェイン」

結衣はつぶやく。それからもう一度、ジェイン、と猫に呼びかける。

「もしかしてそれは、」と口をはさんだのはジャン＝クロードだった。「ポール・ボウルズの妻にちなんでの命名ですか？」

老人が、初めて体ごと向き直り、椅子の背に腕をかけてジャン＝クロードを見つめた。ほとんど真っ白に見えていた髪と眉と口ひげが、じつはわずかに金色を帯びているのがわかる。

「たしか、ここでしたよね」とジャン＝クロードが続けた。「ボウルズが『シェルタリング・スカイ』のラストを書きあげた場所は」

「えっ。『シェルタリング・スカイ』って、あのベルトルッチの？」

浩介が言う。

「そう。あの映画の原作者よ」

と、緋沙姉。

「なんだ、そうだったのか。それならわかるよ俺だって」

「ボウルズを知っているのかね？」

「直接会ったことはありませんけれどね、もちろん」とジャン＝クロード。「翻訳された著作はいくつか読みましたよ。とくに『蜘蛛《くも》の家』などは素晴らしいですね」

「自分は好みじゃないって言ってたくせに」

そこだけフランス語による緋沙姉のつぶやきに、サイードがくすりと苦笑いする。

「あの席だったよ」

老人はおもむろに下のほうの、もっと海に近いテラスを指さした。ジャン＝クロードも緋沙姉たちも目をこらすが、そのあたりはほとんど闇に沈んでいて、彼らの目にはよく見えない。

「あそこは彼の指定席でね。彼が来ると、ろくにものを知らない地元の若者でさえ黙って席を譲ったものさ」

「ボウルズとお知り合いだったんですか？」

緋沙姉が思わずといったふうに訊くと、老人は眉を下げて微笑した。

「そんなに驚くほどのことではないよ。亡くなったのはほんの数年前だ」

「え、そうだったの？」と、浩介がまた素《す》っ頓狂《とんきよう》な声をだす。「すっげえ昔の人かと思ってたよ俺」

これも、口調からなんとなく意味を察したのだろう（浩介の声は昔から感情をそのまま乗せて響くのだ）、老人はなおも目尻の皺を深くして、かさこそと枯れ枝がこすれるような笑い声をたてた。
映画の最後のほうに本人が出てきてたじゃないの、と緋沙姉が言い、覚えてないな、
と浩介が首をひねる。俺、途中で寝ちゃったからな。しゃがんだままの結衣が、あんた
はちょっと黙ってなさいよ、と彼に向かって眉をひそめてみせる。
「彼が元気な頃は、この店でよく一緒に過ごしたものだよ」と老人が言う。「わたしが
いると、示し合わせたわけでもないのに後から彼が現れるということが多かった。ちょ
うど、この猫のようにね」
「この近くにお住まいですか」
と緋沙姉。
「わたしかね。ああ、もう二十年近くになるかな。連れ合いがこの街の出でね。なんの
ドラマティックなエピソードもない、ただ穏やかなだけの人生だよ」
「あのポール・ボウルズとお友だちだったというだけでも、充分ドラマティックな人生
に思えますけど」
緋沙姉が言うと、老人は笑った。
「まあ、そうとも言えるかもしれないね」
「どんな人でした？」

とジャン＝クロード。口がきけるなら、僕だって訊きたい質問だった。

「わたしに対しては、そんなに偏屈でもなかったよ。よく、昔のことをいろいろ話してくれた。同郷のよしみというか、懐かしさもあったんだろうね」

老人は、さめたコーヒーをひとくち飲んで唇を湿らせた。

「そうだな……耳のいい人だった。もともと音楽家だから当然といえば当然だがね。一度聴いたアラビア語は見事な発音で再現することができた。おそらく、言葉を音楽のように聴いていたんだろうな」

猫が、結衣から離れて老人の足もとに戻り、体をこすりつけながらかすれた声で甘える。少しかがんでそれを撫でながら、老人は続けた。

「しかし、こと自分に関してはシャイというのかな。謙遜とか謙虚というより、ただシャイだった。と同時に、非常に冷静な男でね。帰ろうと思えば帰れる祖国から、自由意思で離れているだけの自分が、本国ではまるで伝説の亡命作家のように、あるいは生きた伝説のように扱われていることに対して、何というかこう、苦笑気味にうつむくようなところがあった。何かにつけて、『今となってはどうでもいいことだが』というのが彼の口癖だった。しかし……わたしはね、思うんだ。帰りたい場所に帰れない孤独も、もちろん辛《つら》いことだろう。だがむしろ、帰ろうと思えばいつでも帰れる場所へ、自分の意思で一生帰らなかったというそのことこそ、彼のかかえていた孤独の底知れなさのあらわれだったのじゃなかったか、とね」

　ゆっくりと老人が語る間じゅう、ジャン＝クロードも緋沙姉も黙っていた。サイードはテーブルに目を落としたままで、結衣は再び自分のほうへ寄ってきた猫を静かに撫でていた。浩介でさえ、空気を察したのか何も言わない。

　海風が吹きあげてくる。茂みが揺れ、どこかの暗がりから子猫の鳴く細い声が聞こえる。母猫のジェインが緊張に耳を立てるが、結衣に撫でられるとすぐにまた体の力を抜く。

　テレビからは、僕らには意味の聞き取れないアラビア語が淡々と流れている。青い光が壁の上でちらちらと躍り、とらえどころのない万華鏡のような模様をかたちづくる。まるで誰かの見ている夢の中にいるようだ——などと、この僕が言うのは変だろうか。

「これから、どこへ行くんだね」

　老人の問いに、ようやく沈黙がほどけた。

「明日、フェズへ向かいます」

　とジャン＝クロードが言った。

「そのあとは、マラケシュ？」

「ええ。そこからアトラスを越えて、サハラまで」

「砂漠へはザゴラから入るのかね」

「いえ、エルフードまで行ってメルズーガ砂丘へ」

「ああ、それはいい」老人は満足そうにうなずいた。「そうとも、そのほうがずっといい。メルズーガから入って見る砂漠は、ザゴラあたりとはスケールが段違いだからね。前にも行ったことが？」

「ぼくは、一度だけ。ほかの三人は初めてですが」

「ふむ。ということは、あんたもサハラに魅入られたくちかな」

ジャン＝クロードは、微笑んだだけで答えなかった。

老人は、緋沙姉に目を移して言った。

「よい旅をね」

「ええ、私もそう望んでいます」

すると老人はふと真顔になった。

「いちいちお節介なようだが、ひとこと言ってもかまわないかね」

「もちろんどうぞ」

老人はうなずいて言った。

「何かを強く願うとき、ただ『望む』のでは不充分だ。『信じる』のでなければね」

Hopeではなく、Believe。

そんな表現を、彼は使った。

ずっと下の暗闇から、波の音が届く。

茂みの奥のほうで、また子猫が鳴いている。

§　――奥村浩介

仕事柄、携帯電話は日本と海外の別なく使えるものを持っていて、いつもはこれがなければ夜も日も明けないというくらいの俺の命綱なわけだが、今回ばかりははっきり言って、邪魔、だった。

しょっちゅう入る電話連絡はたしかに仕事のためには必須だが、当然のことながら、この旅の趣旨にはまったくそぐわないのだ。葬式の真っ最中に何度も呼び出し音が鳴るのと大差ない。

それでもかかってくれば出ないわけにいかない。出ればそのつど、けっこう長くなる。日本における取引先と細かい確認のやり取りをしたり、商品の納期について理屈の通らないことを言う業者ととことんやり合ったり、かと思えばたった今も、湘南の店からかけてきた陽子ちゃんにクレームへの対処法を指示したり……。こういう時に限って、怒濤《どとう》のようにトラブルが押し寄せる。

まるで千年の歳月を遡《さかのぼ》ったかのようなホテルのレストランで、慇懃《いんぎん》なボーイたちから朝食の給仕を受けながら耳にあてた平べったいキカイに向かってひたすらしゃべり続けるというのは、これまた場の空気にそぐわないことこの上ない。まわりにも迷惑だろうと中座して外で話してきたのだが、いざ陽子ちゃんとの話を終えて戻ろうとしたところへ、もう一本、とどめのようにパリの業者から電話がかかってきた。

最悪の連絡だった。

ようやくテーブルに戻ってみれば、向かいに座った結衣のやつが眉間にしわを寄せていた。携帯をポケットにしまった俺が腰をおろすと、結衣が待ちかまえていたように口をひらいた。

「だから言ったのに」

「あ？」

「さっきの電話、陽子ちゃんでしょ。また何かあったんでしょ。だからあれほど、留守中は思いきって店を閉めちゃおうって言ったのに」

俺は、黙ってフォークを手に取った。

なるほど、留守を任された陽子ちゃんたちにとってはけっこうな試練だろうと思う。でも、せっかく向こうから張りきって店番を申し出てくれたのだ。ここはうまく切り抜けさせて、あとの自信につなげてやりたいじゃないか。

　こちらが朝の八時半ということは、九時間先をゆく日本はあと一時間ちょっとで店を閉める頃合いだ。俺たちを朝早くから叩き起こすまいとして、わざわざこれくらいの時間まで待ってから電話してくれた陽子ちゃんの気持ちと頑張りを思うと、俺としてはやはり、彼女たちを信じて任せてきてよかった、と思いたくなるのだった。

「ねえ、何て言ってきたの、陽子ちゃん」

「いや。まあ、たいしたことじゃないよ」

「たいしたことじゃないような話で、わざわざアフリカ大陸まで電話してくる子じゃないでしょうが」

　俺は、短いため息をついた。とうに冷めてしまったマッシュルームのソテーをつつきながら、

「卸のキャニスターあるだろ、アルミの」

「Sucre と Sel のシリーズ？」

「うん。ナベさんがさ。今回の入荷数を見て、頼んどいたのより少ないじゃないかって怒って電話かけてきたんだってよ。前回納めた時に俺、次回は数まで保証できないってちゃんと言っといたんだけど、どうやら忘れちゃってたみたいでさ」

　ナベさんというのは、懇意にしている卸売り業者だった。俺らがパリで見つけて独自

に買い付けているキャニスター類を、互いの間で決めた値段で買い取り、おもに東京と埼玉の店に卸している。〈FUNAGURA〉とぶつからないように湘南近辺の店を避けてくれるならいい、という条件を、ナベさんはきっちり守ってくれていた。少々怒りっぽくはあるけれど悪い人間ではないのだ。

「でまあ、次の入荷はいつになるのかこっちから連絡することになってるって陽子ちゃんが言うから、ちょうど今、それをパリとやり合ってるところで、まだいつとははっきり言えないって話をしたわけ。ナベさんには後で俺から電話しとくからって。それだけだよ」

マッシュルームは塩がききすぎていたが、ハムとチーズはなかなか旨かった。

結衣は、まだ眉を寄せて黙っている。

「な。たいしたことじゃなかっただろ」

「だけど……かわいそうに陽子ちゃん、自分の責任でもないことでナベさんに怒られちゃって」

「それは、まあしょうがないじゃんか。雇われスタッフの宿命みたいなもんでさ。彼女にしろ佳奈ちゃんにしろ、そこんとこはちゃんとわかってくれてるよ」

「……………」

「もうちょっと、彼女たちを信じて任せてやれば？　心配するばかりが俺たちの役目じゃないだろ」

とたんに、コーヒーを飲む結衣の目がきつくなった。

「そんなのわかってるわよ。わかってるけど、あんたがあんまり大ざっぱだから、あたしが心配するしかないいんじゃない」

俺は、軽く両手をあげて降参してみせた。

「確かにな。お前がいなきゃ、とっくにあの店はつぶれてる」

本気で言ったのに、結衣にはかえって腹立たしかったようだ。なにやら悔しそうに唇をかんで中庭《パティオ》のほうを向いてしまった。

美しいタイルの敷きつめられた庭。木々の植え込みが、朝露にしっとりと濡れて光っている。

それを眺める結衣の左頬に、たぶんスクランブルドエッグだろう、黄色いものがついているのを教えてやろうかと思って――やめた。今そんなことを言えば、よけいにカリカリさせてしまいそうだ。卵のカスなんかどれだけついていたところで死にはしないだろうが、こいつに睨《にら》まれる俺のほうは、毎回少しずつ致命傷を負わされる気分なのだ。

パティオのほうを向いたままの、少しふくれっ面の横顔……。ゆうべ俺の下で声をこらえていた彼女の、眉根に寄せられた悲痛なしわを思いだす。ブリオシュをちぎってバターを塗りつけながら、ゆうべの彼女はこのバターよりも柔らかく溶けていたのだと思うと、つい勃起してしまう。

「なによさっきから、気持ち悪いなあ」

いつのまにかこっちに向き直っていた彼女が言った。

「なにヘラヘラしてんのよ」

「いや、べつに」

やれやれ。おとなしくて可愛いのは夜だけか。

とはいえ、こんなふうな性格のキツさもこれはこれで気に入っているのだから、我ながら処置なしだ。どうやら俺は、こっちをいいように振りまわす女にばかり惚《ほ》れる傾向にあるらしい。

「結衣」

「なに」

「俺、一旦パリに戻らないと」

たっぷり一拍おいて、

「えっ？」

結衣がぎょっと目を瞠《みは》った。

「うそ、なに、どういうことよそれ」

どういうことも何も、さっきのパリからの電話はそのことだった。日本へ送るコンテナ。さっき話題にのぼったキャニスターも入っているはずだが、ナベさんなら事情を話せば待ってもらえるからまだいい。問題はそのコンテナに、今回初めて取引することになった大手雑貨店への商品が含まれていることだった。期日までに日本に着かないと、こちらはかなりまずいことになる。

おかしいと気づいたのは今朝だった。税関用の手続き書類と品物のリストをホテル宛てにファックスしてもらったところ、発注したはずの品物のうち半分足らずしか記載されておらず、かわりに発注した覚えのないものがいくつも紛れ込んでいたのだ。

どうやら、パリの担当者と英語でやりとりしたのがまずかったらしい。意思の疎通が完全でなかったところへ（わからないならわからないとその場で言ってくれ！）、搬出に携わった業者の確認不足までが追い打ちをかけるように重なった末の、何というかまあ、要するに、ゆゆしき事態なのだった。

電話では埒《らち》があかなかった。コンテナは今、港にある国際運輸会社の倉庫に留め置かれているようだが、運輸会社のスタッフに詳しい照会を頼もうにも、俺の手もとにだって品番のすべてがあるわけじゃない。工場生産の新品ならともかく、アンティークや手作りの品ともなると品番など元からないのだ。かといって、物の姿を電話で説明するには限界がある。結局のところ、この期に及んで日本での納期に間に合わせようと思うなら、俺が現場へおもむく以外になさそうだった。

コンテナの中身を確認し、そのまま日本へ送っていい品物と、仕入れ元の卸売り業者へ戻すものとを選《え》り分け、足りないものはその場で再度発注をかける。それで間に合うかどうかはぎりぎりの賭けだが、何もしないで手をこまねいているわけにはいかない。

「パリまでの直行便はとりあえず押さえられそうだから、今日、フェズに着いたら俺だけ空港へ向かうよ。これ食ったら、みんなに事情を説明しなきゃ」

「そんな」

「心配すんなって。サハラまでにはちゃんと間に合うように、また戻ってくるからさ」

「はあ？　そんなの、なおさら無理だよ」

「無理ってことはないさ。パリ二泊でぎりぎりってとこだろうけど、たぶん間に合うと思う。陸路で行くお前たちとは、マラケシュで合流すればいい。ジャン＝クロードだってまさか、俺にもう一度列車で来いとは言わないだろ」

「正気の沙汰じゃないってば」

「まあそうかもしれないけどさ。それを言うならこの旅自体、はたから見れば正気の沙汰じゃないし」

「……………」

「誤解すんなよ。俺がそう思ってるとは言ってない。みんな承知でやってることだ」

「でも、」

「大丈夫だって。なんとかなる。っていうか、なんとかする。元はといえば、トラブったこと自体、俺の責任なんだから」

「……一人で、行くの？」

「なに、お前も来たいの？　そんなに俺と一緒にいたい？」

「そうじゃないけど」

「あ。そこまでサックリ言わんでも」

「……」

「飛行機代、二人ぶんはさ。馬鹿らしいっしょ」

黙ってうつむいていた結衣が、ぽつりとつぶやいた。

「からだ」

「え？」

「体が、まいっちゃうよ」

不意をつかれた感じだった。

嘘いつわりのない彼女の思いやりが沁《し》みてきて、つい、

「そうかそうか、そんなに俺のことが心配か。はは、可愛いとこあんじゃん、お前」

結衣がまた押し黙る。俺は、自分に苦笑して、ベイクドトマトにナイフを入れた。

実際、彼女の言うとおり、かなりしんどいだろうことは予想がつく。フェズの空港か

らパリへ飛び、どうせ山ほどの言い訳を重ねて責任逃れをするにきまっているフランス人担当者に何が何でも協力させ、倉庫で徹夜してでも品物の確認を済ませる。どうにかそれらを片付けたら、再び飛行機に乗りこんでマラケシュへ取って返し、陸路で移動してくる彼女たちと合流……。最悪の場合、俺が着くのは夜中になってしまうかもしれない。

が、それでも全体の旅程は変更せずに済むだろう。ここまで来てサハラをあきらめるのは、俺としても本意ではない。いくら正気の沙汰でなかろうが、シュウのやつをそうして見送ることにはきっと意味があるのだ。何より、シュウ本人がそれを望んだのだから。

結衣が、短い溜め息をついて背筋をのばす。ようやく事態を受け容れることにしたらしい。一旦決断してしまうと後はとやかく言わないのが、結衣のいいところだった。

「もう食わないのか?」

俺は、わざと彼女の皿からソーセージを一つ奪ってやった。

「フェズまでは移動に六時間くらいかかるって言ってたし、ちゃんと食っとかないと途中で腹へるぞ。コンビニとか無いんだぞ」

「いいの。だいたい、夜明けからずっと断食してる人たちに比べたら」

「そりゃそうだろうけどさ。お前、もう少しちゃんと食って太ったほうがいいよ」

「なんでよ」

「そのほうが抱き心地いいもん」

思いっきり睨まれてしまった。

俺も俺だ。なんだってこう、わかっていながらよけいなことばかり言ってしまうのだろう。


フェズまで、車で六時間。そこからまた数時間のフライトとなる。

トラブルの処理そのものは面倒くさいし、体力的にもしんどい。なのにその一方で、この事態をどこかで楽しむ気持ちがまったくないといったら嘘になる。しばらくぶりに一人で苦境に立ち向かえることへの興奮が、俺の中にふつふつと湧きあがりつつある。

そんなこと、結衣には口が裂けても言えやしないけれど。

§　――ジャン＝クロード・パルスヴァル

「あの境目、わかりますか」

とサイードが言った。

説明しながらこちらに目を向けても、微妙にぼくとだけは視線を合わせようとしない。こっちはこっちで、彼の英語のひどさにまだ慣れない。とくに巻き舌が耳障《みみざわ》りでしょうがない。

「あの境目から右側が地中海で、左側が大西洋です」

ぼくら全員が、指さされるままに遠くへ目を投げた。海面に印が付いているわけでもも線が引かれているわけでもないのだが、サイードの言う「境目」はまさに一目瞭然だった。水の色がまったく違うのだ。右の地中海側はサファイアブルー、左の大西洋側はエメラルドグリーン。染め分けたかのようにきっぱりと色が変わっている。

タンジェのホテル〈エル・ミンザ〉を発《た》って、ジブラルタル海峡を見渡す岬の高台に来ていた。昨日とは打ってかわった晴天に、せっかくだから対岸のヨーロッパ大陸を見ておきたいとぼくが言ったからだ。

ぼくの「見ておきたい」はすなわち「アマネに見せてやりたい」であるのはみんなわかっているから、もちろん誰も反対なんかしなかった。感傷的と言ってしまえばそれまでだが、それを言ったらこの旅自体が百パーセント感傷の産物なのだ。

水平線の上に、うっすらと青みがかったヨーロッパ大陸が横たわっている。おのずと、こちら側がアフリカ大陸であることを意識させられる。

女たち二人がそれぞれにデジタルカメラを取りだして構えていると、坂になった道路の下のほうから、小さいロバの子が駆けあがってきた。すぐ後から肌の浅黒い少年が、手にした枝でロバを追いながら息せききって走ってくる。

毛玉だらけのセーター、洗いざらして白くなってしまったジーンズ、素足にゴムのサンダル。黙っていればなかなかの美少年なのに、口をひらくとひどいみそっ歯がのぞく。哀れっぽさでは、枝で追われるロバとどっちもどっちだ。

「わ、かわいい帽子」

ユイが興味深げに彼の麦わら帽を眺めている。おそらくまた、どこへ行けばこれを仕入れられるかと考えているのだろう。御苦労なことだ。

「リアファという部族です」

と、サイードが言った。

「このあたり一帯の、エル・リフという山脈に住んでいる部族ね。アラブ系ではなくて、ベルベルの一部族」

「エル・リフって、来たときの船の名前だ」

とコウスケがつぶやく。

「この帽子は彼らの部族特有のものなんですか？」

「はい、そうネ」

「ほかの人がかぶることはないの？」

訊かれた意味がわからなかったのだろう、サイードがけげんな顔になる。

「ほかの人、とは?」

「つまり、別の部族の人だとか、街に住む人たちが、ファッションでこの帽子をかぶるってことはないのかなと思って」

サイードは、ああ、とうなずいた。

「それは、ないですネ。まずないない」

「どうして? こんなにきれいで可愛らしいのに」

ユイの言うのも無理はなかった。麦わら帽のつばの周りとてっぺんには毛糸のポンポンのような色とりどりの飾りがぐるりと留め付けられていて、なるほどたしかに可愛らしい。なのにパリにいてさえ、こんな帽子は見かけたことがない。

「どうしてと言われても……」

サイードは少し考えこんでいたが、やがて答えた。

「それは、アイデンティティに関わることだからネ。それぞれの部族の服装は、つまり、その部族の誇りだから」

部族の誇り――。しかし、そんなものがあるにしては少年の態度はあまりにあからさまだった。ロバの子をこづき回してはこちらを向かせ、自分もその横に並んでしきりにポーズをとりながら一つ覚えのようにくり返すのだ。

「ピクチャ！　テン・ディルハム、テン・ディルハム」

　ぼったくりもいいところだった。十ディルハムといえばポーターに渡すチップと同じ額だ。コーヒーなら二杯飲める。

　もともとカメラなど持ってこなかったぼくが首を横にふると、彼はめげずにポケットから薔薇の花のような形の結晶を取りだしてよこした。

「デザートローズ！　トエンティ・ディルハム、トエンティ・ディルハム」

　それも、サハラを旅したことのあるぼくには見慣れたものだった。

〈砂漠の薔薇〉などというずいぶんロマンティックな名前で呼ばれるこの石は、いうなれば砂と水の結晶だ。ものの本にはたしか、地底から蒸発する水分が砂の中にしみ出して、まわりのミネラル分を溶かすことで形づくられるものだと書いてあった。

　少年のさしだす石は色も形もそこそこだったが、しかしまさにこれから砂漠を目指すこちらとしては、こんな海べりの街でそれが売られていることに苦笑を禁じ得ない。きっと馬鹿な観光客が珍しがって旅の記念に買っていくのだろう。

　と、ユイがおもむろにしゃがみ、少年を手招きした。さっそくポーズをとる少年とロバをカメラに収めて立ちあがり、ジーンズのポケットから言われたとおり十ディルハム硬貨を取りだして渡してやる。

「ハムハバッ」

早口に言い放った少年が、用は済んだとばかりにまたロバを追って、来た道をそそくさと戻っていく。

「なんて？」

ユイがサイードを見あげる。

「ベルベル語で『ありがとう』という意味ですよ。そりゃ礼だって言うでしょう。彼にとって十ディルハムはけっこうな大金だ」

苦笑いしながら言うと、サイードはぼくらを促した。

「さあ、よろしければそろそろ乗って下さい。せっかくですからすぐそこの洞窟《どうくつ》にも寄っていきますが、あとはフェズまでどんどん走らないと、コウスケさんの飛行機に間に合いません」

「洞窟？」

と、コウスケが訊き返す。

「そう、ヘラクレスの洞窟。この坂のすぐ下ネ」

「なんでヘラクレス？」

それについては行けば説明してもらえます、とサイードは言った。

やはり、ぼくのほうは見ようとしなかった。

「ギリシャ神話によると、ヘラクレスは十二の大仕事をなしとげた後に、この洞窟で休んだことになっています」

　洞窟の入口でぼくらを出迎えたジェラバ姿の小柄な老人は、フランス語と英語のどちらがいいかと訊き、英語で、とヒサコが答えると、ひどく達者な発音で説明を始めた。もう数え切れないほどくり返した口上なのだろう、立て板に水はいいのだが、そつのない笑顔の奥に投げやり一歩手前の倦《う》んだような諦念が透けて見えてしまって、ぼくはなんだかやりきれなくなる。

「大西洋の波が打ち寄せることによって、自然の浸食でできた洞窟ですが、ほら、あれを見て下さい」

　岩に穿《うが》たれた階段を先に立って下りていきながら老人は奥を指さした。海に向かって、不可思議な形の巨大な穴がぽっかり口をあけている。

　コウスケとユイが思わずといった様子で声をあげるのを横目で見ながら、やはり若いな、と思う。何かにつけて、感動が生のままあふれてくるのだ。アマネもそうだった。

「なんの形に見えますか？」

　老人は思わせぶりな間をおくと（きっと秒数まで決まっているのだろう）、重ねて、アフリカ大陸のシルエットを左右反転した形に見えないか、と訊いてきた。まあ確かに、言われてみればそんなふうに見えないこともない。

もっとそばまで寄ってみる。穿たれた穴を通って打ち寄せる波を、足もとに見おろす。ぼくの隣に来た老人が、冬になると今よりもっと水かさが増すのだと言った。

穴の外はきれいに晴れていて、光が太い束になってさしこんでいる。左右反対のアフリカ大陸は、上半分が空の水色に、下半分は海の紺碧《こんぺき》に塗りつぶされて見えた。

「洞窟全体は、石灰岩でできています。ほらここ、この丸い跡。こっちも。あっちにも。わかりますか？　これらは、石臼《いしうす》を切りだした跡なのです」

老人はなおも手招きしてぼくらを奥へといざなった。岩肌に小さなくぼみがあって、上から浸みだした水が滴《したた》り落ちて溜まっている。

「レィディース……」

またしても芝居がかった間をおいて、老人は両手を広げた。

「たいへん失礼なことを伺いますが、あなたがたは結婚していますか？」

ヒサコとユイが戸惑ったように顔を見合わせ、それぞれ首を横にふる。

「だったら、この水にさわってごらんなさい」

「どうして？」

とユイ。

「この水に触れると、だいたい一週間から二週間の間には結婚できるという言い伝えがあります」

「はあ？」

ユイは素っ頓狂な声をあげて、それから笑いだした。

「そんな短期間で？　すごい効き目」

「そうですとも。地元の娘たちも、わざわざここまでやって来て願をかけていきますよ」

ユイはくすくす笑いながら、何の頓着もなさそうに、くぼみに溜まった水に指先をひたした。

「うわ、冷たい！」小さく叫んだかと思うと、濡れた指先をちょっと舐《な》める。「なんだ、普通の水なんだ。なんとなくしょっぱいのかと思った」

むしろ複雑な顔をしているのはコウスケのほうだった。たったの一週間後に彼女を娶《めと》る決心はまだつかずにいるらしい。

ぼくは、ヒサコをひじでつついてこっちを向かせ、小声で言ってやった。

「よかったわね、願ってもないチャンスじゃないの。この水さえさわっておけば、帰った頃にはアランの気が変わってるかもよ」

彼女が、思いきりいやぁな顔をしてぼくを睨む。黙って肩をすくめておき、ぼくはひとあし先に洞窟を出た。

入口で稚拙な石の彫刻を並べて売っている男がしきりに呼びとめるのを無視して、岸壁の端まで歩いていく。ごつごつとした崖の下には、ローマ時代の遺跡だろうか、何本もの柱のようなものが小さく見えていて、その向こうには白波の打ち寄せる砂浜が目路《めじ》の限り果てまで続いている。

もうすっかり癖になった一連の動きで、右のポケットをまさぐる。そこにはアマネがいる。続いて、左のポケットからジタンの箱を取り出し、くわえて火をつける。舌に馴染んだ煙の重たさをじっくり味わいながら、アマネと一緒に海を眺める。

ぼくが出てきた後で、ヒサコはあの水に触れただろうか。

§ ——久遠緋沙子

起き抜けは、体に力が入らない。ぐっと思いきり体重をかけ、広いベランダに続くガラスの引き戸を開ける。

外に出ると、夜明けの冷たい空気が私をつつんだ。まだベッドで眠っている結衣ちゃんを起こさないように気をつけながら、そろりそろりと引き戸を後ろ手に閉める。

モロッコというとつい砂漠を連想するせいで、空気もきっとからからに乾いているのだと思いこんでいたのだけれど、少なくとも古都フェズに関する限りそれは正しくないらしい。まだ日も昇らないこの時間、吹きつけてくる風はみずみずしく、胸の奥深く吸いこむとかすかにいい匂いがする。湿った土とミントが入り混じったような、滋味あふれる匂いだ。

〈ソフィテル・パレ・ジャメイ〉——旧市街《メディナ》の城壁内の高台にそびえるこのホテルは、昨日タンジェで泊まった〈エル・ミンザ〉と並んで、モロッコ屈指の格式を誇る五つ星だ。〈エル・ミンザ〉が比較的こぢんまりとしていたのに対し、ここはとてつもなく広い敷地に建てられていて、建物自体も壮麗にして豪華だった。

ジャン＝クロードが取ってくれた新館の部屋は、モダンながらも要所要所にイスラム風の凝った造作が施されている。大理石の床にはモザイクが埋め込まれ、ベッドの脇からはアラブ風の色ガラスの照明が吊りさげられて、壁に美しい影を投げかける。

その下に置かれた細かな彫刻入りの真鍮のトレイには、あらかじめウェルカム・フルーツやミネラルウォーターのボトルが用意され、流麗な文字でしたためられた支配人からの手紙とともに、品のいいブックレットが添えられていた。それによるとホテルの建物は、十九世紀に建てられたスルタンの宮殿を一九三〇年代に改装したものらしい。

ゆうべ着いたときには暗くてよくわからなかったが、東南に面したこのベランダからはアンダルシア風の美しい中庭《パティオ》が見おろせる。

〈眺めのいいほうを指定しておいたからね〉

とジャン＝クロードが得意げに言っていたのはこういうことだったらしい。

巨大なプールの紺碧《こんぺき》を取り囲むように、パラソル付きのテーブルや寝椅子が整然と並び、さらにその周りを手入れの行き届いた植栽が囲んでいる。色とりどりの南国の花々、背の高い椰子の木、足もとにはツル性の植物や香草の茂み。

かすかに届く涼しげな水音に目をこらせば、あずまやの近くに噴水が見えた。ゼッリージュと呼ばれる独特の細かいモザイクタイルで装飾を施された水盤は、小鳥の水浴びにちょうどといった程度の慎ましい佇《たたず》まいでありながら、まだ誰もいない庭園のひとすみでひっそりと存在を主張している。

あたりが静かなせいだろうか、その水音はまるで私に呼びかけているかのようだった。ここへおいで。さあ、下りておいで、と。

とても強く惹《ひ》かれはしたけれど、いま部屋で着替えたりしたら結衣ちゃんを起こしてしまいそうで、いずれにしても朝食はあのプールサイドのテラスでとるのだからと我慢する。

庭園の向こう側にひろがるメディナを見渡し、思わず溜め息がもれた。たった今、なんて広大なと思ったはずの庭園がたちまち箱庭にしか見えなくなるほど、眼下のメディナはどこまでも果てしなく続き、遥か遠くで山に溶けこんで、空と合わさっている。

ほとんど色味の感じられない、ベージュの土壁で統一された街。四角い小箱を並べたような家並みのそこかしこから、祈りのための尖塔《せんとう》がぬっとそびえ立つ。本来は外敵の侵入を防ぐために造られたという九千本の迷路と、千本の袋小路からなる迷宮都市――それが、この千年をこえる古都のメディナ、「フェズ・エル・バリ」だ。家々の屋上にはパラボラアンテナが目立つけれど、それさえ除けば、この眺めも街の内部で営まれている暮らしも、千年の昔からほとんど変わっていないのではないだろうか。

ジャン＝クロードの話では、この〈パレ・ジャメイ〉にもかつては尖塔があったそうだ。ポール・ボウルズはその塔の最上階に長逗留《ながとうりゆう》しては、下界を見おろしながら執筆したり、時にはメディナに下りて、あらゆる迷路を自ら歩きながら地図を作っていったのだという。

その話題が出たのは昨日の午後、車がもうすぐフェズの空港に着く間際のことだった。

夕刻のフライトに乗る浩介くんは、この旅一番の超豪華ホテルに泊まれないのを残念がってみせながらも、なんだか息を吹き返したように元気だった。逆境のほうが燃えるたちらしい。むしろ、元気がなかったのは結衣ちゃんのほうで……。

ベランダのガラス越しに、部屋の奥をうかがう。よほど疲れているのだろう、彼女はまだ目を覚ます気配がない。ベッドの上の小柄なかたまりは、さっき見たときと同じかたちに盛りあがったままだ。

これまでは結衣ちゃんと浩介くんが同室で、私とジャン＝クロードがそれぞれ一部屋ずつだった。でも、ゆうべチェックインの時に私と結衣ちゃんで彼に申し出て、女二人は一緒で充分だからと同室にしてもらったのだった。

日本円にして一泊七、八万はする部屋だ。いくらジャン＝クロードにとってはたいした金額でないとしても、甘える限度をもうとうに超えている。こんなに高い宿に自腹で泊まるのはとうてい無理だから全額出してもらえること自体はありがたい、確かにありがたいには違いないのだけれど、正直、別々に安い宿をとったほうが気分的にはずっとましなくらいだった。ジャン＝クロードと私の間をかろうじてつないでいた周は、もういなくなってしまったのだ。パリに戻ればおそらくほとんど会うことさえなくなってしまうだろう相手に、これ以上借りを作るのは気が重い。

冷たい空気を深呼吸する。

と、ふいにどこからともなく不思議な歌声が響き始めた。いや、単純に歌声と呼んでしまっていいものかどうか……むしろ唸り声のような、こぶしのきいた祈りの言葉が、遠くの山々にまでこだましながら連なっていく。

ああ――そうか。これが、朝いちばんのアザーン。夜明けの詠唱か。

アッラーーーーーーーーーフ・アクバル！

巻き舌で唱えられる言葉に耳をすませながら探すと、ひときわ高くそびえる尖塔の上にいくつものスピーカーが取り付けられているのが見てとれた。きっとあそこが、メディナで最も格の高い寺院なのだろう。

まるで、目に見えないヴェールをひろげるかのようだった。スピーカーによって増幅された老僧の声が、街じゅうに呼びかけるように、メディナ全体を空から覆うように、幾重にも幾重にも響き合いながら粛々と裳裾《もすそ》を広げてゆく。

いま、ここから見渡す幾千幾万の家の中で、あらゆる人々がメッカに向かってひざまずいている。そうして大地に額をつけて、偉大なる神に祈りを捧げているのだ。

アッラーフ・アクバル。

アッラーは偉大なり。

異教徒とも呼べない、宗教さえ持たない私までが、曰《いわ》く言いがたい思いに打たれてひれ伏したくなるほどの力を、この夜明けのアザーンは持っていた。

祈るかわりに、私は、そっとポケットから携帯を取りだした。時計を見ると六時を過ぎたばかりだが、パリとの時差は一時間。向こうはもう七時を回ったはずだ。

短縮ボタンを押して、耳にあてる。呼び出し音が、二回、三回と響く。

五回鳴っても出なかったら切ろうと思っていたところへ、

『ウィウィ』

慌てたような声が答えた。

『サコ？　サコかい？』

「ええ」

『おはよう』

おはようアラン、と私も言った。自然に頬がゆるむ。

「もう起きてた？　それとも起こしちゃったかしら。だったらごめんなさい」

『きみに起こされるなら本望さ。今日は起きていたけどね。次はもっと早く電話してくれてもいいくらいだ』

思わず笑った。

「相変わらずね。そちらはどう、変わりない？」

『何も変わりないよ。店のみんなも元気だし。僕のことはいいけど、きみのほうはどうなの。今どこにいるの』

「ここはね、フェズ。迷宮《ラビラント》で有名な、モロッコ最古の都市よ」

『いいところかい？』

「ええ、素晴らしいところ。ゆうべ着いたばかりだから、まだ外を歩いてはいないんだけど……。ねえ、聞こえる？」

何が、と訊くアランに、私は黙って携帯を夜明けの空へ向けた。

ちょうど、何度目かの「アッラーーフ・アクバル！」が響き渡ったところだった。

「聞こえた？」

再び耳にあてて訊くと、アランは感に堪えないといった声で、聞こえた、と言った。

『すごいな。素敵だ。僕も行きたかった。今のをきみと並んで聴きたかったよ』

「ほんとにそう思ってる？」

『ほんとにそう思っていないように聞こえる？』

「アラン。質問に質問で切り返すの、あなたの悪い癖よ」

彼は笑って、もちろんほんとにそう思ってるよ、と言った。

「じゃあ……いつかまた、私と一緒に来てくれる？」

『いいとも、もちろん。それにしてもまたずいぶん気に入ったものだね』

たしかに、と私も思った。それも、まだ街を見てもいない。ホテルのベランダから見下ろしただけなのに。

『いったいどこをそんなに気に入ったの』

「よくわからないけど、なんだか土地との相性がいいっていうか、自然に呼吸できるって感じなの」

『ああ、そういうことってあるよね』とアランは言った。『ねえサコ、知ってる？　ゲニウス・ロキって』

「ゲニウ……？」

『ゲニウス・ロキ。ラテン語で、地霊のことをいうんだけどね。たとえば、旅した先の土地にすごく惹かれるものを感じた時は、その土地のゲニウス・ロキに気に入ってもらえたってことなんだそうだよ。ほら、今のきみみたいに』

それ素敵ね、と返事をしかけた時だ。

アランの後ろから、高く澄んだ声がした。パパ！　ねえパパ、どこ？

寝室だよ、と少し遠くなったアランの声が答える。サコから電話なんだ、そっちでちょっとお待ち。

それから声がまた近くなって、

『……サコ？』

その言い方が、私の耳には、心なしか気まずそうに聞こえた。

「フロランスが泊まったのね」

『ああ。急に来たいと言いだしてね』

「よかった」

私は心の底から安堵《あんど》したふうに言った。

『え、どうして？』

「だってあなた、寂しがり屋さんだし。私のいない間、毎晩しくしく泣いてるんじゃないかって気になってたから。でも、フロランスが慰めてくれてるなら安心だわ」

『それはつまり、慰めてくれてるのがフロランスで安心した、っていう意味だろう？』

「ほんとに相変わらずね、色男さん」

『サコ』

「なあに」

『愛してるよ』

「私もよ」

音だけのキスを送りあって、私たちは電話を切った。

どうか気をつけて旅を続けてくれ、とアランは切り際に言ってくれた。無事に帰ってきてくれるのを心待ちにしている、とも。

その言葉に、塵《ちり》ほどの嘘もないことを私は知っている。なのに――この、ひたひたと満ちてくる蒼《あお》いような寂しさは何なのだろう。

ベランダに置かれた鋳物《いもの》の椅子に、そっと腰をおろす。鉄の冷たさが体じゅうにしみわたり、ぶるっと震える。街の向こうに夜明けの空が広がっている。太陽の姿はまだ隠されているが、もうすぐそこにまで迫っているのが感じ取れる。

いつのまにか、アザーンは終わっていた。

地平線の下から照らされて炎の色に染まった雲の陰影が、まるで燃えさかるアラビア文字のように見えた。

†

以前、ジャン＝クロードが、あんな図体ばかり大きくて馬鹿っぽい男のどこがいいのかと言ったことがある。浩介と結衣がパリまで訪ねてきてくれたあの時だ。

それよりだいぶ前に僕は、日本に置いてきた積年の恋について、ジャン＝クロードに打ち明けてしまっていた。上等なワインにでも酔っぱらっていたせいだと思うのだけど、さらに言い訳させてもらうなら、僕としてはまさか彼が浩介本人と顔を合わせるようなことになるとは思っていなかったのだ。

馬鹿なんかじゃないよ浩介は、と僕は言った。何も考えてないかのように見えるかもしれないけど、そのじつ押さえるところはちゃんと押さえてるし、鈍そうに見えて案外あれで勘も働くんだよ。たしかに細かいことを考えるのは苦手だけど、そのかわりあいつの直観力は並じゃない。結衣と二人、ちょうどいいバランスなんだよ。

ジャン＝クロードは笑いだした。恋って偉大ねえ、と彼は言った。

でも、僕には、恋そのものよりもさらに偉大なものがある。思い出だ。浩介との恋愛なんて叶《かな》うはずもない僕にとって、彼と過ごした時間の思い出は、それが友人同士のものでしかなくてもなお、恋なんかよりよほどせつなく輝いていた。

調子のずれた漫才みたいな結衣と僕の掛け合いに、まぶしそうに目を眇《すが》めて笑う浩介。ひとの弁当から、最後に残してあるメインディッシュをひょいっとさらってしまう浩介。

朝練で疲れて一時間目から眠りこけている大きな背中や、意外なほどこなれた発音で英語の教科書を朗読する声の響きや、裸足《はだし》ではいた上履きと制服の裾の間からのぞくグリグリと硬そうなくるぶしや。

いつだったか彼が、何度か続けてオレンジジュースを僕に買ってよこしたことがあった。渡り廊下の隅にある販売機の、紙パックのやつだ。

〈間違えて買ったから、お前にやる〉

と、浩介はぶっきらぼうに言った。

〈一〇〇％オレンジのって俺、あんま好きじゃないんだよ〉

好きじゃないならもっと気をつければいいのに、なんだってそんなに何度も押し間違えるんだろうと不思議に思っていたら、後から結衣に聞かされた。

〈間違えてなんかいないよ。わざわざ買ってるんだよ。周には言うなって口止めされたけど、飲めばちょっとはあんたの顔色が良くなるんじゃないかって、あれでも心配してんの。ほら、献血の時ってオレンジジュースよこすじゃない、だから〉

ストローを紙パックに挿《さ》しながら、うっかり泣いてしまいそうだった。当時は僕の生活が一番乱れていた頃で、それでも浩介の顔が見たいがために無理やり起きて学校に通っていたような状態だったのだ。あのすさんだ日々から足を洗う気になったのは、浩介のくれたオレンジジュースがきっかけだったと言っていい。

彼は、女子が家庭科の授業で作るお菓子も喜んで食べたけれど、僕が家で作って持っていくものには目の色を変えた。男のくせに菓子作りかよ、とか何とかクラスの連中にからかわれるのが嫌で、放課後を待ってからこっそり出してやると、浩介はくうーっと呻《うめ》いて身をよじりながら、お前ってほんと天才、と言った。

〈これはさあ、もはや素人の域を超えてるよな。プロのわざだな〉

〈また大げさな〉

〈大げさじゃねえよ。なあシュウ、お前マジでプロになれって。そんで一緒に店やろうよ〉

〈店?〉

〈そう。俺ほら、モノ集めんの好きじゃん。いつかガラクタ屋とか輸入雑貨屋とか、そういう店やるのが夢なんだわ。でさ、ついでにそこにカフェなんかも作っちゃうからさ、お前そこでこういうの焼いて出せよ。なんなら結衣も誘ってさ。一生、放課後みたいな人生。な、楽しそうだと思わねえ?〉

一生、放課後みたいな人生――たしかにそれは、夢のように楽しそうだった。想像するだけでうっとりした。

　でもその同じ口で、浩介は言うのだった。

〈うちのクラスのヤマモトマユミ、いいと思わん？〉

　僕は、笑みを浮かべた。女の子の話題が出たとき専用に、常に用意してある笑みだった。

〈ふうん。浩介って、ああいう子が好みなんだ？〉

〈や、べつにチチのでかいのがいいってことじゃないんだけど〉

　言われて初めて、ヤマモトマユミの胸は大きいのかと気づく。そんなところ、見てもいなかった。

〈でかけりゃいいってわけじゃなくてさ、雰囲気と合ってればいいわけよ。ヤマモトには、あの胸が似合ってる。けど極端な話、結衣の胸がスイカみたいにでっかくて、走るとゆさゆさ揺れたりしたら、それはそれでなんか間違ってるって気がするじゃん。なんか嫌じゃん。あいつはさ、ちっちゃいのがいいの。小生意気な顔と合ってて結衣らしいから〉

　そうして彼は、いきなり声を張りあげて歌いだした。

〈ボインはぁ～赤ちゃんが吸うためにあるんやでぇ～、お父ちゃんのもんとちがうのんやでぇ～……なんつってな〉

〈何それ〉

面食らって訊くと浩介は、

〈ガキンチョん時、じいちゃんに教わった〉

そう言って、さらに嬉しそうに続きを歌ってくれた。

〈おっきいのんがボインなら、ちっちゃいのんはコインやで、もっとちっちゃいのんは、ナインやで〜。ったく何だよこれ、とんでもねえ歌だな〉

自分で歌っておきながらそう言って笑い転げる浩介の横顔を、僕は、手を触れたが最後一瞬で消えてしまう虹を見つめるような気持ちで、息を詰めて眺めていた。

＊

九千の迷路と、千の袋小路。その昔、侵入してくる敵を惑わすために造られた道が、今はそのまま人々の生活の場となっている。

九世紀にできたフェズの街は、モロッコで最初のイスラム王朝の都だ。旧市街《メディナ》のおおかたを占めるフェズ・エル・バリは、世界一ともいわれるほど複雑な迷路からなる。

道幅は狭く、曲がりくねっていて、車などとうてい入っていく余地はない。移動や輸送の手段はいまだに馬やロバだ。

昼なお薄暗い小路をたどれば、少し先の曲がり角を薄衣の女性が幻のように横切る。

頭上に気配を感じて見あげれば、窓から細い腕がのびて鎧戸《よろいど》をぱたんと閉める。

数年前の旅では、このメディナを何日もかけて歩きまわったものだった。自分で思っている以上に、僕はポール・ボウルズに傾倒していたのだろう。彼の足跡を辿り、この街で彼がしたであろうことをなぞっていくうちに、いつか彼の小説の奥底に流れている孤独に寄り添ってみたかった。

世界でほんとうに僕をわかってくれる人がいるとしたら、それは彼ではないかという気がしていた。なぜだかわからない。彼の作品全体を通奏低音のごとく貫く孤独の色合いがそう思わせたのかもしれない。

あの、他人ばかりか自分自身すらも突き放しきっているような乾いた孤独。寂しさも哀しみも、彼ほどに突きつめればいっそ清々《すがすが》しく感じられた。ボウルズがもう死んでしまっていることが残念でならなかった。いくら僕でも、無数にひびく死者の声の中から、彼のしわがれた声だけを取りだして聴くなんて芸当はできやしない。

そう、かつて懸念していたとおりだった。肉体を失い、灰になっても、僕の〈耳〉はそのまま残ってしまった。

だが、聞こえてくるものを選ぶ権利など無いのだ。僕はただ、受けとめるだけ。死者の語りかけてくる声、いつ終わるともしれない手前勝手な物語の数々を、ただひたすらに耐えて聞くしかない。とめどなく流れこんでくるものでぱんぱんになって、まるで水を詰めた風船みたいに破裂してしまいそうになることもしばしばだ。今となっては、たとえ破裂したところで失うものは何もないとも言えるのだけれど。

そういえば、

〈生まれ変わったら何になりたい？〉

あれは何番目に付き合った男だったか、もう名前どころか顔さえ思いだせないが、事の終わった後でそんなことを訊かれたことがある。

ピロートークにしたってつまらないことを訊くものだと思って、

〈べつに、何でもいいよ。今の僕以外のものなら〉

適当にそう答えたら、なぜだか変に同情されてとても面倒くさかった。

何になりたいもなにも、そもそも僕には生まれ変わりというものが実感できないのだった。死者たちの声を日常的に聞き続けてはいても、彼らはただ死後の世界に閉じこめられているようにしか思えず、その中の誰や彼やが一人また一人と輪廻転生《りんねてんしょう》していくなどという印象はあまりなかった。

いや、実際には何らかの移動や増減があったのかもしれない。彼らの気配は波がひたひたと岸壁を洗うように、いつもほぼ一定の水位と色合いを保っていたから。

いずれにしても、本当なら僕自身もとっくにその波の一部となっていたはずだ。なのにいったい、今いるここはどこなのだろう。生者の世界でないことは確かだが、かといって死者のそれでもない。

どちらでもない。

でも、どちらでもある。

自分が何者であるのかなんて悩みを、まさか死んだ後にまで持ち越すとは思いもよらなかった。

もう、いいかげんに休みたい。死者の声はもとより、自分の心の声にさえ邪魔されないところで、天鵞絨《びろうど》のような眠りをむさぼりたい。

覚えてもいないくらい昔から、僕は、ほんとうに深く眠れたためしがない。

§　――サイード・アリ

フェズの旧市街《メディナ》に迷いこむと二度と出てこられないなどと言う輩《やから》がいる。

この街で生まれ育った俺にはさっぱりわからない理屈だ。どの道も、どの袋小路も、俺にとっては我が家の廊下に等しい。どれだけぐるぐると歩き回ろうが、方角を見失うことなどありえない。

そもそも人は、迷うと思うから迷うのだ。言い換えると、目的地へ一刻も早くたどり着こうとするから迷う。費やす時間の多寡《たか》さえ初めから考えなければ、たいていの場合、いつかはたどり着く。回り道ではあるにせよ、それは迷い道ではない。

「アマネは、ほんとにこの街が好きだった」

と、フランス人のオカマ《ズアメル》がつぶやく。彼と日本人の女性二人は、俺の案内でメディナを散策しはじめたのだが、まださほど歩いてもいないうちから疲れた顔を見せ、今は観光客相手のカフェで濃いコーヒーを飲んでいる。断食中の俺はもちろん、水もなし、煙草もなしだ。

昨日まで一緒だった日本人の男は、急な用事で一人だけパリに戻っていった。〈マッラホラ・インシャラー（また会いましょう、それが神の御心《みこころ》ならば）〉と心をこめて挨拶してやったのに、なんのことはない、本当にすぐまたこっちへ戻ってきてマラケシュで合流するという。パリで二泊するとはいえ、ほとんどトンボ返りとかわらない。正規の高い飛行機代をかけてでも取引先の信用を失うわけにいかないらしい。ばかげた話だ。

オカマが俺の向かいでジタンに火をつけた。こちらがなるべく目を合わすまいとすればするほど、挑むような、あるいは馬鹿にするような視線をちらりちらりと投げてくる。俺が何をしたというのだ。曲がりなりにも客だと思い定めて、こんなに寛容に接しているというのに、いったい何が気に入らない？　舌打ちをこらえる。

「アマネがここを訪れたのは、サハラでぼくと出会う前のことだけど……」とやつは言った。「以来、さんざんこの街の話をしてくれたわ。まるでぼくがフェズなんて行ったこともないかのように詳しくね。ぼくのほうも、いちいち感心して聴いたものよ。フェズなんて行ったこともないかのようにね」

そんな詩人気取りの言い回しを聞いていると、意味もなくむかむかしてくる。俺は、ほかのことを考えようと努めた。

「実際アマネときたら、ふだんはちっとも饒舌《じようぜつ》じゃないくせに、いざとなると人に話を聞かせるのがとても上手だった。生まれながらの語り部《べ》といってもいいくらい」

「そうね。そうだったわね」

サコが、痛みをこらえるような笑みを浮かべて相づちを打つ。

「ねえサイード。革職人の集まる一角って、ここから近い？」

「遠くはないですよ」と、俺は答えた。「もちろん、後でみなさんを連れていくつもりでしたネ。でも、どうして？」

「弟がよく話してたの。あの強烈なにおいばかりは経験してみないとわからない、言葉じゃ説明のしようがないって。ねえ、ジャン＝クロードも行ったことある？」

「ぼくはないわよ。同じくアマネからさんざん聞かされはしたけど」

「そんなにすごいにおいなの？」

「そうネ」と俺は言った。「経験しないと、言葉じゃ説明のしようがないくらい」

サコが少し笑ったので、ほっとした。

こうして数日をともにしている間に、俺にも彼らの事情がだいたい飲みこめつつある。あの冗談のようなラベルのついた紅茶の缶におさめられているのが何であるか、とか。この旅はそもそも死んだ男の遺言に端を発したものである、とか。

アマネという名の彼は、サコの弟で、パリでは菓子職人をしていたらしい。オカマの同居人だというなら、そいつもオカマだったんだろう。

サコに対して思うところはないが、それを考えると俺はぞっとした。こいつらの国フランスでは、同性同士の結婚に近いことまで認められていると聞く。神をも恐れぬ所業とはこのことだ。我らが偉大なるアッラーは同性が交わることを禁じておられる。それは、恥ずべきことだからだ。神の御意思に背く、破廉恥《はれんち》にして憂うべきことだからだ。

「ねえ」

唐突に、やつが俺に話しかけた。

こんな相手でも客は客だ、いたずらに機嫌をそこねるわけにはいかない。だがこの先まだ何日も旅をともにするのかと思うと、そろそろ愛想笑いにも疲れてきた。

「――はい、何でしょう」

「午後の予定はどうなってるの」

「どうって」

「また土産物屋《みやげ》めぐりをさせられるわけ？」

倦《う》んだような口調でやつが言う。

「どういう意味ですか」

「メディナを案内するなんて言って、結局は行く先々で土産物屋に寄ってばかりじゃない。それも、全部あんたの知り合いのとこ」

「それは……」

「わかってるわよ。ぼくたちが何か買えばあんたのふところにもマージンが転がり込むって仕組みくらい。だけど、こうも露骨にやられるとさすがにしらけるのよね」

「そうじゃない」

「何がそうじゃないのよ。じゃあ、何か売れてもあんたは得をしないとでも？」

俺は、ぐっと奥歯をかみしめた。

「たしかに、もしもあなたがたが買い物をすれば、彼らは私にいくらかの礼をしてくれます」

「ほらごらん」

「しかし、それだから連れてってるのではない。あなたがたに、職人の仕事する現場を見てもらいたいから……」

言い訳のように聞こえるのは承知だが、どう思われようと仕方がない。なにしろ、フェズ・エル・バリはすなわち職人の街でもあるのだ。そこかしこに、革なめし職人の集まる一角があり、陶芸の、錺職《かざりしょく》の、鉄鍛冶《かじ》の、あるいは絨毯商の集まる一角があり、そしてそれぞれに独自の市場《スーク》が立ち、店が並ぶ。そこを案内しようと思えば、どうしても行く先々で店を覗く形になってしまう。

こちらだって一応ちゃんと考えて、職人の腕や扱う品物の確かな、それでいてあまり派手にぼったくることのない店を選んでやっているのだ。買わない客に無理やりすすめるわけでなし、文句を言われる筋合いはないだろう。

どうにか気を落ち着けた俺が口をひらこうとしたとたん、

「よう、サイード！」

目を上げれば、カフェの前を茶色いジェラバ姿のハッサンが通りすぎていくところだった。年上の幼なじみで、昔はよくいじめられたものだ。もう五十も間近だというのに、いいかげんで口先ばかり達者なところはあの頃とちっとも変わらない。

「久しぶりだなサイード、里帰りか？　さすがに焦って嫁でも探しに戻ったか？」

「仕事だ」

と俺は答えた。

仕事なのは向こうも同じらしい。三人の観光客を引き連れたハッサンは、これ見よがしに首からさげた公式認定ガイドのＩＤをサコたちにむかってひらひらと掲げてみせると、わざわざ英語で言った。

「あんたがたも次は私を雇いなさいよ、そんないいかげんなガイドじゃなくて」

よりによってこのタイミングでその皮肉か、とこめかみに力が入る。

オカマが、眉を吊りあげて俺を見た。俺は無視を決めこみ、ハッサンに向かってわざと大げさに拳をふりあげる身ぶりをし、それから笑って手をふってやった。背中でフードの揺れるジェラバ姿を見送る。

カフェの奥から、肉を焼く匂いがする。ああ、ちきしょう。腹が減った。

と、横からユイが明るく言った。

「さっきの話だけど……あたしはけっこう楽しんでるけどな」

「さっきの話って？」

とサコ。

「お店めぐりのこと。あたし、職業柄っていうだけじゃなくて、お店を覗くのが大好きだから。プライベートで旅に出ても、たいてい観光なんてそっちのけで買い物ばっかりしてるくらいでね」

俺の顔を見て、にこりとする。

いや、いい子だ、つくづく。昨日パリへ行った男に対する冷たい態度は少々いただけないが、たぶんそこには何かしら俺の知らない事情があるのだろう。

「ふん」とやつが鼻を鳴らした。「そういうのってつまらなくない？」

「どうして」

「その土地でしか見られないものを見ずして、旅とはいえないでしょ。わざわざ買い物なんかして帰りの荷物を増やさなくたって、今どきは世界じゅうのほとんどのものはパリにも売ってるじゃない。まあ、現地で買うより数倍高くつくかもしれないけどさ」

相変わらず小馬鹿にしたような言いぐさで煙を横にふっと吹くオカマに、

「それとこれとは違うのよ」

ユイは果敢に言い返す。

「たとえばほら、あんなふうなアラビア風のランプ一つとっても全然違うの」

少し離れた店の軒に揺れているランプを指さす。真鍮の透かし彫りに色ガラスが埋め込まれたものだが、形が一風変わっている。あの店のオリジナルだろうか、ほかではあまり見ない。

「サン・ジェルマンやマレ地区のインテリアショップで、流行のモロッコ風インテリアのひとつとして天井からぶらさがってるランプはそりゃ洗練されてるわよ。自宅まで簡単に配送もしてくれるしね。パリだけじゃない、東京にだって同じようなのがあちこちに売ってることくらいは知ってるの。でも、こうして旅先のふとした街角で、香辛料の匂いのする風に吹かれてぶらぶら揺れてるランプの中から、ほんとうに気に入った一つを選んで買うのって、そういうのとは根本的に違う行為なのよ。値段がどうとかじゃなく、パリや東京で簡単に買うのとは、そこに生まれる思い入れみたいなものが後々までまったく違ってくるの」

だからね、とユイは俺のほうに顔を向けた。

「あたしは、逆に嬉しいですよ、サイードさん。ちゃんとああして、信用のおけるお店を教えてもらえて」

オカマがまた、ふん、と鼻を鳴らす。

俺は今度も無視して、

「シュクラン」

とユイに言った。

ありえない話だが、そう、まったくありえない話だが、ほんの少しだけ想像してみる。

——こういう娘を娶《めと》るとは、どういう気分のものだろう。

浩介だったらきっと、さっきのランプは迷わず買っていた気がする。

モロッコ風インテリアの流行は、数年前にパリから入ってきてすでに日本にも定着したから、あたしもけっこういろいろ見てきたつもりだけれど、あのランプはちょっと変わっていた。三日月の形をしていて、細工もずいぶん手が込んでいた。

軒先に出ているだけで、色違いのものが三つ。きっとそんなに高くはなかったはずだけれど、この旅のそもそもの目的や、それこそ荷物を送る手間や何かを考えてしまって即座に決断できなかった。逃したと思うと、なおさら気持ちが残る。ものごと何でもそんなものだ。

## §——早川結衣

今ごろ浩介はどうしているだろう。倉庫での確認作業は無事に済んだのだろうか。こちらへ戻る飛行機は手配できたのか。もともとそういうことをマメに連絡してくれる男じゃないけれど、こういうときばかりはさすがに気が揉《も》める。

浩介と離れて過ごすことぐらい、これまでだっていくらもあった。日本にいる時も、あたしのほうは毎日〈FUNAGURA〉の店番だけれど、浩介は週に半分くらい外回りをしている。彼だけ東京とか地方に泊まりがけで出かけることも全然めずらしくない。だから、今こんなに心細い――認めたくはないけど――のは、ここが異国だからだ。ただそれだけだ。

昨日の夕方、浩介はフェズの空港で車を降り、見送ろうとするあたしたちを制して手を振った。

片方の目だけを眩《まぶ》しそうに眇《すが》める独特の笑いかた。憎らしくなるほど白い歯並び。年季の入ったザック一つが揺れる背中がぐんぐん大股に遠ざかって、空港のビルの中へ飲みこまれていった。

ここ数日あたしたちといた間より、昨日の浩介はずっといきいきしていた。移動につぐ移動でいいかげん疲れているはずなのに、トラブルが発生してからというものかえって元気になったように見えた。

浩介が逆境に強いタイプであることも、彼自身それをわかっていて大変なときほど発憤することも、もう長い付き合いだもの、よく知っている。一緒にビジネスを始めてからはそういう彼のバイタリティに何度も助けられてきたし、あたしだってほんとは少なからず頼りにもしている。

でも今回は……今回ばかりは、こたえた。浩介の態度そのものが直接こたえたわけじゃない。彼があたしといるよりトラブルのほうを楽しんでいるという、そのことを、こともあろうにこんなにも寂しく不条理に感じてしまっている自分。あたしは、あたし自身に愕然《がくぜん》としたのだ。

(もしかしてこれって、嫉妬ってやつ?)

(あんたまさか、仕事にやきもち妬《や》いちゃってるわけ?)

どうかしている。こんなあたしはあたしじゃない。断じて、あたしじゃない。何かが大きく間違っている。

*

そこかしこに落ちた馬糞の匂いがする。

狭い路地を、幅いっぱいいっぱいの馬車が無理やり通っていく。人を轢《ひ》くぐらいは覚悟の上とばかりの勢いで御者がムチを鳴らすと、馬は耳を後ろへ引き絞り、速度を上げる。ふくらんだ鼻の穴は血管が透けて真っ赤だ。

「バラッカ、バラッカ!」

ふり向くと反対側からロバがやってくる。背中には荷物の袋がてんこ盛りだ。後ろからやはりムチで追う男の人が、また早口に怒鳴る。

「バラッカ、バラッカ、バラッカ!」

何て言ってるの、と訊くとサイードさんは慌ててあたしの肘《ひじ》をつかんで端へよけながら、危ないからどけという意味です、と言った。そうだろうと思った、とあたしが笑うと、また慌てて肘をはなした彼がうろたえたように失礼《パルドン》、と言った。

道は曲がりくねっている。そこかしこに坂があり、曲がり角があり、十字路があり、薄暗いトンネルがある。

家々の壁や塀が左右からぎゅっと迫っていて、角度によっては白く粉を吹いたように太陽を反射する。視界が遮られているせいで、目印になる高い建物を目指すことさえできない。さっき地図を取りだして見たばかりなのに、あっというまに方角がわからなくなる。

両側の壁が崩れかけ、互いに道の側へ傾いているところには、間に何本もの材木で突っかい棒がしてある。もとは美しかったであろう漆喰《しっくい》やタイルも無惨にはがれ落ち、いつ建物ごと倒れこんでくるかと思うと怖くて足早に通りすぎるのだけれど、考えてみれば千年余を経てきた街だ。いくら怖がってもきりがないことに気づいて、投げやりに足をゆるめ、突っかい棒の下をそっとくぐり抜ける。見あげると、信じられないくらい蒼《あお》い空もまた建物のエッジに切り取られて道をなぞるように曲がりくねっている。

どうしてサイードさんは地図も何も見ないで歩けるんだろう。不思議でしょうがない。いくらこの街で生まれ育ったからといって、こんな何百何千もの曲がり角をすべて覚えていられるものだろうか。先を行く背中には、迷いどころか一瞬の躊躇《ためら》いもない。

「いったいどこへ向かって歩いてんのかしら」

あたしの後ろでジャン＝クロードが何かぶつぶつ言う。ふりむくと、きれいなワインカラーのシルクシャツが、汗で薄い胸に貼りついてそこだけ濃い色になっている。

「適当にぐるぐる連れ回して時間稼いでるんじゃないの？」

「やめてよ、聞こえるわよ」

と緋沙姉。

「聞こえるように言ってやってるのよ」

緑色のジェラバを着た老人が日向に座り、赤い縞模様のラグに何かをひろげて売っている。近づいていくと、ラグの上でうずくまっているのは生きた鶏たちだ。二羽ずつ足を縛られ、どちらかが身動きしてももう一羽が枷《かせ》になって逃げられないでいる。ぐったりとして、もう鳴く元気もないらしい。

少し先では露天で本が売られていた。段ボール箱二つぶんほどの本と、積まれた雑誌類、壁にもロープが張られてペーパーバックがずらりと洗濯物のように引っかけられている。美麗なアラビア文字のタイトルは、読めないあたしには言葉というよりデザインの一部に見える。

鮮やかな真紅に塗られたドアの前で、日本にもいそうな黒っぽい雑種犬が日向ぼっこしていた。カメラを向けると、そばにいたおばあさんが弾《はじ》かれたように服の袖で顔を隠す。あたしは慌てて、ごめんなさい、と謝ってカメラを下ろした。そっちの犬を撮ろうとしただけなの、と指を差したのだけれど見てももらえなかった。写真を嫌がる人もいるとは聞いていたけれど、こんなに過敏な反応をされるとまでは思わなくて、なんだかものすごくいけないことをしてしまったようで、ごめんなさい、ともう一度謝る。

何の変哲もない建物の前を通ったサイードさんが、開け放たれたドアの中を指し示しながらあたしたちをふり返り、「学校です」と言った。

あたりが眩しすぎて屋内は真っ暗に見え、その暗がりの奥にほんの十ほどの小さい机が並んでいるのがかろうじて見てとれる。中から笑い声が聞こえ、続いてピンクのTシャツを着た少女が飛びだしてきて、すぐそこの脇道に駆けこんでいった。どの国でも、女の子はピンクが大好きだ。

あたしは――あたしは、ピンクの嫌いな子どもだった。服も持ち物も青や緑ばかり選ぶので、母親から、せっかく女の子を産んだのに張りあいがないと嘆かれていたくらいだ。思えばあれも、無意識のうちの抵抗だったのかもしれない。女に生まれたというだけで、あたりまえのように〈女の子らしさ〉を求められることへの。

その抵抗を途中でやめるきっかけを逸したまま、あたしはただ年だけ大人になってしまった気がする。べつに男に生まれたかったとまでは思わないけれど、あたしにはまだ、女に生まれてよかったと思えた経験がない。正直、一度だけ、ほんとに一瞬だけ、そんなふうに思えそうになったこともないわけじゃないけれど……その幻想はあっというまに崩れた。今や、前より警戒心が強くなってしまっている。

ひげをはやした男たちが、道の真ん中にロバをとめて立ち話をしていた。まるでバーカウンターに寄りかかるように、間にはさんだロバの背中に左右からもたれかかって談笑している。ロバは男二人を支えながらも半眼になってまどろんでいる。背景になっている壁のタイルも、鋲《びょう》の錆《さ》びた扉もあんまりきれいで、写真を撮ったら絵はがきみたいだろうと思ったけれど、やめておく。

途中、サイードさんはあたしたちを神学校に誘った。ブー・イナニア・マドラサ。マドラサというのが神学校という意味で、十四世紀に建てられたそうだ。

おそろしく大きな木の扉をくぐって中に入れば、壮麗な建物に四角く取り囲まれるかたちで、すっきりと清潔な中庭《パテイオ》がひろがる。床に敷きつめられている大理石がレフ板みたいに陽光をはね返して目を開けていられない。

「あら珍しい、ここにはお店はないの？」

ジャン＝クロードの嫌味を聞き流して、

「あの白い水盤は、」

とサイードさんが中央を指さした。いつのまにやらサングラスをかけている。口ひげとあいまって、なんだかマフィアみたいだ。

「あれは、学生たちが授業や祈りの前に身を清めるためのものでした。この二階は学生たちの宿舎になってましたネ。回廊の奥が小部屋になっていて……」

説明なんてそっちのけで、あたしは建物の壁面の美しさにすっかり心奪われていた。あたしの頭の高さまで（浩介だったら肩の高さだろうけれど）、茶、黒、青、緑などの彩色タイルが斜めの格子状にランダムに貼られている。その上にはセピアの漆喰に黒いアラビア文字の躍るボーダーがあり、その上が水色と白のジグザグのタイル、さらにその上は、眺めているだけで気が遠くなるくらい精緻《せいち》な文字が漆喰壁に直接びっしりと彫り込まれている。

頭上の梁《はり》や破風《はふ》は蜂の巣のように入り組んだ構造になっていて、あらゆるところを埋めつくすように文字や幾何学模様の彫刻と装飾がほどこされ、そしてそのすべてがあまりにも眩《まばゆ》い光と濃い影のなかで、しん、と沈黙しているのだった。

「人間わざとは思えない……」

緋沙姉がつぶやく。

「もちろん。神のみわざですから」とサイードさんが真顔で言った。「みんながひたすら神様のために立派な学校を造ろうとしたから、力を貸して下さったネ。でないと、人の力だけではこうはいかない」

「ああ、悪いけどぼく、無神論者なの」

ジャン＝クロードが手でしっしっと払うような仕草をする。

「ま、べつにかまわないけどね。ここの日陰、涼しくて気持ちいいから……。え？ なによ、もう行くの？」

マドラサを出て、またどんどん歩いていく。金細工の店があり、入れ歯を描いた歯医者の看板があり、ずいぶん立派な門構えのカーペット屋がある。道は広くなったり、窮屈なほど狭くなったり、下り坂になったりしながら果てしなく続いていく。

やがて道幅が少しだけひろがり、ふっと広場に出た。

「ここがネジャーリン広場ですネ」

想像していたよりずっと小さい。ホテルで読んだガイドブックには、旧市街《メディナ》で最もにぎわう繁華街と書いてあったけれど、あたりを取り囲む二階建ての建物の影が広場のおおかたを覆ってしまうくらいだ。

と、トンカチの音が響いた。目でさがすと、広場の一角に家具の工房があるのだった。木くずや作りかけの椅子の脚などが所狭しと置かれているけれど、見たところ機械が一台もない。ぜんぶ手作業らしい。削られた木のかぐわしい匂いがする。

「広場の名前になっているネジャーリンというのは、アラビア語で、大工さんという意味」

「じゃあ、もう昔から？」

「そう、大昔からここは大工の市場《スーク》だったところ。ほかもそうです、貴金属のスークも、布のスークも、革のスークも、昔からほとんど場所変わってない」

広場を横切りながら、あたりに並ぶ店に目を走らせる。ガラス製品の店、スズ細工の店、革細工の店、陶器の店。さまざまな色と素材の質感が目を楽しませてくれて、ちょっと覗いてみたくてうずうずした。サイードさんが先へ先へ歩かなかったら、ここだけで日が暮れてしまっていただろう。

イスラム教徒《ムスリム》でないと中に入れない修道院、ムーレイ・イドリス廟《びょう》を入口から覗く。

「フェズのメディナでもいちばんと言っていいくらい、聖なるところ」

木の実ばかりのスークを通り抜け、カラウィン・モスクを、これも入口から覗きこむ。食パンのような形にくりぬかれた正門の手前で、人々は靴を脱ぎ、パティオの中央にある泉まで行って耳や鼻の穴、首筋や手足を清め、奥のモスクへ向かう。祈りを終えて出てきた母親が、幼い息子の足もとにかがみこんで再び靴を履かせてやっていた。小さなバブーシュが可愛らしい。

べつの広場に出るとすぐ、サイードさんは左側の道を入っていった。途中に床屋があり、覗きこむと二つしかない椅子は埋まっていた。手前の長椅子に順番を待つ女性がいて、足もとの買い物カゴには生きた鳩が二羽入っている。まさかペットではないだろうと思うけど、それならそれで、わざわざ鳩を買ってから床屋に入る感覚があたしにはわからない。

　この国の女性も、さすがに髪を切る時は頭にかぶっている布を取るはずだ。そういう姿はほかの男性に見られてもかまわないんだろうか。それとも見えないように衝立《ついたて》か何か用意されているんだろうか。

　サイードさんに訊いてみようかと思ったちょうどその時、彼が立ち止まってこっちをふり返った。

　あたしたちが追いつくのを待ってから、サイードさんは言った。

「もうすぐ、においがしてきますネ」

　いちばん最後に追いついたジャン＝クロードが面倒くさそうに、何の、と訊く。

「革なめしの」

　とサイードさんは言った。

「ムッシュは前にもフェズ、来たことあるのでしょう。どうして見ませんでしたか、革なめし。有名なのに」

「えんえん歩いて、何もわざわざ臭いものを見にいく気になれなかったからよ。悪い？」

「いえ。ただ……」

　サイードさんは言葉を切って息を継ぎ、口ひげの陰でかすかに笑って言った。

「つまらなくないかなと思っただけです。その土地でしか見られないものを見ずして、旅とはいえないから」

思わずふきだしてしまったあたしを、ジャン＝クロードがうんざりと睨む。

「ふうん。ガイドのくせに、素敵な口をたたくじゃない？」

「やめて、ジャン＝クロード」と緋沙姉が慌てて言った。「ほんのジョークでしょ」

「うるさいわね、わかってるわよ」


サイードさんの言った意味はすぐにわかった。間もなく、あたりに何とも強烈なにおいが漂いはじめたのだ。

それはもう、目にしみないのが不思議なくらいのすごいにおいだった。スーク・ダッバーギーン――フランス語ではタンネリと呼ばれる、なめし革染色専門の集落だ。

坂を下りるにつれて道幅はいよいよ狭くなり、背中に生皮を積みあげたロバやラバが前方からやって来ると、傍らを通り抜けることさえ難しい。あたしたちにとっては耐えがたいほどのにおいだが、行きかう人たちは平然としている。

作業場にさしかかったところで、いきなり若い男があたしに話しかけてきた。愛想はいいけれど早口で何を言っているのかわからない。ただ、ピクチャ、という言葉だけ聞き取れる。あとから追いついてきた緋沙姉とジャン＝クロードの顔を見て、男はなおさら笑みを大きくし、すぐそこの店と奥の階段を何度も指さす仕草をした。

少し先へ行ってしまっていたサイードさんが気づいて引き返してくると、男を追い払って言った。

「ここじゃなくて、もうちょっと先で見ましょう」

今度は緋沙姉が、あたしと同じく口だけで息をしながら「何を」と訊く。

「たぶん、あなたの弟さんが見たのと同じものネ」

緋沙姉がジャン゠クロードと目を見合わせる。ジャン゠クロードが、初めてあたしたちより先に立って歩きだした。

ほんの十メートルばかり進んだところで、サイードさんは一軒の革の店に入った。さっきの店より間口も中も広い。ここもやはり知り合いなのだろう、スタッフの一人に目顔で挨拶すると、サイードさんは壁際の台に置かれていたバスケットから何やら青草の束をつかみ取り、さっさと階段を上りはじめた。

螺旋《らせん》階段と大差ないほどの狭い階段を、ぐるぐると上っていく。途中、サイードさんがふり返り、ジャン゠クロードに青草を渡して何か言った。ジャン゠クロードがめずらしく声をたてて笑いながら、一束取って緋沙姉をふり返り、渡された緋沙姉も同じく一束取って、残りを全部あたしにくれた。ミントの生葉だった。

「これを揉んで鼻の穴に詰めなさいって」

出たのは屋上で、その頃にはもう、口で息をしていても脳天がくらくらするくらいだった。てっきり冗談かと思ったのに、サイードさん自らが両方の鼻の穴いっぱいにミントを詰めている。

ジャン＝クロードと緋沙姉はさすがに、揉みほぐした束をマスクのように鼻に当てて手でおさえている。あたしもすぐさまそれに倣《なら》った。

こう言っては働いている人たちに失礼だけれど、あえてたとえるなら、夏場、生ゴミからあふれ出るドロリとした汁のにおい、あれを百倍強烈にしたくらいのもの凄《すご》さだった。そういえば〈FUNAGURA〉で扱っているモロッコ製の革ベルトやバブーシュからも、とくに梅雨《つゆ》時には、うっすらとだが同じようなにおいがすることがある。使っていくうちには消えるものだけれど、あれはそうか、このにおいだったのか。

サイードさんに指さされるままに屋上の縁《へり》から身を乗り出したあたしたちは、三者三様の声をあげた。

眼下一面、ぎっしりと地面を埋めつくしているのは丸い染色桶《せんしょくおけ》だった。一つひとつが、さすがにプールとは言わないまでも大人十人がゆうに浸《つ》かれるくらいの大きさで、色とりどりの染液で満たされたそれらが百も二百もパレットのように並んで陽光に輝いている様は壮観だった。なるほど、さっきの男はあたしたちに、店の屋上から写真が撮れるとアピールしていたのだ。

「中世の昔から、まったく変わらない方法で革を染めているのですネ」

サイードさんの解説は、鼻に詰めたミントのせいでくぐもっていた。

「見えますか、あそこ。染める前と、染めた後の革を、まわりの壁に貼りつけて乾かしてるところ」

動物の輪郭をとどめた色とりどりの革が、周りを取り囲む家々の壁にずらりと貼られている。これらすべての建物が、何らかのかたちで革なめしに関わる人たちの家ということなのだろう。

染色桶のふちはずいぶん分厚くて、裸足の職人たちがそこを曲がった平均台のようにすたすたと渡り歩いては作業している。多くはTシャツとジーンズ姿の若い男たちだ。

もう少し視線を上げれば、クリーム色がかった建物がはるかに連なる先に、モスクの尖塔が見える。アンダルース・モスクといって、さっき覗いたカラウィン・モスクと同じくらい古いものだとサイードさんは言った。

「ちなみに、フェズの街全体でモスクは八百近くあります」

鼻声がずいぶん誇らしげに響いた。

谷間のような眼下の広場を埋めつくす色の洪水と、そのまわりを取りまいて果てしなくひろがる無彩色の街並み。いくつもの尖塔と、祈りの声。

そして、このにおい。動物たちの死と、人の営みのにおい。

いったい周は、一人でここに立って何を思っていたんだろう。

めずらしくジャン＝クロードが買い物をした。下の店でいちばん上等な、イニシャル入りのバブーシュを二足。

鼻を近づけてクン、とやり、かすかに眉を寄せはしたけれど、彼はさほど値切りもせずに黙ってそれを買った。銀色の糸で焦げ茶の革に刺繍された飾り文字は、ひとつは〝J〟、もう一足は〝A〟だった。

緋沙姉とあたしは何も買わずじまいだったので、かわりにチップをいくらか置いてきた。来たのとはまた別の道を歩くうちに、久しぶりに鼻で呼吸する方法を思いだす。

「アマネの言った意味がようやくわかったわ」

ジャン＝クロードが言った。

「ついでに、サイード。あんたの言う意味もわかったわよ」

「なんですか」

「あれは、フェズに来た以上、たしかに一度は見ておかなきゃいけない光景だったわね」

サイードさんは驚いたように目を瞠《みは》ったけれど、返事はしなかった。

あたしはジャン＝クロードの横顔を盗み見た。久しぶりに長く歩きまわったせいだろうか、疲労の色が濃い。もともとが端整な顔だちだけに、そうして疲れた顔をすると一気に老けて見える。

あの俳優にちょっとだけ似ている、と思った。古いフランス映画でみた、何という名前だったか、たしか三十代半ばで夭逝《ようせい》した俳優。

稀代《きだい》の美男と呼ばれた彼にとって、それはもしかすると不幸とばかりは言えないことだったのかもしれない。

そういえば、ジャン＝クロードがいったい何歳なのか、怖くてまだ一度も訊けずにいる。

§ ——奥村浩介

シャルル・ド・ゴール空港に降りたったその足で港へ駆けつけると、問題のコンテナは業者の倉庫の片隅でぽつんと俺を待っていた。

鋼鉄の直方体のあまりの大きさに、見るなり気持ちが萎《な》えそうになる。俺、そんなに馬鹿みたいにたくさん買ったっけか。もう一まわりか二まわり小さいコンテナで済むような気でいた。

〈浩介ってば、すぐヒートアップして買いまくるから〉

結衣の小言が脳裏をかすめる。

〈あんたの物を見る眼はそりゃ信頼してるし、在庫をだぶつかせたことなんかまず無いのも認めるけど、せめてもうちょっとくらいセーブすることを覚えてよ。倉庫代だってばかにならないいんだからね〉

ごもっともだ。まったくごもっともだが、でもしょうがないじゃないか、見たとたん惚れちまうんだから。そうなったが最後、どうでも持ち帰って、それらを俺と同じくらい気に入ってくれる客に紹介してやりたくてたまらなくなる。蒐集家《しゅうしゅうか》が同好の士にコレクションを自慢したがるようなものだ、病気だと思ってあきらめてもらうしかない。

そもそもの元凶だった仕入れ先の担当者——三十代半ばの自意識過剰男には、前もって連絡してその場に呼んであったのだが、野郎、さんざん遅刻してきたかと思えば、ふざけたことに女連れで現れた。デートの先約があったらしい。

この期に及んであれこれ言い逃れをする当人を一発どやしつけ（こういう時は通じなくても日本語でまくしたてるのが効果的だ）、ちょっとおつむの足りなさそうな女の子にもわかりやすくワケを話してお帰り頂き（こちらへは逆に思いきり下手に出たのが効いた）、結局、ようやく観念した男に手伝わせて、荷物の梱包を一つひとつ解いていく。

すぐに開けられる段ボール箱ならまだいいが、多くは、幾つものカートンをまとめた上から木組みの枠がはめられている。はるばる海を越え、時には船ごと大波に揉《も》まれ、クレーンで吊り下げられ、トラックの荷台に載せられて運ばれていく——最初からそれを前提として作られた木枠だ。それこそゾウが踏んでも壊れない。

スクリューねじを電動ドライバーで一つずつ抜きとり、普通の釘《くぎ》で打ちつけてあるところはバールでこじ開けるようにして引っこ抜き、汗だくになりながら木枠をいちいち分解していく。ばらした廃材だけで小屋が一軒建てられそうだった。

もともと無能な男との共同作業だけに覚悟はしていたが、やはりしんどかった。言われたこと以外やらないどころか、言われたことも中途半端にしかできないやつというのは本当に度し難い。

俺が木枠をばらしながら、発注リストには無いのに梱包されていたものだけをパレット（大きなスノコみたいなものだ）の上に選《え》り分けてくれと言ったら、やつめ、なんと、そのパレットをコンテナの一番奥に置こうとしやがった。後からパレットごとフォークリフトで持ちあげて運び出すのはわかりきってるだろうに、そんなもん、入口に置かなきゃ意味がないじゃないか！　フォークリフトでずんずん奥まで入っていけってか！

一事が万事、そういう具合だった。

鼻にかかったフランス語の言い訳を聞くたび俺はキレそうになったが、かといって本当にヘソを曲げて帰られてしまってもそれはそれで困る。苛立《いらだ》ちを懸命に抑えこみながらの作業は、消耗の度合いも半端じゃなかった。

ようやく不要なパレットをコンテナから運び出した時点で、すっかり朝になっていた。自分で重機を操縦するのなんか久しぶりだった。異国人の俺の窮状を慮《おもんばか》って、そこまでのことを許可してくれた運輸業者のチーフにはもう、感謝の言葉もない。

最後までまったく使えなかった相方は「あとは任せてもらって大丈夫ですよ」などと抜かしたが、俺は聞こえないふりで北マレのオフィス兼倉庫までついていき、やつが本当に正しい品物を、本当に正しい個数だけ発送する準備を整えるまで、ぴったり横にはりついて見張ってやった。

例によって、カートン入りの新品ばかりじゃなくアンティークも交じっているぶん、梱包にはどうしても一日かかると言うので、しょうがない、出直すことにする。

緋沙姉に頼んで安く取ってもらったホテルに転がりこみ、ベッドに転がったとたん意識がとんだ。

飯も食わずに眠り続け、目が覚めたらすでに翌日の昼前だった。

やばい、と跳ね起き、再び北マレへ向かう。梱包は終わっていた。例の担当者は信じがたいことに休みを取っていやがったが、代わりに応対してくれた女の子のほうがよほど頭が切れて話が早かった。

一時間ほどたってその荷を回収に来た業者に、運び先が港の俺のコンテナであることをきっちり確認し、なおかつ念のため、あの太っ腹なチーフに連絡して、もうじき荷物がそっちに着くからどうかよろしく頼むと伝える。

五十代半ばのチーフは、電話口で笑って言った。

「何とかやり遂げたようだな、ムッシュ」

鼻に抜けるフランス語が、これまでになく耳に心地よく響いた。

＊

こっちへ来て以来一度も連絡していなかったことを思いだし、慌てて結衣に電話すると、彼女は案の定ものすごく不機嫌だった。どうやら本気で心配してくれていたらしい。

『それで、いつ戻れそうなの』

訊かれてちょっと思案する。

「そっちは今どのへんだよ」

『フェズからマラケシュへ向かってる途中』

後ろの雑音が激しく、音声も途切れがちになる。山あいを走っているのだと彼女は言った。

「これから空港へ行ってみないとわからないけど、今日じゅうの便が取れたら乗るし、そうでなきゃ明日だな。いずれにしろ、ほら、な？　ちゃんと間に合っただろ」

結衣が、ふん、と鼻を鳴らす。

『知らないよ、もう。まったく無茶してくれるよねえ、あんたって人は』

「はは、褒め言葉だと受けとっとくよ」

『何でもいいけど、早く戻ろうとしてこれ以上の無理なんかしないでよ。大丈夫だから。あたしたちは明日の晩もマラケシュに泊まるんだから、あんたももう一日くらいパリでゆっくり休んだら？　急がなくたっていいんだよ』

「はいはい」

そうは言っても、パリにいたってもうすることもない。ゆうべ爆睡したおかげで気力は戻っていたし、どうせなら早くマラケシュに着いて夜の市場《スーク》を見て回りたかった。売られている物はまさに玉石混淆《ぎょくせきこんこう》だろうが、それだけに腕が鳴り、胸も高鳴る。ほんとうに俺は「モノ」が好きなんだと思う。

携帯を畳んでザックを背負い、空港へ向かうバスに乗った。前もって緋沙姉が路線番号まで教えておいてくれたのだ。

窓の外遠く、エッフェル塔が見える。夜はあれがライトアップされるだけでなく、一時間ごとに美しくきらめいてそれはそれはロマンティックなのだそうだが、俺はまだ一度も見ていない。ゆうべは正体もなく眠りこけていたし、おととい の晩はもちろんそれどころじゃなかった。

ポケットにつっこんだ指先が、携帯に触れる。さっきそこから聞こえていた結衣の、女にしては低めの声を思いだす。

セックスなんて、しようがするまいが結衣と俺の仲は変わらないと思っていた。いや、むしろそういう生っぽいものが間に無くても互いを信じ合えるからこそ、俺らの仲は特別なのだと思ってきた。

浅はかだった。何といっても男と女なのだ、いざやってしまった場合はどうするのかを、もうちょっと考えておくべきだった。これだけ近くにいて何も起こらなかったことのほうが不思議だ、と今ならわかるが、こうなる前はそんなことまるきり考えもしなかったのだ。あまりにも近すぎたせいだと思う。

空気みたい、というのはよくあるたとえだけれど、結衣は俺にとってまさにそれだった。そばにいるのがあたりまえすぎて有り難みに気づかないという以上に、いなくなってしまうとほんとうに困るという意味において。

あの翌朝——俺の取り返しのつかないひとことの後で、結衣がまずしたのは、ベッドから俺を蹴り落とすことだった。茫然《ぼうぜん》自失していた俺はあっさりと裸で床に転がり落ち、その間に結衣ははぎ取ったシーツで体をくるみ、自分の服を拾い集めて部屋を出ていった。

居間をはさんで向かい側にある彼女の部屋のドアがばたんと音をたて、それきり何時間も閉まったままだった。たまりかねた俺が何度か声を掛けても、無視されるか、せいぜい〈うるさい！〉と返されるばかりだった。

これは長びくか？　と思いきや――夕方になって結衣は部屋から出てくると、俺を呼んで卓袱台《ちゃぶだい》の前に座らせ、切り口上で言った。

〈ゆうべのことは忘れて〉

ふだんに輪をかけて低い声だった。

そんなことができるわけないよ、と言いかけた俺に、

〈ああ、間違えた。ゆうべのことはあんた、もともと覚えてないんだもんね。覚えてないことを忘れるのは無理だよね〉

〈いや、そういうことじゃなくてさ、〉

〈言い直す。今朝のひとことは忘れて〉

〈……なんで〉

〈え？〉

〈なんでそういう意地悪なこと言うんだよ〉

〈意地悪？〉結衣が、あきれ返った顔で俺を見た。〈意地悪は――〉

言いかけた言葉に、自分で蹴つまずいたみたいに黙り込む。

再び卓袱台に目を落とし、結衣は続けた。

〈とにかく、お互いそうしたほうが楽でしょ。あんたは酔っぱらってたんだし、あたしだって何となく流されただけだし〉

何となく、流された。

そう言われて、じわりと腹の立った自分がわからなかった。酔っぱらいに迫られればそんなに簡単に流されるのかお前は、と怒鳴りたくなる。記憶を無くしたゆうべの自分自身に嫉妬するなんて、どうかしている。

〈あたしらの間にさ、そういう関係を持ち込むのは間違ってるよ。どう考えても変だよ〉

〈……変、かな〉

〈いいから、もう！〉

ぴしゃりと言った結衣の声が、ひどく悲痛に響いた。

〈いいから……忘れて。そのほうが、あたしも助かる〉

〈それ、マジで言ってんの？〉

〈マジだよもちろん。ねえ、頼むからそうして。あたしも普通にするから、あんたもそうしてよ〉

女からそこまできっぱり言われてしまうと、男としてはもう何も言えない。

その後の結衣の態度は見事だった。俺の側の罪悪感や、古い付き合いならではの贔屓《ひいき》目《め》を抜きにしても、じつに見事だった。俺が逆の立場だったら、というか俺が女だったら、ああいうふうに毅然《きぜん》とふるまえたかどうかは甚《はなは》だ怪しい。

それでもやはり、日常がいくらかぎくしゃくするのはどうしようもなくて、たとえばバイトの陽子ちゃんたちが俺らの間に漂う空気の変化に勘づいて気遣わしげな視線を投げてくるたび、結衣がうっすらと苛立つのがわかった。陽子ちゃんたちに対してじゃない、うまく取り繕《つくろ》いきれない自分自身に対するその苛立ちを抑えようとして息を詰める瞬間、結衣の肩のあたりから立ちのぼる気配を、俺はたまらなく色っぽいと思った。


覚えていないといったって、やはり端々の断片は記憶に残っているのだ。

あの夜、ずいぶん飲んで、愚痴をこぼしながら結衣に抱きついたこと。自分でも話がぐるぐる同じところを回っていると気づき始めた頃、もういいかげんにしなさいと彼女に酒瓶を取りあげられたこと。

次に気がつけばベッドの中で、妙に柔らかくて温かくていい匂いのするものが腕の中にあって、そいつが何やら優しいことをつぶやきながら俺の背中を撫でてくれていて……。

一旦深々と寝入ったあと、ふっと眠りが浅くなった。夢うつつで隣にいる誰かの服を脱がせ、なんでだか慌てたように抵抗するのを睦言《むつごと》で言いくるめて下着をはぎ取り、熱く濡れた場所に押し入った。

抱きながら何度か、懐かしいところに帰ってきたような気分になったのを覚えている。と同時に、自分が何か非常にやばいことをしている焦燥感みたいなものもあって、けれど真面目《まじめ》にそのことを考えるには判断力が麻痺《まひ》しすぎていた。

あんな気持ちのいいセックスはちょっとなかった。ディテールが曖昧なぶんだけ逆に印象が鮮烈に刻まれた感もあるけれど、とにかくもう、圧倒的な気持ちよさだった。酒が入っているわりに俺はしっかり勃起していて、そのぶん長くはもたなかったように思う。

これで相手が結衣でさえなければ、たぶん何も問題はなかったのだ。酔った勢いで寝るというのは正直、今までにも幾度かくり返してきた情事のかたちであり関係の始まり方だった。最低と言われても言い訳のしようがないが、そんなふうにして付き合い始める男女はこの世にごまんといるはずだし、中にはそのままうまくいくことだってあるだろう。俺だけを責められても困る。

ともあれ、ふたたび結衣と俺がそうなったのは、それから一ヵ月ほども後だった。その頃には俺はもう、とっくに〈忘れたふり〉をやめていた。そんなことをしても問題は何ひとつ解決しないばかりか、逆に結衣の傷がひろがっていくだけだとよくわかったからだ。

最初のうち彼女の態度は頑なで、俺が改めて謝ることさえ許してくれなかった。俺はあえて陽子ちゃんたちの前で、結衣のことが大好きなので協力してくれとぶちあげて味方につけ、ついには、ほとほとあきれた結衣に受け容れてもらうところまで漕《こ》ぎつけた。

そうして迎えた、二度目の夜。

冗談なんかじゃなくて本当に惚れてるんだ、と告げると、間近に覗きこんだ目が狼狽《うろた》えたように揺れて、俺はそれを見ただけで昇天しそうなくらい昂《たかぶ》った。

愛してるなんて言葉、何度もいろんな相手に向かって口にしたものだが、結衣に対してはどうしてだか言えなかった。そのかわり彼女に向かって告げた〈好き〉は俺にとって、これまでのどれとも違う特別の意味を持っていた。

〈俺、あの晩、何て言って迫ったの〉

いくらそう訊いても、結衣は教えてくれなかった。ただ、とうとう切羽詰まった俺が、〈なあ、お願い、大好きだからやらして〉

耳もとでささやくと、急に泣きそうな顔になり、背中にぎゅっと爪を立てて言った。

〈ばか。おんなじこと言わないでよ〉

と。

以来、もう何度も抱き合っている。一度、陽子ちゃんが昼飯に出かけた隙に店の奥でコトに及ぼうとしたときだけはグーで殴られたが、それ以外は結衣がとくに拒んだことはない。俺が抱けばちゃんととろけるし、俺の気持ちを疑ったりもしていない。

なのに……にもかかわらず、だんだんふだんの不機嫌の度合いが増してきた気がするのだ。それがなぜなのかが、鈍い俺にはどうしてもわからないでいる。

バスの窓の外に、大きな森がひろがっていた。

こうしてみるとパリには緑がとても多い。とくに郊外を走れば丘の向こうに貴族の館《やかた》みたいなお屋敷が建っているのがちょくちょく見えて、まるでフランス革命の時代にタイムスリップしたような錯覚が味わえる。

腕時計を覗く。飛行機に乗ってしまいさえすれば、三時間ほどでマラケシュのメナラ空港に着くはずだ。

窓ガラスに頭をもたせかけると、振動が気持ちよかった。今ごろになってドッと気が緩む。しばらくは何も考えたくなかった。ひと晩の爆睡程度では、完全に疲れは取れないものらしい。

目をつぶる。チケットが取れなかったら、空港待合室のベンチで寝ればいい。そういうことには慣れている。

だが、もしもキャンセル待ちがうまくいったら――そのときは結衣に電話しよう。また無茶をして、と叱ってくれる彼女の声を想像して、俺は、目を閉じたままちょっと笑ってしまった。

§　——久遠緋沙子

タンジェでは、〈エル・ミンザ〉。

フェズでは、〈パレ・ジャメイ〉。

となればマラケシュでは〈アマンジェナ〉に泊まるなんて言いだすんじゃないかと思っていたら、ジャン＝クロードがここで選んだのは旧市街《メディナ》の中にあるリヤドだった。ある意味、贅《ぜい》を尽くしたリゾートよりもかえって彼らしい選択と言える。

リヤドとは、元来「中庭」という意味だそうだ。でも今どきは、かつての伝統的な建築様式の邸宅に手を入れてよみがえらせた宿泊施設がそう呼ばれている。

疲れきった私たちがマラケシュにたどりついたのは夕方、もう日が傾く頃だった。フェズから車をとばして八時間。比較的まともな道だったとはいえ、体力的にはずいぶんきつくて、かつてこの道をたどった弟をひそかに恨みたくなった。

サハラへ行くなら、道はそれなりに悪くなるけれどフェズから直接真南へ下ったほうがずっと近いのだ。でも周は、なぜだか南西のマラケシュまでたどり着いてから急に砂漠を見たくなったらしい。ジグザグに戻るようなルートでサハラへ向かい、そこでジャン＝クロードと出会っている。

いったい何が周を砂漠へと向かわせたのだろう。

そのきっかけがたとえこの街にあったのだとしても、今となっては答えを確かめることもできない。

私たちの泊まるリヤドは、マラケシュの市場《スーク》の入口から目と鼻の先にあった。モロッコ一の規模を誇る巨大なスークの喧騒《けんそう》を離れて小道を折れ、いったんリヤドの中に入れば、外とは別世界のような静寂と空間が広がっていた。

中央に椰子の木がそびえる中庭《パティオ》。モザイクタイルに彩られた噴水。唐草《からくさ》模様の鉄格子が各部屋の窓を覆い、真っ白なリネン類はぴしりと糊《のり》がきいていて、長椅子にはアラビア風の刺繍の施されたクッションが置かれている。これでベッドの足もとに薄衣の美姫《びき》でも侍《はべ》らせれば、そのまま四行詩ルバイヤートの世界だ。

こういうところは、とくにヨーロッパ人のモロッコ通の間では人気らしい。大人の隠れ家といった落ち着きと、実際にこの街で暮らしているような気分が味わえるからだろう。

「ホテルと違って、スタッフがみんなフレンドリーなのがいいね」

と結衣ちゃんが言った。パティオに面したオフィススペースにはまるでオックスフォードの教授みたいな完璧な英語を話す老執事がいて、でもやっぱりジェラバ姿なのがユーモラスだった。

夕食をとるために、サイードは再び私たちを迎えに来た。ここまでの旅の間もずっと、彼だけは他の宿に泊まっている。最初のタンジェでは〈エル・ミンザ〉のそばに安宿を取っていたし、フェズにいた間は実家に滞在、ここマラケシュでも馴染みの宿があるらしい。車はそこの近くに置いてきたと彼は言った。

出かけようとしてふと肌寒さを覚え、私が部屋まで肩掛けを取りにいって戻ってみると、パティオの椅子に腰かけたサイードは貧乏揺すりをやめてぱっと立ちあがり、無言で歩きだした。

そうか。もうすぐ六時、あと三分ほどで今日の断食が終わるのだ。やっと水が飲める、食事ができる、煙草が吸える——さしもの穏やかなサイードも逸《はや》る気持ちを抑えきれないのだろう。待たせたりして悪いことをした。

道を行く人々も、見るからにテンションが上がっている。バイクが人波に突っ込む勢いで走っていく。路地裏で怒鳴り声が聞こえる。子どもが泣きわめき、犬まで激しく吠《ほ》えている。

二度ほど角を曲がると、そこはもう広場だった。モロッコのほぼ中心に位置するマラケシュの、そのまた中心、ジャマ・エル・フナ広場だ。向こう側がかすんで見えるほど広く、夜に向けて屋台の準備が始まっている。

乾いた風が強く吹きつけてきたと同時に、祈りの塔《ミナレット》から夕暮れのアザーンが流れはじめた。

広場の縁取りのように軒を連ねたカフェの二階へ上がり、ウェイターにチップを握らせてテラス席に陣取ると、サイードはまずグラスの水を飲み干し、煙草を一服して深々と息を吐いた。

「……大丈夫？」

覗きこむ結衣ちゃんに、

「はは、クラクラします」

と苦笑いを向ける。

手にした煙草は赤いマルボロで、箱の下半分には大きく〝Smoking kills〟と書かれている。結衣ちゃんがそれを見て笑うと、サイードは箱をテーブルに置いてすぐかたわらに頬っぺたを付け、死人のように白眼をむいておどけてみせた。浩介くんの不在で彼女が寂しがっていると思うからだろうか、昨日からサイードは結衣ちゃんに優しい。

「なに、食べますか」

と訊かれて、ジャン＝クロードは肩をすぼめた。

「なにって、どうせタジンとクスクスくらいしかないじゃない」

「ノン、ノン。ハリラもある。あと、ポテトチップスもネ」

「あんたねえ、人を馬鹿にするのもたいがいに……」

まあまあとその袖を引っぱっておいて、私はタジンとクスクスを少なめに頼んだ。文句を言う気はないけれど、さすがに食べ飽きてきたのも事実だ。

「ここでは軽く済ませておいて、あとで屋台を食べ歩きするのもいいんじゃない？」と私は言った。「おいしそうなフルーツなんかも売ってたし、大道芸人もたくさん出るみたいだから」

下の広場は加速度をつけてにぎわってきている。いつしか太鼓や音楽も聞こえ始めている。

そうこうしているうちに、西の空が茜《あかね》色から群青《ぐんじょう》に溶け落ちはじめた。宵の明星が際だつようになると、地上にもおびただしい屋台の明かりが灯《とも》り、夜光虫の群れのように輝きだす。全体を見渡すときらびやかだが、一つひとつに目をこらせば、ぴんと張った帆布の覆いから漏れる光はぼんぼりのように柔らかい。郷愁を誘われ、胸が痛くなる。

ふと見ると、ジャン＝クロードが紅茶の缶をポケットから出し、そっと膝の上に置くところだった。

「マラケシュは、フェズに次いでモロッコで二番目に古い街なのですネ」

「どれくらい古いの？」

と結衣ちゃん。

「千年くらい」サイードはあっさりと言う。「ベルベル人が最初のイスラム国家を作って、ここを都と定めたのです。そのあとも幾つかの王朝の中心となって、やがてキャラバン貿易が栄えたり、商業や工業が栄えたり。長い間のうちに、美しいモスクやマドラサがどんどん建てられましたネ」

今でも、海から砂漠から、ありとあらゆる土地の人々が集う。人種も、肌の色も違う人々。ジャマ・エル・フナ広場を見下ろすカフェで私たちのまわりに陣取った観光客だけでも、何カ国を数えるだろうか。聞こえてくる言葉もとりどりだ。

手すりにデジタルカメラを置いて、結衣ちゃんが広場の写真を撮り、私に見せてくれた。今どきのカメラは性能がいい。光の洪水がじつに美しく撮れて、またそれを画面で確認できる。私が日本を出てきた頃のデジカメとは雲泥《うんでい》の差だ。

「浩介くん、もっと早く着けたらよかったのにね」

と水を向けてみると、結衣ちゃんは目を合わせずに、そうですね、と言った。

「でもまあ、買い付けするなら明日もあるから。二日もあったらまたあれこれ勝手に買い込まれて迷惑だし」

「買い物好きの結衣ちゃんも形無し？」

「そう、あたしはただの買い物好き。浩介は買い物狂。っていうか、あれはほとんどビヨーキですよ」

浩介くんは夕方、キャンセル待ちで取れたフライトの時間を連絡してきたそうで、遅延さえなければもうそろそろ飛びたった頃だ。肝腎の向こうでの作業は、万事ぬかりなく済んだとのことだった。

「こっちに着いたらどうせ、延々と武勇伝を語りはじめるのよ」

とジャン＝クロードが決めつける。

「ああ、言えてる。ぜったいそう」

と結衣ちゃん。

「あいつ、今どきオトコくさすぎて時々うっとうしいのよねえ」

「それも言えてる」

「日本人の男ってみんなああなの？　それとも、どっちかっていうとアマネみたいなのが普通なのかしら」

「どっちもあんまり普通じゃないです」

ジャン＝クロードは、下を歩く人々の頭を見おろしながら言った。

「一人欠けるだけで、静かになるものよね」

最後のそれだけは、ただの憎まれ口とは違うふうに響いた。なおも下を眺めたまま、ジャン＝クロードが付け加える。

「あのお祭り男がいないと、アマネもきっと寂しいだろうし」

結衣ちゃんの指先が、ぴくりとはねる。

私は黙っていた。

やがて、サイードが、そろそろ下りてみましょうか、と言った。

§　――ジャン＝クロード・パルスヴァル

ジャマ・エル・フナ広場の北側には、モロッコ最大どころか世界最大ともいわれる市場《スーク》がひろがっている。全体に白っぽい印象だったフェズの旧市街《メディナ》とは違い、ここのメディナはもっと猥雑《わいざつ》で、とにかく多種多様な物があふれかえっている。

網目のような細道、ひさしにあいた穴から漏れる強い光の筋。

両側にはぎゅうぎゅうと店が並ぶ。衣料品、食料品、香辛料、装身具に革製品、履き物、日用品、真鍮や金銀細工、陶器にガラス、ランプに家具……。その間を、人とロバが行き交い、荷車が通っていく。

沿岸の都市と、サハラ砂漠との交易の中継地。アフリカとヨーロッパとアラビア、ベルベル、アラブ、そして砂漠の民族。さまざまな文化が入りまじり、混然を通り越して混沌《こんとん》となり、マラケシュ独自のわけのわからないパワーを作りあげてきた。今や、マラケシュのメディナは世界遺産に登録されている。

以前来た時さんざん歩いた街だから、明日はヒサコたちをサイードに任せてスークを案内させ、ぼくはリヤドで昼寝でもするつもりでいる。ずっと他人と一緒にいると精神的にひどく疲れる。もともと、人付き合いが好きではないのだ。自分のテリトリーに誰かを入れることも、よほど惚れた男以外はめったになかった。アマネはほんとうに例外中の例外だったわけだ。

まるで、猫と暮らしているみたいだった。互いに気ままにふるまっているのに、常に心地よい距離感がそこにあって、寂しくはなく、うっとうしくもない。

アマネの能力のおかげというより、理由はもっと簡単で、たぶん肉体関係がないのが良かったのだろう。男と女でも、女と女でも、もちろん男と男でもふとした拍子に化学反応は起こりうる。だが、ぼくたちの組み合わせではそれは有り得ない。その大前提が、二人ともを楽にしていた気がする。

いま、目の前には懐かしい夜の屋台がひしめいている。サハラでアマネと出会い、連れだってマラケシュへ戻った夜、ここで彼とカバブや炒《いた》め物を食べたのを思いだす。

極上のフランス料理店でご馳走《ちそう》してあげると言っているのに、アマネはここのほうが気楽だからと言って譲らなかった。質素な身なりとは裏腹に、どんな高級レストランへ連れていっても恥ずかしくないくらいマナーはきちんとしていて食べ方もきれいだったから、ほんとうに屋台の並ぶこの雰囲気が好きだったのだろう。

彼ほど旅を隅々まで、しかも自然体で愉《たの》しみつくす人間に、ぼくは他に出会ったことがない。


今でもよく覚えている。新しい法律である「パックス制度」がフランスで施行されたのは、一九九九年、じきにミレニアムを迎えようとする十一月のことだった。

〈異性とでも同性とでも、共同生活を望む二人の成人の間で結ぶ契約〉

結婚に類するものとして幾つかの保障を約束してくれるパックスのことを、そんなものはゲイを優遇する制度でしかないと批判する論調もあって、当初は右寄りの「ル・フィガロ」なんかに激しく叩かれていたけれど、やがては徐々に下火になった。ふたを開けてみれば、ホモセクシャルだけでなく若い男女も続々とパックスに踏みきったからだ。要するに、『結婚と離婚の間でさほどリスクを負わずに関係を結ぶための快適な解決法』という「ル・モンド」の評が、いちばん的を射ていたと言えるのだろう。

しかし実際、ゲイのカップルにとっては一筋の光明とも呼べる法律だった。これまでぼくらは、たとえどれだけ愛し合い支え合う関係であろうとも、法律上まったく保護されていなかったのだ。数十年をともに暮らしたパートナーに自分の財産を分け与えることもできず、それどころか片方が死んだら部屋を追い出されることさえあった。それが、パックスを選択することで認められるようになったのはじつに喜ぶべきことだった。

当時の恋人はぼくにプロポーズなどしてくれなかったけれど、ぼくはアマネと暮らすようになってちょうど一年後に、パックスのことを持ちだして彼に縁組みを申し込んだ。

あのアマネが、いったい何を思ってぼくの申し出を受けてくれたのかはわからない。面と向かって訊くのも躊躇《ため》われた。

ぼくは彼のことをとても大事に想っていたけれど、彼のほうはただぼくを保護者のように慕ってくれていただけだと思うし、同居しているからといって寝るような関係でもなければ、プラトニックな恋人とさえ言えない。さらに彼の場合、フランスの滞在許可証はもうすでに下りていたし（外国人がフランス人とパックスを結ぶと滞在許可証をもらいやすくなる傾向がある）、かといってお金にはまるで執着のない子だったから財産目当てというのも考えられない。

正直言って、ぼくのほうはたとえ財産目当てだってよかったのだ。

アマネと二人でパックスの宣言書にサインしたとき、ぼくは、心の底から安堵した。これで、遺言状に堂々とアマネの名を書ける。いつ自分が死んでもアマネが周りから不当に非難されることはなくなる。ぼくのいま住んでいる広いアパルトマンも、人に貸している部屋やギャラリーや、エクサン・プロヴァンスにある別荘の権利なども、みんな彼のために遺してあげられる。

そう思うと、老いることが前ほど怖くはなくなった。それどころか、自分がいつか死ぬ日のことが楽しみに思えてくるくらいだった。

——まさか、こんな順番になるなんて、想像もしなかった。

＊

ジャマ・エル・フナとは、「死者たちの広場」を意味するという。昔は公開処刑場だったのだとサイードは言った。

「でも今は、ジャマ・エル・ファナーヌ、芸術家たちの広場と呼ぶ人もいますネ」

ガイドなのだから説明は仕事のうちなのだが、その知ったかぶった口調がいちいち気に障るのはもう如何《いかん》ともしがたい。彼のほうでも、ぼくには近づかないと決めているらしい。同性愛者への嫌悪が拭いがたいのは、おそらく彼個人のせいではなく宗教的な刷り込みだ、だからしょうがない……そう自分に言い聞かせてはみるものの、それで気分が良くなるわけではない。

広場のあちこちに大道芸の人だかりができていた。何本ものボトルをお手玉のようにしているジャグラーがいるかと思えば、大げさな口上つきで寸劇を見せる集団も、楽器に合わせて舞い踊る連中もいる。着飾ったベルベルダンスの踊り娘《こ》はよく見れば太った男の扮装《ふんそう》で、すぐ隣の輪の中心では火吹き男が半裸で観客をおどかしている。蛇使いの老人。アクロバット芸の若者。

屋台の途切れた一角には、女たちが椅子がわりの木箱を並べてしきりに観光客を誘い、誰か通りかかると一様にファイブ、ファイブとてのひらをひろげてみせる。

「なあに、あれ」

とユイがサイードを見あげた。

「ヘンナ描きですネ」

あれが？　とユイの顔が明るくなる。マラケシュに来たらぜひとも描いてもらおうと決めていたのだと言う。

ユイがヒサコを誘い、ヒサコがぼくのことまで誘って、結局三人それぞれが女たちの前に座ることになった。けっこう時間がかかると知っているサイードは、それなら明日また宿まで迎えに行きますからと言って、去り際、ヘンナ描きの女性たちから露骨に嫌な顔をされながらもアラビア語で何かをきつく確かめた。

「ファイブは、ディルハムですから」

と、サイードはぼくらに言った。

「片手に描いてもらって五ディルハム、両手だったらその倍。あとで、『USダラーでと言ったはずだ』なんて言われても、約束が違うと突っぱねて下さいネ。この人たち、それ、いつもだから」

何年か前になるけれど、精緻な刺青《いれずみ》をびっしりほどこしたかのようなマドンナの手が、時計か何かの雑誌広告に載って話題になったことがある。あれがヘンナだった。

植物を原料にした染料を水でといて、肌に図柄を描き付ける。細筆などではない、針を抜いた注射器の先で、下絵も何も使わず器用に描き終えると、そのままひと晩洗い流すなと言われる。乾いた染料がそのうちにぱらぱらと剝がれ落ちたら、完成。即席の刺青模様はおよそ一、二週間もつ。

本来は女性がハレの日に体に描き付けるのが習慣だったそうだ。婚礼とか。あるいは、少女がもう大人と認められ、初めてラマダンの断食に参加を許された時とか。

ユイとヒサコは、女たちのファイルから図柄を選び、二人とも片手だけに描いてもらうことにしたようだ。ユイを担当する女のほうが若い。まだ少女と言ってもいいほどだったが、最初のラインを描いただけで、ヒサコのほうよりうまいとわかった。ヒサコが横目で見て苦笑するほどの違いだった。

ぼくの担当がいちばん年かさだった。ぼくが、手ではなく左足の甲から足首にかけて唐草模様を描いてくれとリクエストすると、女は鷹揚《おうよう》にうなずき、台の上に足をのせるように言った。

くすぐったかったが、なかなか見事な腕前だった。まずは足の親指にリングをはめたかのような模様が描かれ、甲を斜めに横切った蔓草《つるくさ》が、くるぶしを迂回《うかい》するように這いのぼって足首にくるりと巻きつく。その線を基調に、女は素早い手つきで繊細な葉や蔓を描き足し、葉の中も抽象的な模様でびっしり埋めた。消えてしまうのがもったいなく思えるほどの出来だった。

終わると案の定、一人につき「ファイブ・ダラー」を要求されたが、ぼくがポケットから——アマネとは逆のほうのポケットから札を取りだし、心づけを加えて三人ぶんで三十ディルハム渡すと、しぶしぶながら引き下がった。それでもパリならコーヒー一杯分ほどの値段だ。

「いいの？　おごってもらっちゃって」

「ありがと、ジャン＝クロード」

ヒサコとユイが口々に言うのが、足にヘンナを描かれるよりくすぐったかった。高いホテル代をかわりに出してやるのは何ともないのに、こんなことが照れくさいとは。

手に描いてもらった二人と違って、とりあえず乾くまではサンダルを履くわけにもいかず、迷っていたらヒサコがすぐそばのスタンドで搾りたてのオレンジジュースをおごってくれた。ぬるいけれども素晴らしく味が濃くて、舌の根にゆきわたるなり味蕾《みらい》の一粒ひとつぶが収縮してそそり立つのがわかるほどだった。

彼女たちが日本人だとわかるのか、ほうぼうの屋台からいいかげんな呼び込みの声がかかる。

「ジャッキー・チェン、コニチワ、サヨナラ、モーカリマッカ！」

「ナカータ、イチロー、アリガト、モモタロ！」

　ぼくには何のことかわからないが、ヒサコたちは二人して笑いだし、やれやれと首をふっている。

と、隣の屋台で同じようにジュースを買った男が、

「よかったら教えてくれないかな」

訛《なま》りのない英語で彼女たちに声をかけてきた。

「ジャッキー・チェンが中国人なのは知ってる。ナカタもイチローも知ってる。でも、モモタロってのは誰なの？　スポーツ選手？　それとも役者？　ずっと不思議に思ってたんだけど、モロッコ人は誰に訊いても知らないって言うんだ」

　いい声だ、低くて少しかすれた……。

　ぼくは、まっすぐ男を見やった。四十代の半ば。フランス人じゃない、イギリス人でもない、たぶんアメリカ人だ。カジュアルなグレーのパンツに薄いピンクのシャツ、ネクタイは無し。肩からカメラバッグをさげている。観光客というよりはジャーナリストみたいに見える。

　向こうもちらりとぼくを見た。目顔で挨拶、のように見えて、それは露骨に〈値踏

み〉だった。

「モモタロっていうのは……」と、ヒサコが答えた。「日本の昔話の主人公なんです」

「え、昔話？　ちょっと意外だなあ」と、男は言った。「どんなストーリー？」

「おばあさんが川で洗濯をしていたら大きな桃が流れてきて、割ってみたら中から飛びだしたのが桃太郎」

「壮大なファンタジーだね。それで？」

視線を向けられたユイが答えた。

「大人になった桃太郎は、お団子と引き替えにいろんな動物たちを家来にして、鬼の島へ行って彼らをやっつけるの。でも、よく考えるとべつに、鬼が悪いことしたなんて事実、どこにも書かれてないんですけどね」

男が笑いだした。

「よくある話だ。どこかの国みたいだ」

女たちはジュースを飲み終わったようだ。

「そのへんを散策してきたら？」と、ぼくは言った。「足のヘンナが乾くのに、まだしばらくかかりそうだし」

「じゃあ、そうしようかな」

「ぼくは適当に宿に帰るから、あんたたちも適当でいいわよ。二人一緒なら大丈夫でしよ。リヤドまでの道、わかる？」

「私の仕事、何だと思ってるの？」

歩きだしながら、ヒサコがひらひら手をふった。

ぼくのグラスはもう空だった。男のグラスにはまだ少し残っている。

「もう一杯飲むかい」と男が言った。「おごるよ」

べつに飲みたくもなかったが、ぼくはうなずいた。

「どこから？」

「パリ」

「そうか。僕はワシントン」

「だと思った」

「ワシントンだと？」

「いや。アメリカ人だろうなと」

「どうしてわかった？」

「厚かましいほどフレンドリーだから」

男がまた笑いだし、片手を差しだした。

「僕はデイヴィッド・ヘスター。デイヴィと呼んでくれ」

「……ジャン＝クロード・パルスヴァル」

短く答え、ぼくは彼の手を握った。

「きみ、あのフランス人俳優に似てるって言われたことない？」と彼は言った。「ほら、あの早死にした……『モンパルナスの灯《ひ》』の」

「ジェラール・フィリップ？」

「そう！　言われたことあるだろう？」

返事をせずに、

「おたくはあれに似てるって言われたことない？」と、ぼくは言った。「『エイリアン』に出てた、」

「アンドロイドだろ。白い血の出る」

「そこまでは覚えてない」

「ナイフの先で、テーブルにひろげた指の間をこう、目にもとまらぬ速さでね。はは、ときどき言われるよ」

職業はスポーツ記者だと聞かされて、自分の観察眼に満足する。

「でも、今は休暇中でね」

「モロッコへはいつ？」

「半月ほど前かな。昨日まではサハラにいたんだ。奥地のベルベルと会ってきた。素敵な体験だったよ」

夢見るように空を見あげて、彼は続けた。

「奥地に住むベルベルの女たちは本当にピュアでね。なぜなら彼女たちは多くを持たないから。昼には空と砂、夜には月と星、目に映るものはそれがすべてだ。だから、恋してしまえば恋がすべてになる」

年格好のわりにはとんだロマンティストだと思ったが、なぜか反感は抱かなかった。かすれた声のせいかもしれない。何を口にしても真摯に響く。得な男だ。

「恋は、いいよね。じつにいい。人生は学校、我々は生徒。Don't worry, be happy. だ」

酔っぱらっているのかと横目で見やったが、はっきりしない。もしかすると葉っぱでもキメているのかもしれない。

「きみは今、恋をしている?」

ぼくが黙っていると、

「でなけりゃ、そう、愛する人でもいい。今、誰かを愛している?」

わずかにためらった後、ぼくはうなずいた。

「そう、いいね。どういう相手?」

「ずっと年下の男」

「ほう。ますますいいね」

「ついこのあいだ死んだけどね」

　さすがに今度は、いいね、と言われなかった。男は、オレンジジュースを口に運び、そうか、それは残念だったね、と言った。

　今度はぼくが黙る番だった。そんなありきたりな言葉で片づけられたくなかった。お前に何がわかる。ぼくが亡くしたのは、アマネなんだ。あのアマネなんだぞ。お前に、いったい、何がわかる。

　沈黙のなかで、男が再びこちらを値踏みしているのが感じられた。

　傷心につけ込んで、誘いを掛けてくるか。それならそれでかまわない、といささか投げやりに思った。異国の夜、ひと晩限りのラブアフェアに付き合うのも悪くない。いっそ気が紛れていいかもしれない。どうせ明日は宿で寝ているつもりだったのだ。今夜少々疲れるくらいどうということはない。

　男が、手を差しだしてきた。

「じゃあ、元気で」と、男は言った。「会えて嬉しかったよ、ジャン」

「ジャン＝クロードだ」

　間違いを正してやる。手を握り返さないまま、さようなら《オーヴォワ》、と告げると、彼は照れくさそうにバイバイと返して手を振った。

　屋台の間を縫って遠ざかる背中を見送りながら、ぼくはおごられたオレンジジュースをひと息に飲み干した。

バイバイ、か。別れ際にバイバイなどと口にする男は、どうせセックスも稚拙にちがいない。

足に触れてみるとヘンナは乾いていた。革のトングサンダルをそっと引っかけるように履き、歩き方にも気をつけながら宿に帰りつく。

と、不用心にも入口の木戸が開けっ放しになっていた。内側のかんぬきをかけ、植栽のある細道を奥へ進む。

中庭《パティオ》に面したオフィスに、誰かいる、と思ったら、宿へ戻ったはずのサイードだった。その奥で老執事がどこかへ電話を掛けているそばにヒサコとユイもいて、ハッとこちらを見た顔が二人とも蒼白《そうはく》だった。

「なに、どうしたの、何かあったの？」

ユイの真っ赤に泣きはらした目が、すがりつくようにぼくを見た。

§　――久遠緋沙子

携帯が鳴った瞬間から、嫌な予感がした。

幼い頃は勘の鋭いところもあったけれど、周と違って私のそれは成長とともに薄れてしまっていたから、こんな気分に襲われること自体ずいぶん久しぶりだった。

私と結衣ちゃんはジャマ・エル・フナ広場から連れだって宿へ戻ったばかりだった。宿泊客は明日まで私たちだけだそうで、ジェラバを着たごま塩頭の老執事が用意してくれたミントティーを中庭《パティオ》のテーブルでご馳走になりながら、この歯磨き粉みたいな味にもすっかり慣れたわね、などと話していたその時に――バッグの中で携帯が鳴りだしたのだ。

取りだしてみると、夏恵先輩からだった。それも会社ではなく自宅の電話からだ。先輩にはおととい浩介くんがパリで泊まる宿を取ってもらうために連絡して、ついでにこの旅の経過報告もしたばかりなのにいったい……。ボタンを押す指が勝手に震えてしまう。

耳にあて、

「……はい？」

こわばった声で返事をすると、

『今いい？　話せる？』

夏恵先輩がいきなり言った。早口の切り口上はいつものことだが、明らかにいつもと様子が違う。

「え……ええ、大丈夫だけど」

『ごめん急に。ちょっと確かめたいことがあって』

「なに」

『奥村くんのことだけど』

息を吞む。

「彼がどうかしたの？」

向かいに座った結衣ちゃんがぎょっとなって私を見た。

『たしかあの子、今日の午後の便に乗るとか言ってなかったっけ』

ドクン、ドクン、と勝手に心臓の音が大きくなっていく。夏恵先輩が言おうとしているることが、話を聞く前からわかるというのはどういうことなんだろう。

『ねえ、彼の乗ったのってまさかFA508便じゃないわよね』

「そ、その便だったら何なの」

『いいから！　乗ったの、乗ってないの？』

「待って」

私は携帯を耳から離し、こちらを凝視している結衣ちゃんの視線を受けとめた。取り繕っている余裕もなかった。

「浩介くんの飛行機のフライトナンバーわかる？」

そのとたん、結衣ちゃんの呼吸が乱れた。大きく胸を波打たせ、それでも何も訊かずにバッグをかきまわして携帯をつかみだす。スクロールする指が、私以上に激しく震えている。

「……FA508便」

とっさに呻《うめ》いてしまった私を見て事態を悟ったのだろう、結衣ちゃんの顔が歪んだ。夏恵先輩に向かって、フライトナンバーをくり返す。彼女が、向こう側で同じように呻くのがわかった。

『落ちたらしいのよ。いま、ニュースで見てなぜだかすごく気になって』

「らしいって、それ、どういうこと？」

生々しい言葉を結衣ちゃんに聞かせたくなくてそう言いながら、事態はもうそれどころではないことに気づく。

『確認が取れてないの。ニュースでは消息を絶ったとしか。エンジントラブルで別の空港に降りるって連絡があったきり通信が途絶えてるって……ねえそこ、テレビないの？　マラケシュ行きの便だもの、そっちでも絶対ニュース速報とか流れてると思うけど』

急いで執事のアブドゥルさんを呼び、わけを話して奥のオフィスに入れてもらう。とっくに深夜のような気がしていたのにまだ九時をまわったばかりで、テレビをつけるとちょうどいくつかのチャンネルでニュース番組を放送していた。

皺の寄った手でリモコンを操作していたアブドゥルさんが、そのうちの一つで止める。画面に小型の飛行機が映っていた。事故にあったのと同型の機種らしい。濃い顔だちに口ひげのアナウンサーが巻き舌で何か言っている。ああ、だめだ、言葉がわからない。

私がそう言うとアブドゥルさんはうなずき、しばらく険しい顔で耳をすませていた後、完璧な英語で説明してくれた。

「フェズの空港に降りようとしたようですが、それも間に合わなくて海上に不時着すると連絡が……それが最後の通信だったそうです。どこに降りたのかわからない、暗くて捜索もままならない、乗員と乗客合わせて百七十四人の安否もわかっていない、と」

「日本人は？　ねえ、日本人は乗ってなかったの？」

すがるように訊く結衣ちゃんに、アブドゥルさんは首を横に振った。

「ごめんなさい。残念ながらそこまではわかりません。モロッコ人のことしか言ってませんでした」

異国なのだ——と痛切に思った。ここでは私たちはまったくの異邦人なのだ。パリにいる時の私だって異邦人には違いないのに、今のこの疎外感ときたらその比ではない。どうすればいい。外務省や大使館を頼るしかないのか。

結衣ちゃんが、必死の形相で浩介くんの携帯を鳴らし続けている。でも、何度かけ直してもどこにも通じない。飛行機に乗る前に電源を切ったままなのか、それとも……。

ここまでずっと電話がつながったままだった先輩に、私は、とにかく日本人の乗客がいたかどうか確かめてほしいと告げた。わかったら何時でもいいからすぐ連絡をくれるように頼んで切る。

あとは……ああ、そうだ、ジャン＝クロード。根っから自由人の彼は、束縛されるのが嫌だとか言って携帯を持とうとしない。こんなことになるなら、旅の間くらい無理やりにでも持たせておけばよかった。

と、後ろでアブドゥルさんが声をあげた。ふりむくと、結衣ちゃんが彼にかかえられて床にくずおれるところだった。

あわてて壁際のソファに横たえ、頭の下にクッションをあてがう。

「結衣ちゃん」

手を握ると、びっくりするほど冷たかった。

「結衣ちゃん。……ね、しっかりしよう。大丈夫、まだ乗ってたって決まったわけじゃないんだし。浩介くんならきっと大丈夫」

結衣ちゃんが、ぎゅっと目を閉じたままうなずく。かわいそうに、顔が真っ白だ。

彼女の手を握りしめたまま、私はさっき別れたばかりのサイード・アリに電話をした。呼び出し音を聞きながら、やみくもに祈った。浩介くんが無事でありますように。あの飛行機に乗っていませんように。乗っていてもどうか奇跡が起こりますように。怪我をしたとしてもせめて命だけは取りとめますように。

でも、なんだか空気に向かって話しているみたいだった。この心もとなさには覚えがある。周の病気がわかってから最期の時まで、ずっと味わってきたのと同じ心細さだ。自分の宗教を、自分の信じる神を持たないというのは、こういうことだ。こういう時に祈りを捧げるべき相手がわからないということなのだ。

やっとサイードが出た。

すぐに行きます、と言った彼は電話を切り際に付け加えた。

『だいじょうぶ。私の神様が守って下さいますから』

そうこうするうちに、アブドゥルさんが気をきかせてハーブティーを淹《い》れてきてくれた。彫り模様の美しい銀のトレイに、湯気の立つモロッコグラスが二つのっている。

「結衣ちゃん」

薄く目をあけた彼女の、汗のにじむ額に触れる。やはり、凍るように冷たい。

「起きられる？　ほら、アブドゥルさんがカモミールティー淹れてくれたよ。これ飲んで、ちょっと落ち着こう」

目が合うと、結衣ちゃんの唇がひくひくと震えて歪んだ。涙がひと筋、こめかみを伝わって髪の中に流れ落ちる。私は、無理やり微笑んでみせた。

〈だいじょうぶ。私の神様が守って下さいますから〉

サイード・アリとアブドゥルさんの神様は、信徒ではない私たちの願いにも耳を傾けて下さるのだろうか。そうだったら、どれだけでも真剣に祈るのに。

フェズの、あの真紅のアラビア文字のような朝焼けが脳裏によみがえる。乾いた風。くり返し響きわたるアザーン。

熱いグラスを両手で包みこみ、強く、強く、つよく念じる。

神よ、どうかこの祈りをお聞き届け下さい。私たちは異教徒なのではありません、ただの異邦人なのです……。

§　——サイード・アリ

こんな事態はさすがに初めてだった。

サコからの切羽詰まった電話でリヤドへ駆けつけた時には、彼女は蒼白《そうはく》、ユイに至ってはおびえた子兎のように声もなく震えていて、俺まですっかり動顛《どうてん》してしまい、とにかくカサブランカの本社へ指示を仰いだ。

だが、無駄だった。本社のスタッフもやはり、現時点ではニュースで流れる情報以上のことはわからないと言った。

途中、外からようやくオカマが帰ってきた。ここにいないはずの俺がいるのを見て異変を察したらしい。

サコから話を聞き終わると、やつはユイの隣に腰をおろし、黙って肩を抱き寄せた。ユイはくずおれるようにやつにもたれかかり、静かにすすり泣きはじめた。

こういうとき、時間の進みはどこまでものろい。誰も口をきかない。つけっぱなしのテレビから、たまに同じニュースが流れ、そのたびに画面を凝視し耳をすますのだが、続報はまだない。アナウンサーはただ、消息は依然として不明、乗員乗客の安否もわからないとくり返すだけだ。

このたまらなく重苦しい感じは俺に、去年、兄のところの七つになる長男が手術した時を思いださせた。荷馬車を引くラバに蹴られて肋骨《ろっこつ》を折り、石畳で頭を強打して意識不明の重体となったのだ。幸いにして手術は成功したが、それでも顔半分にいくらかの麻痺が残ってしまった。きちんとしたリハビリのおかげで歩けるようになっただけましかもしれない。

兄の家に金があることを俺が心から喜べたのは、考えてみるとあの時だけだ。兄との仲ははっきり言って最悪だが、甥《おい》っ子は俺に懐いていて可愛かった。最高の治療を受けるためにもし金が足りないというのなら、なけなしの俺の貯金などすべて吐きだしてしまってもいいと思うくらいだった。

オカマが、肩にもたれかかったユイの背中を優しく撫でてやっている。その手つきに性的な匂いは微塵《みじん》もなく、疲れ果てたユイも安心して身を預けているように見える。男の体と、女の心――なるほど、やつにもそれなりに効用はあるということか。もしかすると、と初めて思い至った。俺がやつに抱く嫌悪感のうち何割かは、同性愛者であることにではなく、金持ちであることに起因しているのかもしれない。俺は、金持ちが嫌いだ。兄のような成り上がりの金持ちも、こいつのような生まれながらの金持ちも。やつらには他者に対する慈悲がない。……と、これまでは思ってきたのだが。

一時間半ほどもたったろうか。

突然呼び出し音が鳴り響き、全員が飛びあがった。サコが携帯を取り落としそうになる。

連絡は、サコの上司からだった。たぶん日本語だろう、俺のわからない言葉で短く相づちを打っていたサコの顔が、ふいに歪む。沈んだ様子のまま電話を切ると、彼女は俺たちを順繰りに見やった。

「浩介くん……やっぱり乗ってたみたい」

ユイが、ぐぅっと潰れるような呻《うめ》き声をもらした。

「乗客名簿？」

フランス男が、らしくもないしわがれ声で言う。

「ええ。Kosuke Okumura の名前が確かに載っているって」

いっそ確認できなかったほうがましなくらい、救いのない情報だった。

ユイはもう、新たに泣く気力すら残っていないようだ。青白い顔に涙のあとが痛々しい。色を失った唇はさっきからずっと小刻みに震えたままだ。

眺めているとだんだん、知らない女がそこに座っているように思えてきた。ちょうど、同じ文字を何度も書いているとこれで正しいのかどうか自信が持てなくなってくるのと似た感じだった。

もっと気丈で、もっと強気な、人前では崩れることのない娘だとばかり思っていた。心根が優しいのはわかっていたが、こんなに脆《もろ》いところも持ち合わせているとは知らなかった。

コウスケ・オクムラは、それだけ彼女にとって特別な男なのだろうか。だとしたら、彼に対するあのあまりにも邪険な態度は何だったのだ。わからない。

サコが懸命な口調で何か言い、ユイが、かろうじてうなずく。

「何て言ったのよ」

とフランス男。

「まだ落ちたと決まったわけじゃないんだから、って。うまく着水すれば機体はけっこう長く浮いていられるはずだし、あとはとにかく、一刻も早く発見されることを祈ろうって言ったの」

だが、それが気休めでしかないことなど、ここにいる全員がわかっていた。昼間ならまだしも、暗黒の海だ。どこに落ちたかもわからない。海上からレーダーだけで見つけだすのは至難の業だろうし、空からの捜索が開始されるのもおそらく夜が明けてからだろう。

死んだ男の遺灰をまくための旅で、自分が命を落とす……。ずいぶんと皮肉な話ではある。事態は深刻に違いないのだが、正直なところ俺にとって、悲しみは遠い。

ふと、中庭《パティオ》の隅の暗がりで何かが動いた。

目をこらせば、執事のアブドゥルが地面に額をつけて祈りを捧げているのだった。口の中で祈りを唱えながら、体を起こして天を指差し、またうずくまっては額をつける。年取った男の多くがそうであるように、彼の額の真ん中にも茶色いしみのような祈りダコがある。

俺にとって、遠いのは悲しみばかりではないのかもしれない。たとえばアブドゥルのようにイスラム教徒《ムスリム》の戒律を厳格に守る者に比べれば、神の国もまた……。

しばらく無心に祈っていたあと、アブドゥルは立ちあがり、敷いていたラグを片づけてキッチンの奥に消えた。少しして、あらためてみんなのぶんのミントティーを淹れ、俺のためにはタジンやハリラやフルーツなどをたっぷり用意して運んできてくれる。

一緒にどうかとすすめると、彼はうなずいて椅子にかけた。断食中の俺たちは、日が没している間に腹いっぱい食い、水分を摂《と》っておかなくてはならない。飛行機が落ちようと、誰が死のうと、明日もまた日は昇り、俺たちの断食は続くのだ。

「お嬢さんがた」

ずっと無言のままのサコとユイに、アブドゥルは言った。

「いかがでしょう、今のうちに少しでも横になってきては。我々はいずれにしてもまだ起きているし、何か新しいことがわかったらすぐに呼びに行きますから」

アブドゥルの英語の発音は、俺からすると嫉《ねた》ましくなるほど完璧だった。なんでも若い頃はオックスフォードに留学していたのだそうだ。

「そう、とくに、そちらの小さいお嬢さん。そのままでは体がもたないよ」

温かくしわがれた声にもほとんど目立った反応を示さないユイの頭ごしに、サコとフランス男がちらりと目配せを交わし合った。

「そうね」と、サコは言った。「そうさせて頂こうかしら。ここで待つのも、すぐそこの部屋で待つのも同じことですものね」

「確かにね。このぶんじゃ長丁場にならないとも限らないし。休めるときに休んでおかないと、いざっていうときに動けやしないわ」

ユイの背中を優しく叩いておいて、やつは立ちあがった。

「もし何かわかっても、今より悪い知らせだったら起こさないでよね」

相変わらずの憎まれ口を残し、さっさとオフィスを出て、パティオの向こう側の部屋に向かう。

最後に「おやすみ《ボンニュイ》」と言った彼の背中に、サコと俺は同じ言葉を返したが、アブドゥルだけは別の言葉を投げた。

「いま、何て？」

と、サコが首をかしげる。

「ライラ・サイーダ」

と、アブドゥルがくり返す。

「アラビア語で、『おやすみなさい』という意味です」

「直訳すると『平和な夜』という意味ですネ」俺は横から補足した。「いささか古くさ……古めかしいというか、文学的な表現だから、若い連中はほとんど使いません。たいていは、『ツスバハールヘイル』と言います」

アブドゥルは気を悪くしたふうもなく、穏やかに微笑んでいる。ジェラバ姿のせいばかりでなく、そうしているとまるで導師のような佇《たたず》まいだ。

「あたし、『ライラ・サイーダ』のほうが好きだな」

ふいにぽつりとつぶやいたのはユイだった。

「響きがきれいだもの」

まわりが驚いて黙っていると、彼女は目を上げ、困ったように微笑んだ。

「ごめんなさい、心配かけて。もう、大丈夫だから」

「結衣ちゃん……」

「緋沙姉の言うとおりよね。しっかりしないと。まだあいつが死んだなんて決まったわけじゃないんだし」

まだ顔色は青白いままだが、目にはさっきまでより確かな光が戻っている。

「そうよ」サコが安堵も露《あら》わに言った。「さ、今のうちに部屋で少し横になろう。結衣ちゃん、一人で大丈夫？　私のところで休んだら？」

「大丈夫。でも、何か連絡があったら、ほんとにすぐ知らせてね。サイードさんもよ。たとえそれが最悪のことだったとしても、へんに気を遣ったりしないで、絶対ちゃんと、すぐに知らせて。――お願い」

「わかりました」と俺は言った。「約束します」

「小さいお嬢さん」アブドゥルが言った。「突然いったい何を言いだすかとお思いかもしれませんが……アッラーがちゃんと守って下さるように、あなたに名前をつけてさしあげてもかまいませんか」

「え？　名前って？」

「アラビア語の名前です」

「べつに……かまわないけど」

「そう。では、『ファティマ』というのはどうだろうかね」

「ファティマ？」

「預言者ムハンマドの、四番目の娘の名前です」とアブドゥルは微笑んだ。「あなたが、この国へ来て、五本の指を揃えた手をかたどったものをいろいろ見たでしょう。ほら、このリヤドのドアノッカーもそうです」

「ああ、わかります。ペンダントや飾り物にもなってますよね」とサコ。「市場《スーク》でたくさん見かけました」

「そうでしょう。あれは〈ファティマの手〉といって、魔除《まよ》けのお守りなのです。慈悲深きムハンマドの娘の手をかたどったものでね」

ファティマ、と再びユイがつぶやく。

「そう。そして、」アブドゥルは続けた。「ミズ・サコは、『アーイシャ』がいい。わたしの孫と同じ名前ですが、こちらはムハンマドの最愛の妻の名前です」

「妻？」

なぜだろう、サコは一瞬だけ、自嘲《じちょう》とも何とも判別のつかない笑いを浮かべかけたが、すぐに思い直したように礼を言った。

ユイをうながしてソファから立ちあがる。

「じゃあ、おやすみなさい」

「ライラ・サイーダ」

と彼女たちの声が揃う。

「ライラ・サイーダ」

と俺も言った。

「ライラ・サイーダ、ファティマ、アーイシャ」

アブドゥルは微笑みながらゆっくりと告げ、最後に付け加えた。

「今夜、あなたたちの上にアッラーの御恵みがありますように」

†

ここしばらく意識が真っ黒に途切れていたのに、ふと視界が明るくなって霞《かすみ》が晴れたらすでにこの状態だった。

いま僕は、部屋の天井近くを浮遊しながら、ベッドで仰向《あおむ》けに横たわるジャン＝クロードを見下ろしている。

　肉体を持たないまま浮かんでいると、重力をまったく感じない。おかげで落ちる不安こそないけれど、かえって心もとなさは増す。まるで、今あるこの意識までもが気体のようで、いつ蒸発してしまうか気が気ではない。

　ジャン＝クロードがのろのろと手をのばし、枕もとにある紅茶の缶をそっと撫でる。以前、まだ僕に肉体があった頃、折にふれて僕の頭を撫でてくれたのとまったく同じ手つきだった。

　彼がもうずいぶん前から、僕を愛してくれているのは知っていた。

　僕もまた、いつからだろう、心から彼を愛するようになっていた。

　ジャン＝クロードはともかく僕のほうは、本当は抱く側にだってまわれないわけではなかったけれど、べつに彼がそれを望んでいるのでないことはわかっていたし、僕の側にもぜひともそうしたいというほどの欲望はなかった。僕らの間にあったのはもっと──そう、もっとずっと大きくて、温かくて、平らかな種類の愛情だった。人類愛などというと嘘くさく聞こえるかもしれないけれど、ほんとうにそんなふうな感触のものだったのだ。エロスではなく、アガペー。矛盾を承知で言うなら、僕らは年の離れた双子みたいだった。

　ベッドの上のジャン＝クロードが何かつぶやいている。紅茶の缶に向かって話しているのだとわかって、僕は彼の視線の先へと移動する。誰も見ていないときだけ、彼は僕に——僕の灰に話しかけるのだ。

「ねえ……そんなに寂しいの？　アマネ」

ジャン＝クロードが真顔でささやく。

「だから、彼を呼んだの？」

呼んだ？　彼って？

枕もとにはワイングラスが置かれている。薔薇色の液体、上等のロゼだ。イスラム教では基本的にアルコールが禁止されているが、旅行客にまでは強制されていない。もしそうならジャン＝クロードがモロッコを旅することなど最初から有り得なかったろうし、だとすれば僕らは出会わなかったはずだ。

「あんたが昔から彼を好きだったのは知ってるけどね……」

ジャン＝クロードの目もとはすでにとろんと重たい。

「今のあの娘を見てるとつらいのよ。あんたを喪《うしな》ったあの日のことを思いだす。もういやよ、誰かを喪うのは。ねえ、お願いだから、あの娘にコウスケを返してやって。連れてかないでやってよ」

——浩介？

僕は一瞬にして事態を悟る。

ちがう。それはちがう、全然ちがう、まちがってる。

そう言いたいのに、伝わらない。僕には伝えるすべがない。

ジャン＝クロードが目を閉じた。再び仰向けになって、深い溜め息をつく。風向きによるのだろうか、時折、遠くからジャマ・エル・フナ広場の喧騒が切れぎれに届く。庭の葉ずれの音とほとんど区別がつかないほどのかすかなざわめき……。

男にしては華奢《きゃしゃ》な筋張った手を、ジャン＝クロードは、部屋着の中にそろりと忍びこませる。下着の上からそこを撫で、包みこむようにつかむ。だが、動かすことはしない。そのまま彼は、さっき別れたアメリカ人のことを思い浮かべ、忌々《いまいま》しげに眉を寄せる。

(昔はみんな、競争するみたいにぼくを誘ったのにね)

声に出そうと出すまいと同じこと、僕はジャン＝クロードの心のつぶやきを聴く。寂しいのは僕じゃない。彼だ。

(最近じゃ、あの程度の男にさえ値踏みされて、さっさとまたいで置いていかれる始末よ。稀代の美青年なんて言われたって、年を取ったらおしまい。情けないったらありゃしない)

自嘲の笑みを浮かべたあと、ジャン＝クロードは唐突にすすり泣きはじめる。だいぶ酔っぱらったせいもあるのだろう、身も世もなく、女のひとみたいにしゃくりあげて泣く。

僕は、驚かない。アルヘシラスでもタンジェでもフェズでも、いやもっとずっと前、旅に出るよりも前から、何度となくくり返されてきたことだから。どれだけ涙を流すにしても目だけは決してこすらないというのが彼一流の泣き方の極意で、そうすると翌朝、まぶたが目立つほどは腫《は》れないらしい。緋沙姉にも気づかれずにいるのはそのせいだ。

「アマネ」

涙のからまった声で、彼が再び僕を呼ぶ。

「アマネ」

返事をしてやりたいのに、僕にはやはり何も為すすべがない。

「ああ、アマネ、アマネ……」

喉に流れこむものを飲みくだして、ジャン＝クロードが紅茶の缶へと視線を投げる。

「あんたの代わりに、ぼくが死んであげたかった」

§　――早川結衣

眠れるわけなどないのだった。

そんなことは最初からわかりきっていたけれど、あのままではみんながあたしに気を遣い続けるばかりだし、あたしも一人になりたかったから、無理にあの場だけ気丈なふりをした。

部屋に戻るなりベッドに倒れこみ、どこまでも小さく丸まった。〈心配〉とか〈不安〉という感情が、ここまで鋭く身を切り刻むものだと初めて知った。

さっき、緋沙姉からフライトナンバーを訊かれた時の衝撃を思い起こすと今でも震えがくる。あの瞬間、心臓を背中から串刺しにされたみたいだった。

〈浩介〉

強く念じてみる。それから、

ささやくように呼んでみる。

「浩介……」

息を吸いこもうとするのに、肺がいっこうにふくらんでくれない。酸素が足りない。空気が薄い。

浩介、ねえ浩介、お願いだから戻ってきてよ、ねえ。

こみあげてくるもので喉が詰まり、あたしはベッドカバーをぐしゃぐしゃにしながら何度も寝返りを打った。

お願いだよ、浩介。無事に戻ってきてくれるんなら、もう二度とうるさいことなんか言わないから。不機嫌な顔も見せないから。あんただってわかってるんでしょ、あたしが本当に怒ってたわけじゃないってことくらい。あたしも、やっとわかった。あたしはただ、あんたに甘えたかっただけなの。あの朝のことを何べんでも謝ってもらって、あんたがあたしのことちゃんと好きだって、信じさせてほしかっただけなの。だからお願い、早く帰ってきてよ。ここへ来て、今すぐあたしをしっかり抱いて、怖いことなんか何も考えられなくさせてよ。浩介。ねえ浩介、ねえ……ねえったら！

どうして――いつから、こんなふうになってしまったんだろう。お店のことも浩介のことも、支えているのはあたしのほうだという、あのやみくもな自負や自信はいったいどこへ消えてしまったんだろう。

背中が、ぞくぞくする。まるで風邪のひきはじめみたいだ。

一緒のベッドで寝るとき、浩介はいつもあたしを後ろから抱き枕みたいにかかえ、腕も脚もしっかりときつく巻きつけるようにして眠りに落ちる。この旅の間もしょっちゅうそうして抱きかかえられ、彼の重みを受けとめながらまどろんでいるうちに、あたしはいつのまにかすっかりそれに慣れてしまっていた。

いま背中が寒いのは、だからそのせいだ。浩介のあの大きくて堅い体が、あたしを抱きしめて安心させてくれないからだ。

胸の内側も皮膚の表面も、引き攣《っ》れるような痛みにひりひりする。時間がたてばたつほど、希望的観測を抱けなくなっていく。どんなに追い払っても、考えまいとしても、最悪の想像が頭から離れない。いいほうへ考えたいのに、逆の考えしか浮かばない。この時間になるまで何の連絡もないということは、やはりあの飛行機に乗っていたとしか思えない、とか。乗客名簿にまで載っていて実際は搭乗していないなんてことはないんじゃないか、とか。だいたい、今もし浩介が無事なら、あたしたちに連絡してこないわけがないのだ。

アブドゥルさんたちの声が耳もとによみがえる。

〈ライラ・サイーダ〉

少しでも、休まなくては。ジャン＝クロードの言うとおり、いざという時（というのがどういう時だかは考えたくないけど）ちゃんと動けるように、眠れるときに少しでも眠っておかなくてはならない、それだってわかっている。

無理やり、目をつぶる。

とたんにまぶたの裏側のスクリーンいっぱいに、漆黒の海へと落ちていく飛行機が映し出される。ばらばらにちぎれて波間を漂う機体の破片。意識を失ったまま、ゆっくり海の底へ沈んでいく浩介。いつも着ているシャツの裾がめくれあがり、海藻のようにひらひらなびいている。露わになった背中やおなかは蠟《ろう》人形みたいに白くて、半びらきの口からあぶくがいくつか水面へ上がっていく。

目を開けた。じっと宙を睨みながら、あたしは自分の想像力を呪った。

そう、こんなのはただの想像にすぎない。あの浩介が、そう簡単に死ぬわけがないじゃないか。だいいち、あたしたちはつい最近、周という犠牲を捧げたばかりなのだ。立て続けに浩介もだなんて、そんな不公平な偶然があってたまるものか。

――でも、駄目だった。そう思うそばから、四方から壁が迫ってきて押しつぶされそうになる。このまま最悪の想像ばかりしていたら、神経が焼き切れて叫びだしてしまいそうだ。

起きあがり、靴を履いた。このまえフェズの市場《スーク》で買ったジェラバを、やけくそのように頭からかぶる。

こんなふうにひたすら心配し続けていると、かえってその想像が現実になってしまいそうで怖い。言霊《ことだま》じゃないけれど、あまりにも強く頭に思い浮かべることは得てして本当になる気がする。だってほら、叶えたい夢だってそうじゃないか。なのに悪いことのほうは本当にならないなんてどうして言える？

駄目、悪いことは考えちゃ駄目だ。飛行機が落ちたなんて何かの間違い、乗客名簿に名前があったのも何かの間違い。

携帯電話の電池がまだ充分あることを確かめ、ディルハムの札や小銭と一緒にポケットにねじこむ。パリから緋沙姉のところに何か連絡があったとしても、その時あたしが部屋にいなければ携帯にかかってくるだけのことだ。いい情報だったらべつにその場にいなくてもいいし、悪い情報だったらもう遅……ああ、駄目だってば、考えるもんか。

ふと、Believe という言葉が頭に浮かんだ。Hope ではなくて、Believe――誰の言葉だったろう。そうだ、あのおじいさんだ。タンジェの〈カフェ・ハーファ〉で出会った猫好きのアメリカ人。

望むのではなくて、信じること。

そう、浩介は無事、きっと無事、ぜったい無事、だから大丈夫。

古びたノブをそっと回して、あたしは部屋を出た。執事のアブドゥルさんがいたら何て言おうと思ったのだけれど、木戸の横にある小部屋にはお仕着せの白いジェラバに身を包んだ十五、六の少年だけがいて、小さなテレビを見ながら門番をしていた。

あたしが外へ出たいと指さすと、少年は重たい木戸のかんぬきをはずし、一緒におもてへ出て、木戸の外側についているドアノッカーを指さした。鈍く輝く真鍮製の、〈ファティマの手〉をかたどったノッカーだ。

帰ってきたらこれを鳴らして合図するようにと、同じく身ぶり手ぶりで教えてくれる。それでも駄目だったらこっちだよ、と木戸の横についた呼び鈴のボタンを指し示し、少年はにこりとした。

「ッスバハールヘイル」

思いのほか低い、男の声で言う。

あたしは、うなずいて挨拶を返した。

「ライラ・サイーダ」

少年が目をみはり、微笑んで手をふる。あたしは、石畳の道をさっきのジャマ・エル・フナ広場へ向かって歩きだした。

ライラ・サイーダ——平和な夜。

いったい何の冗談だろう。

＊

緋沙姉と連れだってこの道を戻ってきたのはほんの二時間ちょっと前なのに、なんだかあれからもう何年もたったみたいだった。

ジェラバのフードを目深《まぶか》にかぶっていると、さっきみたいに普通の服を着てバッグを斜めがけにしていた時より、うるさい客引きに声をかけられることが少ないのがわかった。

それをいいことにあたしは広場をどんどんつっきっていき、地元の人たちや観光客の輪に交ざって、けっこう迫力のある火吹き男の芸を眺め、ジャグラーがボウリングのピンみたいなものをお手玉のようにいくつも操るのを眺め、さっきは緋沙姉がかわいそうだと言って立ち止まらなかった猿まわしを眺めた。

黄色っぽい毛をした小柄な猿は、男に首輪を引かれるたびにキィ、と歯を剝きだし、ひとつ芸を終えるごとにごほうびをもらっては急いで口に運ぶ。かわいそうという以上に、卑屈なその姿を見ているのが急に耐えられなくなって、きびすを返す。

こんな時くらい、醜いものは見たくなかった。ただただきれいなだけのものが見たかった。花でもいい。星でもいい。赤ちゃんの瞳でもいい。でも、そのうちの一つすらもここにはない。

押しつぶされるような疲れに襲われて、ふらふらと隅っこのほうへ逃れていくと、いつのまにかスークの入口だった。スーク全体を海だとするならば、その波打ち際にあたる部分。ジャマ・エル・フナ広場と境界を接した何十軒もの店が、ずらりとまばゆい軒を連ねている。

ほとんどの店は、観光客をあてこんだ土産物を並べていた。革製品の店では、手作りの革カバンに革ベルト。軒先からは色とりどりのバブーシュが千羽鶴みたいにぶらさがっていて、こっそり鼻を近づけるとどれも皆フェズのタンネリで嗅いだのと同じ匂いがした。

食器類の店もある。ミントティー用のグラスが所狭しと積みあげられ、とんがり帽子のようなタジン鍋も大小カラフルに並ぶ。

中でも目立ったのはティーポットとグラスのセットだった。アラジンの魔法のランプみたいな形をした銀色のポットと、繊細な模様の描かれたモロッコグラスが六つ、真鍮の楕円形《だえんけい》のトレイにのっている。ポットが熱くなっても持てるように、取っ手のところに黒い肌の人形が抱きついているのが可愛らしい。

立ち止まって眺めていると、奥から男が出てきてしきりに勧めはじめた。適当にうなずきながら、ポットの作りやグラスの絵付けの具合を手にとって確かめる。全部で日本円にして四千円ほど。観光客値段だろうから半分くらいまで値切れるだろうし、スークの奥まで分け入れば元値のもっと安い店だって見つかりそうだ。

これは売れるだろうな、と思った。〈FUNAGURA〉のお客は、こういう一風変わった、でもちゃんと使えるものが好きだから。あとで浩介にも相談し——。

……そう、浩介に、相談してから決めよう。

だから、今はまだ買わない。

もう何度目かで携帯を取りだし、やっぱり着信がないことを確かめてからまたポケットに戻す。店の男が追いすがらんばかりについてくるのをいいかげんにあしらって、何軒か先のランプの店へと逃れる。

ブリキに細かい透かし彫りをほどこしたもの、金色の真鍮に色ガラスがステンドグラスみたいに嵌《は》めこまれたもの、どれも明かりを灯せばエキゾチックで美しいけれど、フェズのスークで見かけたようなデザインのランプはここでは見あたらない。やっぱりあのとき買っておくんだった。ランプに限らず、悔やんでもあとからでは取り戻せないことはたくさんある。

そのさらに隣は、貴金属の店だった。ほかとは店構えからして違っている。しっかりしたショーウィンドウがしつらえてあり、ひときわ明るいスポットライトに照らされて金細工や銀細工がぎっしりと並んでいた。

ケルトのそれにも似た純銀の十字架には〈トゥアレグのお守り〉という説明書きが添えられている。古びたビーズや半貴石を連ねたネックレスには〈ベルベル、アンティーク〉と書いてある。

小さい本の形をしたペンダントトップはたぶんコーランだろう。どれも同じアラビア文字の単語が書かれたメダルが、デザインや大きさ違いでずらりと揃っているのを眺めていたら、口ひげをたくわえた店の主人が指さして言った。

「アッラー」

「え？」

「アッラー。神様。名前」

片言の英語で言い、空中に、右から左へと流れるように文字を綴《つづ》ってみせてくれる。

彼らの神様は、このメダルを身につけている者を苦しいことや望まない不幸から守って下さるんだろうか。魔除けの護符みたいなものなのかもしれない。

目で探すと、あっけないほどすぐに見つかった。〈ファティマの手〉――同じ五本指でも、これまたいろんなデザインのペンダントトップが揃っている。まるで軍手みたいにずんぐりと不格好なものがあるかと思えば、ヨーロッパの貴婦人の手をかたどったような立体的なものもあり、こう言っては何だがタコ型ウィンナーにしか見えないものもある。

（そうだ、魔除け……）

その中でもあたしが見とれてしまったのは、唐草のような繊細な透かし彫りがほどこされた小さな〈手〉だった。小さいばかりかとても薄い細工物だけれど、輝きは確かに本物のゴールドだ。

「ヘンナ」

指さして店の主人は言い、自分の手の甲に何かを描きつける仕草をした。この透かし彫りが、ヘンナの図柄を表していると言いたいらしい。

あたしがジェラバの袖をめくり、数時間前に左手の甲に描かれたばかりの唐草模様を見せると、彼は目を丸くして初めて表情を和《なご》ませた。

ショーウィンドウの中から、それを取りだして見せてくれる。

「ヘンナ。とても、良い」

「それ、あたしの手のこと？　それとも、このペンダントのこと？」

「両方。両方とも、とても、良い」

　細い鎖に通してくれたので、試しに首にかけてみた。鏡を覗く。よく光るわりに、肌の色にしっくりなじんで違和感がない。彫り模様の部分が透けているせいかもしれない。

　この鎖と合わせていくらなのかと訊いてみると、主人は電卓を引き寄せ、数字を打ち込んであたしに見せた。

「これって、ドル？」

「ノーノー、ディルハム」と苦笑する。「安い、安い」

　たしかに、観光客値段だとしても高くなかった。むしろ、日本で売っているゴールドのアクセサリーを思えば信じがたいほどだ。

　それでもいつもだったら十分の一くらいから交渉を始めるところだけれど、何しろ疲れきっていたし、そもそもお守りをあまり値切るというのにも抵抗があって、ふところ具合を考えてから三分の二の値段を言ってみる。主人の眉がぴくりとした。

「それ以上は、ほんとにお金がないの」

　あたしはポケットに手をつっこんで、持ってきた札をつかみ出してみせた。

「ほら、ぎりぎり。それで駄目なら買えないから、返すわ」

　首の後ろに手をまわして鎖をはずそうとするあたしを、主人はてのひらで押しとどめ、短く言った。

「オーケー」

史上最短の商談だった。

このまま着けていくからと箱や何かを断り、店を出る。もう本当に小銭しか入っていないポケットから、携帯をひっぱりだして覗いても、着信はやはり無い。

(どこにいるのよ、浩介)

緋沙姉は今ごろ、部屋で何を思っているんだろう。少しは眠れているだろうか。

浩介とはあたしほど親しくないにせよ、ついこのあいだ弟を亡くしたばかりのあのひとにとって、これはあまりにきつい成りゆきに違いない。あたし一人が辛いような気持ちでいたけれど、ほんとうはあたしこそ緋沙姉を励ましてあげなきゃいけなかったんじゃないか……。

(浩介、ねえ、いいかげんにしてよ。なんで連絡くれないの)

あらためて現実に向き合おうとすると、たちまち息が苦しくなる。思わず喉もとに手をやり、〈ファティマの手〉に触れた。ひんやりと薄い金属の手ざわりを指先で確かめ、深呼吸すると、少しだけ落ち着けるような気がした。

さっきアブドゥルさんが付けてくれた名前、ファティマ——そのあたし自身の手に描かれた唐草模様も、いつのまにか乾いたヘンナが剝がれ落ち、すっかり皮膚に沈着して本物の刺青みたいだ。

浩介はこれを見たら何て言うだろう。

早く見せたかった。フェズで別れた時から今までの話をいっぱいしたかった。抱きかかえられ、彼の煙草くさい体臭を胸に吸いこんで、眠りにつきたかった。何よりもとにかく、彼に逢《あ》い、彼の声を聞きたかった。

「……帰ろ」

口に出してつぶやく。

こうしてあちこちふらふらと歩いている限り、たしかに部屋にいるよりは気が紛れるけれど、わずかでもほかのことを考える時間が生まれるだけよけいに、現実へ立ち返った瞬間がいちいち辛い。揺り戻しみたいに胸がさいなまれるくらいなら、ずっと浩介のことを考え続けて切れ目なく身構えていたほうがまだましかもしれない。

最後に別れたときの浩介の顔を思いだそうとしてみる。どんな表情をしていたっけ。よく思いだせない。浮かんでくるのは日に灼けた顔と、歯並びの白さばかりだ。

どうしてあれほど傲慢に、続いていく明日を信じられたんだろう。時間なんかたっぷりあると思っていた。互いの間に流れる時を、それこそ湯水のように無駄遣いしていた。だからこそ、あんなに浩介を邪険にもできたのだ。何の前触れもなく突然それが断ち切られる時が来るなんて、ほんとうに想像すらしていなかった。

広場の縁をなぞるかのように歩いてゆき、目印のカフェのところからリヤドへ戻る道をたどる。あたりの建物の窓は多くが開け放たれ、肉を焼く香ばしい匂いや、ハリラのスパイシーな香りが漂う。どの家族も夜中のうちに腹ごしらえをしているのだろう。

途中、小さな雑貨店《グロッサリー》に立ち寄り、残った小銭でミネラルウォーターのボトルと、ものすごく甘そうなドーナツを二つ買った。緋沙姉がもしまだ起きていたらこれを差し入れて、少し話でもしよう。

シャッターの下りたニューススタンドの角を、右へ折れる。ここからリヤドまでは、人けのない一本道だ。

こんなに寂しい道だったろうか。さっきは門番の男の子が見送ってくれていたし、明るい通りへ向かって歩くから気にならなかったけれど、いまは逆に明かりが背後へ遠ざかり、足もとがどんどん暗くなっていく。自分の足先さえ見えない。靴音だけがあたりに甲高《かんだか》く響く。

道は大きくカーブしていて、その先がどうなっているかわからない。両側は塀が続き、乱暴に書きなぐられたアラビア語の落書きまでが急に邪悪に感じられる。

塀に響いて二重三重に聞こえる足音が、まるであたしをつけてくる誰かの足音みたいに思えてくる。いやだ、怖い。……怖い！

早足になり、すぐに駆けだして、あたしは息を切らしながらリヤドの木戸の前にたどり着くとドアノッカーを鳴らした。

「開けて」

返事がない。

「お願い、開けて……プリーズ！　シルヴプレ！」

それでも返事がない。

半ばパニックに陥りながらようやく呼び鈴の存在を思いだし、何度も続けざまにボタンを押した。奥のほうで、ジリリ、ジリリリリ、と潰れたような音が響くのが聞こえるのに、誰も出てこない。

もう一度、冷たい金属の〈ファティマの手〉をつかんで、壊れるくらい続けざまに打ち鳴らした。

と、その時だ。後ろからぬうっと顔の真横を通って突き出された大きな手が、あたしの手を包むように押さえこんだ。

金切り声でふりほどいたとたん、

「おわっ、びびったぁ！」

あたしは、茫然と見あげた。

ぽかんと口があくのがわかった。

「なんて声出すんだよ。びっくりさすなっつうの」

自分の目と、耳が、信じられない。

「ジェラバなんか着てるから後ろ姿じゃわかんなかったよ。なにお前、一人で出かけてたの？　気をつけろよ、ここはパリよか物騒なんだから。シュウじゃないけど、ハプニングくらいならまだしもアクシデントはごめんだぞ」

「…………」

「ほれ、もっぺん押してみ。いや俺さあ、さっき一回ここまで来たんだけど、呼び鈴があるのに気がつかなくて、誰も出てきてくんなくてさ。しょうがないから今、とりあえずそこの広場でメシ食ってきたとこ」

心臓が勝手に暴走している。耳鳴りかと思うくらいに鳴って、あたしから言葉を奪う。

「……なに、その顔」

と浩介が眉を寄せる。

いったい、何がどうなっているのだ。これは、夢？　それとも、さっきまでのことが夢だったとでも？

「あ、もしかして、心配させちゃったとか？　わりぃわりぃ、気がついたら携帯の電池切れちゃっててさあ」

へらへらと言い訳する浩介が、目の前にいる。――いる。

いきなり、カクン、と膝から力が抜け、あたしはよろめいて木戸にぶつかった。背中ですがるようにして、懸命に立つ。よりかかっていないと、座りこんでしまいそうだ。

太い親指が呼び鈴をぐいぐいと押すのをぼんやり眺めやりながら、

「ひこ……」

「え？」

「ひこうき……」

「あっ、そうそう！　それがさあ、いろいろあって、まあ後で話すけど、予定の便に乗り遅れちまってさ、結局そのすぐ後のカサブランカ行きに乗ったんだわ。わりと早く着いたけど、そっから車借りてここまですっとばして来るのに三時間だぜ、三時間。途中にコンビニもねえし、腹へったの何のって」

　何を言っているんだろう。だめだ。あたまが、ついていかない。感情が麻痺していて、うまく反応できない。まさか、知らないのだろうか。自分が乗るはずだった飛行機がどうなったか。

「し……」

　あたしはようやく言葉を押し出した。

「信じ、らんない。あたしたちが、いったいどんな思いで……」

「だから悪かったたって言っててんじゃん。はは、大げさだなあ、何もそこまで怖い顔しなくたって」

「……」

「や、何でもないっス。ゴメンナサイ」

浩介は軽薄な仕草であたしを拝んでみせた。

「そりゃさ、遅くなったから心配してっかなあとは思ったけど、到着が数時間単位で遅れるのなんてそう珍しくもないし、公衆電話も見あたんないから、つい、まあいっか、って……えっと、もしかして緋沙姉とかすっげー怒ってたりすんの？　ねえ」

ふいに火の玉みたいな怒りがこみあげてきて、気がつくと、あたしは浩介に平手打ちを食らわせていた。

「いいいいってえ！　何す……」

と、中でゴトゴトとかんぬきをはずす音がした。ギィ、と蝶番《ちょうつがい》がきしみ、木戸が内側に開く。今の今まで眠りこんでいたとわかる寝ぼけまなこで、さっきの少年があたしたちをぽかんと見る。

「お、メルシィ。じゃなくて、シュクラン」

おー痛てぇ、と頬をさすりながらさっさと入ろうとする浩介を、さすがにぎょっとなった少年が押しとどめようとしたけれど、

「だいじょぶだいじょぶ、俺も宿泊者」

軽くいなして、彼はどんどん奥へ入っていく。

あとを追いかけるどころか、その場に立っているのもやっとだった。

安堵のあまり泣きそうで。

憤怒《ふんぬ》のあまり叫びだしそうで。

でも、振り子がどちらにも振れない。心がまるで追いつかない。

足もとに落ちていた、水とドーナツの入った袋をのろのろと拾いあげ、

「お願い」

あたしは、やっとの思いで少年に言った。

「アブドゥルさんたちを呼んできてくれる？」

§　──奥村浩介

どうして予定の飛行機に乗り遅れたのかと訊かれて、

「ウンコしてた」

正直に答えたら、結衣のやつにもう一発、思いっきりひっぱたかれた。

だってしょうがないだろう！　と思わず食ってかかった。早めにチェックインまで済ませたのに、搭乗の間際になって下痢が止まらなくなってしまったのだ。

昼に食ったあやしげなバゲットサンドが原因か、あるいはオムレツかフルーツか。と

にかくその下痢たるや、相当やばい病気ではないかと怖ろしくなるほどのひどいもので、俺はほんの数分立ちあがることさえできず、FA508便の搭乗が締め切られる旨のアナウンスをトイレの個室の中で聞くことになった。

だが、まさか、その飛行機がこんなことになっていようとは……。

緋沙姉やジャン＝クロードに事情を聞かされた時は、嘘だろうと思った。遅くなったのに連絡もしなかった俺をこらしめようと、みんなで示し合わせて作り話をしているんじゃないかとさえ。

いったい誰に感謝すればいいのだろう。傷んだハムだか卵だかを食わせてくれた誰かだろうか。それともやはり、神様か。

こんなにくだらない原因で命拾いしたことを、笑いのめす気にはとうていなれなかった。何が人の生死を分けるかわからない、なんてしたり顔で言う気にもなれなかった。

あのとき、あまりの腹痛に寒気すら覚えた俺がトイレに駆けこむその直前まで、隣の席に座ってパソコンを広げていた太っちょのビジネスマンも、向かい側の椅子でショコラを分けあって飲んでいた品のいい老夫婦も、後ろの列で泣きわめく赤ん坊をあやしていた若い金髪の女も、おそらくもうすでに、この世の人ではないのだ。

それを思うと今さらのように恐怖がこみあげてきた。緋沙姉に言われて結衣と一緒に部屋へ引き取る途中も、情けないくらい歯の根が合わなかった。

指先が震えているのを結衣に気づかれたくなくて、バスルームへ直行し、後ろ手にドアを閉める。そっと顔に触れると、頬がまるで寒風に吹きさらされた後みたいに冷たくなっていた。

熱い湯を落としながら服を脱ぎ、バスタブの縁に腰をおろす。

今ごろ緋沙姉は、パリの上司に電話をかけ直して（俺が無事だったことはさっき即座に報告していた）、あれやこれやの経緯を説明していることだろう。サイード氏もカサブランカの本社に報告を済ませ、自分の宿への帰り際には俺の肩に黙って手を置いていった。

白い湯気がもうもうとたちこめ、みるみるうちに鏡が曇る。光を受けて泡立つお湯も、ざらりとしたタオルの手ざわりも、石鹸《せっけん》の匂いも、何もかもがむやみやたらに愛《いと》おしくて泣きたくなる。

先にシャワーブースで二日分の埃《ほこり》と垢《あか》を洗い落とし、ゆっくりと湯に浸かった。ようやく四肢の先まで血がめぐったところで、バスルームを出る。

さっきまでソファに座っていた結衣の姿は、そこにはなかった。かわりに、二つあるベッドの片方が盛りあがっている。俺がもう一つのベッドに腰かけた拍子にスプリングが軋《きし》んでも、ぴくりとも反応しない。かといって寝息も聞こえてこない。壁のほうを向いて黙りこくったままだ。

「お先に」

と、声をかけてみた。

「お前も入ってくれれば？」

返事がない。

「バスソルトとかもあったぞ。お前の好きそうなやつ」

反応なし。

あきらめて、俺はそのままベッドにもぐりこんだ。

やたらと高い天井を見あげる。体こそ温まったものの、胸の内がまだ冷えきっていて、寒くてたまらない。

落ちていく飛行機に乗ったことがあるわけでもないのに、どうしてこうもリアルに怖ろしいのだろう。まるであの乗客たちの恐怖にシンクロしてしまったかのようだ。背中から奈落へ引きずり込まれるような感覚をふりはらえず、目をつぶることすらできない。

こんなに臆病な人間だったのか、俺って。想像だけで動悸《どうき》がひどくなるなんて。

だが、無理だ。自信を持って言える。このまま眠りに落ちたら、叫びながら飛び起きるのがおちだ。

「結衣」

観念して呼びかけた。

「なあ、起きてるんだろ」

返事はやはりなかったが、知ったこっちゃない。

「起きてるなら、そっち行くぞ」

許可を待つつもりはなかった。起きあがり、さっさと毛布をはいで結衣の傍らに滑りこむ。

いつものように背中から抱きかかえると、彼女は——。

彼女は、震えていた。さっきの俺よりももっと激しく震えながら、声ひとつたてずに泣いていた。

「……結衣」

首筋に鼻をうずめる。彼女の温かな匂いを胸いっぱいに吸いこむ。

「ごめん、結衣」

うなじのすぐ下、尖っている背骨のひとつに唇を寄せる。彼女は身をふるわせて背を反り返らせ、それからくるりと寝返りを打って俺の胸に額を押しあててきた。

抱き寄せ、きつく抱きしめる。小さい体がすっぽりと俺の腕の中におさまる。ずっと布団にこもって泣くのをこらえていたせいだろうか、彼女の体温はいつもより高かった。子どもがぐずった時に体が熱くなるのと同じだった。

顔にかかった髪を片手でかき上げてやり、俺は露わになった耳に口づけ、こめかみに、頬に口づけ、それから唇に口づけた。柔らかな舌を掘り起こし、からめとり、熱い吐息を呑みこんだ時になってようやく、生きている心地が少しずつ戻ってきた。

のしかかり、組み敷く。俺が押しつけた下半身に、結衣が低く呻《うめ》き、腰をうねらせて応えようとする。

それは、ほとんど初めての感覚だった。これまではいくら抱いてもここまでぴったりと応えてくれることはなかった。嫌がりはしていない、受け容れてくれているのもわかる、でも常に受け身でしかなかったのだ。自分から俺としたいと意思表示するのを、どこかで頑なに拒んでいた。

「結衣……俺、やばいかも」

耳たぶをかじりながらささやく。

「なんかもう、マジでやばい。昇天しそう」

ばか、と結衣がつぶやき、俺のTシャツのすそを急《せ》いたようにたくしあげる。そこだけひんやりと冷たい指先で脇腹を撫であげられたとたん、ほんとうに暴発しそうになった。

どうやって服を脱いだか覚えていない。自分で脱ぎ捨てたのか、互いに脱がしあったのかさえ。

いつかのように酔ってもいないのに、俺の思考は完全に停止して、かわりに飢えのような欲求と本能だけがあった。俺の中のすべてのベクトルが彼女の中心へと向かっている。とうてい抗《あらが》えるものではなかった。

ぎりぎりまで尖りきった想いそのものを突き刺すように、ひと息に結衣のなかに身を埋める。声をこらえるかわりに大きく口をあけた彼女が、背中をアーチのように反らせ、下からジャッキみたいに俺の腰を押しあげる。

眉根に寄ったしわがめちゃくちゃ色っぽい。もっと見たい。この小さな顔をもっと歪ませてやりたい。

幼稚園の頃、好きだった子をわざといじめて泣かせた時の感情と、それは相似形のものだったかもしれない。あの頃みたいに頰っぺたをつねったり髪を引っぱったりするかわりに、俺はもっと別の方法で結衣の体のあちこちに甘やかな痛みを刻み、彼女がいちいちそれに応えて身をよじらせるのを見てはますます駆り立てられた。

滾《たぎ》るような興奮が、どこまでも俺を持続させる。俺の加える仕打ちの一つひとつに彼女が反応してくれる、それこそが、今ここに自分の生きている証《あかし》に思える。

「こう、すけ……」

結衣が俺を呼ぶ。

「浩介……こぉ……」

うわごとのようにくり返す。涙声なのは、こうしてまた抱き合えた安堵のせいなのか、それとも高まりきった快感のせいなのかわからない。なだめるように唇を重ねていくと、細い腕が俺の首にからまり、指が俺の髪をかきまぜた。

彼女の喉もと、鎖骨のくぼみに、初めて見る金色のペンダントがちょうどおさまっている。五本指のそれを見下ろしながら、俺は結衣の両膝の裏に腕を差し入れ、脚をかかえあげた。

律動を速める。たちまち結衣のなかが吸いついてくる。たぶん、角度のせいばかりじゃない。

「ああ、やべ、気持ちイイ」

思わず口をついて出てしまった言葉に、うっすら目を開けた結衣が、

「うれしい……」

あどけなく微笑むのを見たらもう駄目だった。

何なんだその顔は。反則だろう。叩きつけるように腰を動かす。古いベッドが派手に軋む。結衣がこらえきれずに声をあげ始める。隣はたしかジャン＝クロードの部屋だが、構っちゃいられない、もう止まらない、明日の朝どんな嫌味を言われようが、そんなもの笑って聞き流してやる。

ほどなく俺は、結衣のいちばん深いところで長々と達した。中でいってもいいかと訊く余裕さえなかったというのが本音だが、少なくとも俺の側には何の躊躇《ためら》いも後悔もな

かったし、結衣の側もたぶん同じだった。これ以上の相手とは、もう二度と出会えない。理屈ではない、ほとんど啓示のような悟りのような感覚が、俺たちを包みこんで満たしていた。

ずいぶん長い間、黙って抱き合っていたように思う。

やがて、結衣がかすれ声でつぶやいた。

「ごめんね……さっき」

「は？」

「ひっぱたいたりして」

「何だよ、今ごろ」

「だって」

どうやらかなり気にしているらしい。覗きこんでも、視線を合わせようとしない。

「いいよ。悪かったのは俺だし」

「それはそうだけど」

「おい」

「せっかく頑張って仕事してきたのに。お帰りなさいも、お疲れさまも言ってなかった」

俺は、笑った。

「いいさ。そのぶん、いま熱烈大歓迎受けちゃったし」

結衣が、黙って俺の口の脇をつねりあげる。

「いでででで」

ぷっとふきだした結衣の、その手を取って眺める。左手の甲、人さし指から手首にかけて、絡みつくように描かれた唐草模様。

ヘンナと呼ばれるものであることは知っていたが、間近に見るのは初めてだった。細い線の重なりが皮膚の上でひきつれたり蠢《うごめ》いたりするのが妙になまめかしくて、している最中も、この手が俺の腕や肩をつかむたびに煽《あお》られて参った。

「あたし……」

ようやく結衣が俺の目を見る。

「あたしね。初めて、ジャン＝クロードの気持ちがわかった気がする」

「どういうこと？」

「あんたを、喪《うしな》ったかと思ったのよ。こういうこと言うとまたつけ上がりそうだからあんまり言いたくないんだけど、正直、ほんとに気がおかしくなるかと思った。後悔だか不安だかわかんないものに押しつぶされそうで、ひとりで置いていかれるっていうのはこういうことなんだと思った」

俺は黙っていた。もし逆の立場だったら、俺だってそうだと言いたかった。

「結局あんたはこうして戻ってきてくれたけど、ジャン＝クロードはさ。周を喪って以来、ずっとこういう思いに耐えてきたんだなあって思って」

「……うん」

「今夜もね、びっくりするくらいあたしに優しくしてくれたの。嫌味も意地悪も、一切なしで。なんか、変な言い方だけど、頼れる親戚のおばちゃんみたいだった」

ははは、と笑った俺に、結衣も苦笑いで応える。

俺は、もう一度しっかりと彼女を抱き寄せた。毛布を引っぱりあげて肩までくるまる。じきに、とろりと濃厚な眠気が満ちてきた。ひたひたと、たぷたぷと、入江に潮が満ちてくるみたいに。

「ねえ」

結衣の声が、どこか遠くから響く。

（……うん？）

「明日から、ジャン＝クロードのこと、うんと大事にしてあげてね」

（……うん。わかった）

答えたつもりだけれど、声になったかどうかまでは自信がない。

§　――ジャン＝クロード・パルスヴァル

ちょっとやそっとのことには動じないはずのぼくでも、ここ二晩、部屋の壁越しに聞こえてきたあれやこれやにはさすがに参った。思わずごくりと喉が鳴ってしまうくらいの激しさだった。

ヒサコの部屋は二階の端だったから、実際に被害を受けたのはぼくだけだ。

いつもならたっぷり皮肉ってやるところだが、今回ばかりは大目に見るより仕方がない。偶然と連絡の不備が重なったとはいえ、いわば生死の分かれ目を一夜で体験したようなものだ。若い恋人同士に、このシチュエーションで盛りあがるなと言うほうが野暮だろう。

決して耳をそばだてていたつもりはないのだが、不覚にも、寝不足で頭がぼうっとする。朝というにはいささか遅いこの時間、中庭《パティオ》には明るい陽ざしがさしこんで、中央に植え込まれた木々の葉の間から光がこぼれ、テラコッタタイルの床に繊細なレースのような影を落としている。

どこからか集まってきた小鳥たちにクロワッサンを少しちぎって投げてやり、ぼくはって旨い。

老執事のアブドゥルが淹れてくれた紅茶を口に運んだ。濃くて少し渋いが、それがかえって旨い。


「あの二人……。そろそろ起こしてきたほうがいいかしら」

丸いテーブルの向かいでフィガロ紙をひろげていたヒサコが言った。

「お昼過ぎには出発だし」

どういう心境の変化か知らないが、彼女はなんと、昨日の朝からラマダンの断食を実践し始めている。サイードに教わって、昨日も今日もわざわざ夜明け前の暗いうちに一度起き出し、パンと果物を食べ、水もたっぷり飲んだらしい。酔狂なことだ。

「いいじゃない。もうちょっとくらい寝かしといてやれば」

とぼくは言った。

「でもここ、朝食は十一時までよ」

「はん。そんなもの、おなかがすいたらひからびたパンでもかじっとけばいいのよ。今のあの子たちはお互いを美味しく食べるので夢中なんだから。あんたとアランにだってあったでしょ、そういう時期」

いいからそっとしといてやんなさいよ、と言ったぼくを、

「ふうん。ずいぶん理解があるじゃない」

けげんそうな顔で、ヒサコがまじまじ見る。

「性格、変えることにしたの？」

「失礼ね。もともとぼくは、恋には寛大なのよ」

「そっか。まあ、それは確かにそうだったかも」

ヒサコは軽く肩をすくめると、ぼくのカップに紅茶を注ぎ足してくれた。純銀製のずっしり重いポットは、うずくまるラクダの形をしている。持ち手のところが御者の男、という凝った細工に興味を惹かれ、どこのものかとアブドゥルに訊いたら、キッチンの女性スタッフにわざわざ確かめてくれた。

「パリにある、〈マリアージュ・フレール〉という店の限定品だそうですよ。ここのオーナーはフランス人でして、本国で買ってきたもののようです」

戻ってきたアブドゥルに言われて驚く。アマネの遺灰をおさめた紅茶の缶と出どころが同じというわけだ。

「あの子が見たらきっと欲しがったわね」

しみじみとヒサコが言った。確かに、アマネの作る美しいお菓子に、この渋い純銀のポットはとても似合いそうだった。パリに戻ったら探してみよう。本店へ行けば手に入れる方法もわかるだろう。

「それはそうと、今日じゅうにどこまで移動するって言ってたっけ？」

ゆうべのサイード・アリの言葉が思いだせなくて訊くと、ヒサコは新聞をたたみながらワルザザートまでだと言った。

「アトラス山脈を越えていくことになるけど、それでも四、五時間で着くみたい。サイードは、遅くとも一時ちょっと前にはここを出たいって」

「ふん。だけどそれって要するに、彼の都合でしょ。夕方六時のアザーンまでには街に着きたいからってことじゃないの」

「彼と、今は私の都合よ。しょうがないじゃない、あなたたちと違って一日じゅう飲まず食わずなんだもの」

と、パティオの向こう側でドアが開いた。薄暗い部屋から、ぼさぼさの頭をかきながらコウスケが出てくる。霜降りグレーのTシャツに不自然な皺がないところをみると、一応は起きてから着替えたものらしい。

色の褪《あ》せたジーンズに、足もとは裸足。そのままぺたぺたとタイルの上を歩いてきて、

「おはようございます」

ぼくたちに向かってちょっと片手をあげ、もう一つのテーブルにどかっと座る。大あくびをしながらTシャツの裾から手をつっこんで腹をかく仕草も、二の腕の太さも、擦り切れたジーンズの裾からにゅっと突き出た足首の骨っぽさも……何というかもう、どこから見ても〈オス〉以外の何ものでもなかった。

「結衣ちゃんは？」

「いまシャワー浴びてます」

「そう。よかった。起こしに行ってもいいものかどうか、さっきから二人して悩んでたとこだったのよ」

からかうようにヒサコが言う。

「う。すいません」

アブドゥルが奥から出てきて、コウスケに朝食の注文を訊く。卵の調理法とともに、付け合わせについてベーコン、ハム、ソーセージ、ハッシュドポテト、と指を折るアブドゥルを見あげ、コウスケは、全部、と言った。

「卵はスクランブルドで、ほかは全部付けて下さい。なんでかな、俺、すっげえ腹へっちゃって」

ヒサコがぷっとふきだし、ぼくも思わず笑ってしまった。

「かしこまりました。あと、わたしのファティマにはフルーツを山盛りだったね」

アブドゥルが心得たように言う。

わたしのファティマ——老いらくの、というわけではもちろんなくて、どうやら自分の孫娘のような気分でいるらしい。ユイはこの国の男たちに受けがいい。

ぼくはナプキンをたたみ、紅茶の残りを飲み干した。もうしばらく後でならともかく、起き抜けすぐにぼくらと顔を突き合わせるのは、ユイにはちょっと荷が重いだろう。

「お先に失礼」

立ちあがると、ヒサコが驚いたように目を上げた。

「出かけるの？」

「まさか。ゆうべもその前も、なんでだかよく眠れなかったのよ。今のうちに昼寝でもしとかないと身がもたないわ」

コウスケがちらりとぼくを見る。黙ってぼくが眉を吊りあげてみせると、意外にも彼はちょっと赤くなった。

植え込みの葉陰をくぐって部屋に戻り、ベッドの端に腰をおろす。

「さっきの、見た？」

サイドテーブルに〈エロス〉の缶を置いて、ちょんとつついてやる。

「けっこう可愛いとこあるじゃないのよ、彼」

おそらく、アマネと同じ高校に通っていた頃も、コウスケはあんなふうだったのだろう。容易に想像できる。

でも、そのコウスケを、決して気づかれないように盗み見ていたであろうアマネの姿を思い浮かべると、ぼくはたまらなく胸が痛くなった。かつてのアマネのそばへ行って、そっと抱きしめてやりたいくらいだった。

「もうすぐだからね」

と、ささやく。

サハラに着いたら、そこから先は、この缶をコウスケに運んでもらおう。そうして、まいてもらうといい。彼の手で風の中に撒いて、どこまでも自由にしてもらうといい。

†

マラケシュからアトラス山脈を南側へ越えると、そこはもう別世界だ。

何本かの川がかろうじて流れ、そのほとりにだけ緑のオアシスが広がるほかは、ほとんどが乾燥した赤い大地となる。大西洋の風も、地中海の息吹も、高い山々の壁に遮られてこちら側には届かない。

オアシスごとに小さな村がある。日干しレンガ造りの建物の多くは、今や廃墟《はいきょ》だ。村の近くにはたいてい墓地があり、前に旅した時、僕はバスがその横を通りすぎるたび耐えきれずに両手で耳をふさいだ。そんなことをしたところで何の役にもたたないのだけれど、そうせずにいられなかった。乾ききった大地の中で唯一、命が生き延びられるオアシス。そこを永劫《えいごう》にさまよい続ける死者たちの声はあまりにも強烈で、街なかのそれなど比べものにならないほどの烈《はげ》しさで僕の耳を打つのだった。

ほぼ東西にのびる街道沿いには、かつての要塞だった城砦《カスバ》も点在する。『アラビアのロレンス』がこのあたりで撮影されて以来、いくつもの映画の舞台となってきたカスバ街道だ。それぞれに求めるものを追ってこんな地の果てまでやってきた旅行者たちは、いよいよ間近に迫ったサハラへの憧れを胸に、街道をザゴラへ、あるいはエルフードへとひた走る。

砂漠を見るなら、ザゴラよりエルフードのほうが断然いい——タンジェの〈カフェ・ハーファ〉で出会った老人が言っていたのは本当のことだ。ただし、エルフードまではかなり遠い。拠点となるワルザザートの街からザゴラまでならバスで四時間ほどだが、エルフードまでだと途中ティネリールの街を抜けて都合七時間以上かかってしまう。けれど、ザゴラで見られるのは僕たちがイメージするような砂漠というより、どちらかというと土漠と呼んだほうがいいような光景でしかない。

〈ほんものの砂漠が見たいなら、やっぱりエルフードだよ〉

以前マラケシュで出会った青年は、熱のこもった口調で僕にすすめてくれた。

パリから履いてきた靴の底が、たぶん地熱のせいで接着剤が溶けたのだろう、ベロのようにめくれてしまい、急遽市場《きゆうきよスーク》に行って適当な革靴を買った。彼はその店のスタッフだった。

〈モロッコまで来て、サハラを見ずに帰るつもりだって？〉

信じられないというふうに首をふりながら彼は言った。

〈じつは俺、エルフードの出身なんだ。俺と弟は食いぶちを稼ぎに出てきたけど、兄貴は残って向こうで砂漠のガイドをやってる。長男だからね、家族を守る役目があるんだ。よかったら訪ねていくといいよ。俺の紹介だと言えばきっとよくしてくれる。ラクダも引くし、砂漠のテントで泊まることだってできるよ〉

それまではあまりにも遠すぎるとばかり思っていたサハラが、その時ふいに、手をのばせば届くところに思われた。

〈もしかして、お兄さんときみって似てる？　会えばわかるかな〉

そう訊くと、彼は破顔して言った。

〈きっとひと目でわかるさ。そっくりだってみんなに言われる〉

〈そうやって笑った時の顔も？〉

〈ん？　ああ、もちろん〉

なんでそんなことまで訊くんだという顔をしながらも、彼はそのへんの紙きれに、自分と兄の名前、それに彼がガイドの拠点としているというエルフードのホテルの名前を書きつけて渡してくれた。

どうせあてのない旅ではあったにせよ、今ふりかえれば、相当ばかげていたと自分でも思う。その青年の面差しが、たまたま浩介にひどく似ていたからという理由だけで、マラケシュからわざわざサハラまで足をのばすことを決めるなんて。

でも、要するにそれくらい、あのころの僕は生きることに飽いていたのだ。自分の足が地面を踏みしめているという実感がまるでなかった。常に二十センチから三十センチ宙に浮いているみたいで、すべてのことに何の現実感も持てないのだった。

ラクダも引くというのなら、彼の兄〈ハールーン〉は、おそらく頭に藍《あい》色のターバンを巻き、青い衣に身を包んでいるのだろう。サハラ・ツアーのパンフレットを見ると、現地ガイドは必ずといっていいほどそういう格好をしている。〈砂漠の青い貴族〉とも呼ばれるトゥアレグ族の扮装は、観光客によほど人気があるらしい。

その夜、僕はマラケシュの安宿のベッドで、久しぶりに浩介を思って自慰をした。

想像の中とはいえこんなふうに穢《けが》すなんて、と泣きたい気持ちでのぼりつめた僕を、青いターバンを巻いた浩介は、あの人懐こい目で見つめ、どこまでも優しく赦《ゆる》してくれるのだった。

## §　——久遠緋沙子

「一日目が、いちばんつらいと思いますネ」

サイードに言われたとおりだった。

夜明けから日没まで、ひとかけらの食べものも一滴の水も口にしないということがどれほどの苦行か、私は昨日一日でとことん思い知らされた。

何しろ、マラケシュの日中の気温ときたら半端ではないのだ。暑いなどというレベルではない。風はめったに吹かず、たまに吹けば肺を灼くような熱風で、浩介くんや結衣ちゃんと連れだって市場《スーク》を案内してもらう間に私の唇はたちまちひび割れてしまった。そっと舐《な》めて湿らせようにも舌までからからに干からびていた。

スークの店先に並ぶオレンジに、どうしようもなく目が吸い寄せられる。カフェでくつろぐ観光客の前に置かれたグラスの、外側にびっしりついた水滴が、まるで望遠レンズを覗くようにそこだけ大きく迫ってくる。

苦しかった。途中で何度もやめたくなった。イスラム教徒《ムスリム》でもないのに、ちょっとやそっと神様について考えたからといっていきなり断食だなんて、なんと馬鹿なことを思いついたのだろう。

ようやく日が陰り、夕方になってリヤドに戻ると、一人残っていたジャン＝クロードが私の顔を見るなりあきれたように目を剝いた。鏡を覗いて理由がわかった。肌も髪も、老婆《ろうば》のごとくガサガサに荒れて乾いていた。

「だいじょうぶ。一日目だけです」

と、サイードは自信ありげに言った。

「次の日からはだいぶ楽になります。嘘じゃない。保証しますネ」

私が断食を試してみたいと言いだしたことが、なぜだかサイードはとても嬉しそうだった。

「ラマダンにこうして断食をする意味、サコは考えたことがありますか？」

「そうね……ふだんは忘れてる食べものへの感謝を思いだすっていうようなこと？」

するとサイードはうなずいて言った。

「それも、もちろんあります。でももっと大事なことは、みんな一緒、ということネ」

「一緒？」

「そう。ラマダンの間は、王様も、おなかがすく。金持ちも、おなかがすく。そうすると、いつもいつもおなかをすかせてる貧乏人の気持ちがわかる。神様の前ではみんな一緒ということを、誰もが思いだすでしょ。そのための断食」

「サイードは、苦しくて気持ちが負けそうになることはないの？」

「はは、ありますよ。しょっちゅうです。たとえば、トイレへ行きますネ。出てくるときに手を洗いながら、今なら誰も見てない、これ少し飲んでもわからないと思うことがある。でもネ、誰が見ていなくても、自分が見てる。ズルをしたことを、自分にまでごまかすことはできないから」

「えらいのね」

心から言うと、サイードは笑った。

「えらくない、えらくない。ムスリムならみんなしてること」


もしかすると——と思ってみる。イスラム教というのは、宗教というよりも、むしろ生き方そのものととらえるべきものなのかもしれない。断食にしろ、日に五度の礼拝にしろ、アッラーと向き合いながら彼らは自分自身と向き合っているとも言えるのではないだろうか。

浩介くんの一件があったあの夜、中庭《パティオ》の片隅でひたすらに祈りを捧げてくれたアブドゥルさんの姿が目の奥に灼きついている。

〈ラーイラッハイッラッラー　ムハンマドンラッスルッラー〉

あとからサイードに教わった祈りの言葉の意味はシンプルだった。

れていたのだ。

〈アッラーのほかに神なし。ムハンマドはアッラーの使徒なり〉

それを何度も唱えながら、アブドゥルさんは自分の神様に浩介くんの無事を祈ってく

あのとき彼は、右手の人差し指を高くたかく伸ばして天をさしていた。死後の世界で神の審判を受けるときに、その人差し指が生涯祈りを続けてきたことを証明してくれるのです、とサイードは言った。

それほどまでに禁欲的な、愛を尊ぶ宗教なのに、どうしてしばしば誤解されてしまうのだろう。どうしてその名のもとに人々がぶつかり合ったり、時に殺し合ってしまったりするのだろう。もちろんそれは、何もイスラム教に限ったことではないのだけれど。

考えても詮無《せんな》いことと知りながら私がそう言ってみると、ジャン＝クロードは例の皮肉な口調で言った。

「きっと、ぼくたち人間はさ。宗教を持つにはまだ未熟すぎるのよ」

＊

断食をしていると胃袋も体も軽くなって体調そのものがよくなります、と言ったのはアブドゥルさんだったけれど、その言葉の意味が実感できたのは今日、二日目の午後になってからだった。

昨日と同じように水も食べものも断っているのに、今日のほうが飢餓感がずっと少ない。喉の渇きもだいぶましに思えるし、そればかりかむしろいつもより気分がいい。体のなかが正しく整えられて、隅々まですっきり片づいたような感覚がある。

昼過ぎにリヤドを発《た》った私たちのワゴンは今、ものすごい景色の中をゆっくり進んでいるところだった。

いや、車そのものは結構な速さで走っているはずなのだけれど、あたりの景観のスケールがあまりにも桁外《けたはず》れのせいで、いくら飛ばしてものろのろ這っているようにしか感じられないのだ。

断崖絶壁に刻まれた道路。

カーブに次ぐカーブ。

曲がりきるたびにフロントガラスいっぱいに大パノラマが広がるけれど、一瞬でも気を抜けば、崖っぷちをこえて谷底へ真っ逆さまだ。それがわかっているのだろう、サイードもめったに無駄な口をきこうとしない。

途中、ところどころにベルベル人の集落があった。崖にへばりつくように幾つかの家が建ち、屋根のかわりに天井を覆っているラグがカラフルな米粒のように見える。

一度、道路がとある集落の真ん中にさしかかった時は、羊の群れが道を渡っていくのを長いこと止まって待たなくてはならなかった。サイードが、中でもひときわ大きな羊を指さして言った。

「ほら、あのオス。あいつの頭をよく見てごらんなさい」

カーブの連続にすっかり酔ってしまったジャン＝クロードはそれどころではなかったけれど、浩介くんと結衣ちゃんは後ろから身をのりだして目をこらした。

「うそ、何あれ」

よく見ると、ぐるりと円を描いたその羊の角は、折り重なるように四本はえているのだった。

「ああいうのを、スルタンと呼びますネ」

「王様っていう意味よね」

と結衣ちゃん。

「そう。なにしろリッパな冠だからネ」

覚えておこう、と私は思った。こんなことも、あんなことも、みんな覚えておこう。そうして、パリに帰ったらアランとフロランスに話してあげよう。

彼らに話して聞かせられることを、できるだけ増やしたい。そう思いながら、ふっと胸のうちに風が吹く。

話して、それから……？

砂漠への拠点、ワルザザートにたどり着いたのは夕方五時半をまわった頃だった。私とサイードの望みは完全に一致していたと思う。水、水、水、もうすぐだ、もうすぐ水にありつける……。

街そのものは、それほど見どころがあるわけではなかった。これまで訪れたタンジェやフェズやマラケシュが、そこかしこに過去の栄耀栄華《えいようえいが》の名残をまとっていたのに比べて、ワルザザートの街は昔も今もここではない他のどこかへの中継地点としてのみ存在していて、そのせいか、どの通りにもどこかしら投げやりな雰囲気が漂っていた。

丘の上に建つホテルのレストランで、まずはハリラを注文した。ミネストローネのような豆のスープが、丸一日の断食で空っぽになっていた胃袋に優しく落ちていく。

その最初の一杯は、二日目の断食をやりとげた私へのごほうびだと言って、サイードがおごってくれた。ついでに、さんざん車に酔って私より消耗したように見えるジャン＝クロードのためにも一杯。

「ふん」

まだどことなく青白い顔のままで、ジャン＝クロードは不服そうに鼻を鳴らした。

「運転手の腕が悪いせいで酔ったんだもの。当然よね」

彼一流の憎まれ口にも慣れっこになったのだろう。サイードはろくに聞いてもいないようだった。

それから私たちは、時間をかけてタジンやクスクスをたいらげた。店は小さかったが味はなかなかで、数日前にジャマ・エル・フナ広場を見下ろすカフェで出されたものよりも美味しいくらいだった。

「明日には、サハラに着くわ」

食後のミントティーを飲みながら、私は言った。

「朝は少し早く発って、途中、ティネリールのトドラ渓谷であなたたちはお昼ごはん」

「ええ？　あんた、明日もまだ断食するつもり？」

「ええ、せめて明日いっぱいまではね。砂漠に入ってしまったら、さすがに水くらい飲むつもりだけど。慣れてない身には危険かもしれないから」

「やれやれ。そういう頑固なとこ、あんたとアマネってそっくり」

「あの子とは昔から気が合うのよ」

と私は笑った。

「トドラ渓谷はとてもきれいなところですネ」サイードが言葉をはさむ。「川も緑も、すごくきれい。涼しくて、生き返ります」

「そこを出たら、エルフードまで一気に走ってもらって一旦休憩。できれば暗くなるまでに、その先のメルズーガまでたどり着けたらと思ってるんだけど」

「だいじょうぶと思いますネ。朝早く出れば、夕方までに充分着ける距離」

「明るいうちに着ける？」と結衣ちゃんが訊く。「砂漠の夕陽を見られたらいいなあと思って」

サイードが目玉をぐるりとまわして、了解、頑張ってみましょう、と言った。

「やっと、だわね」

窓の外、バルコニーの向こうに溶け落ちる夕空を眺めやりながら、ジャン＝クロードがつぶやく。

「やっと、ここまで戻ってきたのね」

戻ってきた——。

その言葉が、思いのほか強くはじけて私の胸を打った。

§　——サイード・アリ

なるほどそれは男の遺言だったかもしれない。

だが現実には、遺灰を砂漠まで運んできてまこうが、家の裏庭にばらまいて花の肥料にしようが、何が変わる？　死んでしまった男に、何がわかる？　灰自身に場所の区別なんかつくか？　灰が感謝して、あの世で知り合いに自慢できるか？　いやあボクは生前、友人たちに恵まれてねえ。……あほらしい。

こんな旅、自己満足もいいところだ。集団ひとりよがりだ。正気の沙汰じゃない。そう思うと、正直、いくら金のためとはいえ付き合うのが苦痛だった。遺灰の入った缶を彼らが大事そうにやり取りするのを見るたび、ばかばかしい三文芝居でも見せつけられている気分になった。それが――

いつからだったろう、妙な錯覚にとらわれ始めたのは。

このワゴン車の中に、客を四人ではなく、あともう一人乗せて運んでいるような気がし始めた。彼らがあたりまえのようにそうふるまうせいばかりではない。ただの缶カラに感情移入したわけでもない。後ろに人が立つと気配でわかるのと同じように、俺は運転しながら、〈五人目〉の気配を何度かありありと感じたのだ。

どう考えても気のせい以外の何ものでもないのだが、拭っても拭ってもその感覚を振り払えない以上、自分の正気を疑わずにいるためには事実をありのままに認めるよりほかなかった。彼らがこれから行おうとしている弔《とむら》いの儀式を、伊達《だて》や酔狂ではなくそれなりに真摯なものとして受け容れることに決めたら、いちいち斜にかまえて抵抗していた時よりずっと楽になった。

決して同性愛まで認めたわけじゃない。異教徒の悪《あ》しき文化に感化されてしまったような後ろめたさも正直言ってありはするのだが、しかし……。

ティネリールのトドラ渓谷は、このあたり一帯で最も大きなオアシスの一つだ。遠くから丸一日かけてロバで水を汲《く》みに来る者もいる。

*

サハラへ旅する連中をガイドする時には必ず立ち寄るところだが、たまたまそれが今回のようにラマダンの最中だとけっこうしんどい。何しろ目の前に、冷たく澄んだ水が満々と流れているのだ。信仰心と自制心をたっぷり試される。

とはいえ、俺はこの土地がとても好きだ。故郷のフェズの次に好きかもしれない。緑が生い茂り、空気は水分を含んでいて、風は涼しい。ここには悪しきものが何ひとつ感じられない。

俺たちがティネリールに着いたのは昼を少しまわった頃で、谷底から見あげると、絶壁の上のほうにだけまぶしい日の光が当たっていた。完全に日陰になった道路の、両側に直立した崖の壁面には、酔狂なロッククライマーが張りつき、もっと高いところには野生の山羊まで張りついている。

川のほとりに建つ何軒かの中でも、ひときわ目立つホテルのカフェレストランに寄った。休むなら清潔なところで休みたい、とジャン＝クロードが言い張ったのだ。

柱と屋根だけで壁のないオープンエアのレストランからは、どの席に座っても渓谷全体を見渡せる。テーブルは半分以上埋まっていた。ここを抜けて砂漠との間を行き来する観光客は、季節によらず世界じゅうから引きも切らない。それだけに、スタッフの対応はかなりまともだった。

　三人のためにタジンとクスクスを頼んでおいて、俺とサコはテーブルを離れた。断食中の身にはこれまた目の毒、という以上に、飲み食いする連中に気を遣わせたくなかった。

「あと半日の辛抱ですから」

　外に出て、花の蔓《つる》におおわれたあずまやのベンチに腰をおろしたサコに言うと、彼女は案外けろりとした顔で言った。

「あなたの予言したとおりだったわ、サイード」

「予言？」

「一日目が一番つらいって言ってたでしょ。二日目からは楽になるって」

「ああ、はい。実際そうだったでしょう」

「ほんとに。もう三日目ともなると、だいぶ体が慣れたのかしら。空腹がそんなに苦痛じゃないの。喉はやっぱり渇くけど」

　二人だけだから、会話は自然とフランス語になった。俺もサコも、ほんとうはそのほうが喋りやすい。

「ここ以外は、何しろ乾燥してますから。断食、今日まででやめておくという判断は賢明です。砂漠では、慣れないとどれくらいのところが本当に危険なのか、自分じゃ程度がわからない。へたをすると脱水症状で命を落とすことだってありえます」

「ほんとに？　こわいわね」

「町なかと違って、すぐに病院で点滴なんてわけにはいきませんから」

「でも、たとえば砂漠のラクダ引きとか行商のベルベルの女性たちなんかは、あれでしょう？　炎天下でも一日じゅう飲まず食わずなんでしょう？」

「彼らのような立場の者には、断食のかわりにほかのことをして信仰の証とすることも許されているんです。それにほら、生まれたときからそこで暮らしてますから、慣れてもいるんですよ。サボテンが雨なんか降らなくても甘い実をつけるのと同じことです」

サコは納得したようにうなずいて、なるほどね、と言った。

真上に広がる空はきれいに晴れている。水面を渡ってくる風が肌寒いくらいだが、ワルザートからカスバ街道をここまで走ってくる間に服の中に入りこんだ砂埃《すなぼこり》が、のどの皺の間やら胸毛の根もとやらにじゃぎじゃぎとこびりついて気色が悪い。川に飛びこんで洗い流したいくらいだ。

涼しい風に目を細めていたサコが、ふと言った。

「ねえ、サイード」

「はい」

「ありがとうね」

「はい？」

「こんなところにまで付き合ってくれて」

付き合うのは、もちろん、仕事だからだ。それくらいのことはサコもわかっているはずだ。真意がつかめなくてうまく答えられずにいると、彼女は申し訳なさそうに微笑んだ。

「いいかげん変わった連中だって思ってるでしょう」

「……ああ。はあ、まあ確かに」

「頭がおかしいんじゃないかって思わなかった？」

嘘をついても仕方がない。正直に答える。

「ちょっと、思いました」

「今は？　今も思ってる？」

「いや、今は……その……」

サコはめずらしく声をたてて笑った。

こんなに印象が変わるのかと驚いた。憂い顔はそれはそれでサコに似合っていたが、笑うと童女のようなえくぼがほっぺたに刻まれて、そのアンバランスさに思わず目が引きつけられる。

「ひとつ、質問しても？」

咳払《せきばら》いして、俺は言った。

「いいわよ、もちろん。なあに？」

「あの缶のことですが」

「今は結衣ちゃんが持ってるけど」

「ええ。いや、つまり……」

言おうとしていることとの突拍子のなさに、この期に及んで馬鹿ばかしさを拭えない。自分で自分にあきれながら、しかし俺は思いきって口に出した。

「亡くなったあなたの弟さんには、その、いわゆる、特別な何かがあったんですか？」

「――どういうこと？」

「つまり、一種の特殊な能力のようなもの、というか。要するに、何というかこう、人にはない……」

口ごもる俺を尻目に、サコの顔からはすでにすっかり笑みが消えていた。まるで水面の波紋がおさまるように消えて、もとの憂い顔に戻ってしまった。

「どうして、そう思うの？」

俺は黙っていた。客をもう一人乗せている気がするからです。そう口に出すにはまだ迷いがあった。

きっと、世界じゅうを探せば同じような〈儀式〉を行おうとする奴らはいるんだろう。サハラとは言わないまでも、たとえば死んだら海にまいてくれと頼む奴ぐらいならいくらもいるだろう。その灰を運ぶ旅は、長いと短いとにかかわらず特別なものになるに違いないし、関わった人間は皆、かつては肉親だったり恋人だったり友人だったりした灰を、まるで今もそこに本人がいるかのように扱うんだろう。運転手がいるならやはり、実際の人数よりも一人多く乗せて運んでいる錯覚にとらわれるかもしれない。

だが。

俺が、今この俺が、ハンドルを握りながら感じているのは、それとは違うものなのだ。似ているけれど、違う。みんなで〈気分〉を共有しているのとは違う。〈つもり〉とは違う。〈今もそこに本人がいるかのよう〉ではなくて、ほんとうに〈いる〉のだ。そう、五人目が、確かに。

――頭がおかしいのは、俺か。

ずいぶん長いこと、サコは無表情なまま俺を見ていた。

それから、ゆっくりと息を吸いこみ、短く吐いた。背筋がすっとのびた。

「周は……」

再び口をひらいた時、サコの声はかすれていた。

「こんなこと言っても信じてもらえないかもしれないけど——ねえサイード、『あの世』ってわかる？　そういう感覚って、あなたたちにもあるのかしら」

「あの世、ですか」

「単純に言うと、死者の世界っていうか」

「ああ、はい。わかります」

そう、とサコがうなずく。

「ただね、日本で言うところの死者の世界は、たぶん、あなたたちの考えるそれともまたニュアンスが違うんじゃないかと思うの。たとえばキリスト教における『神の国』とも違うし、ユダヤ教の『約束の地』っていうほどの強い感じもないし、要するに神様との契約みたいな概念はないの。ただ、生きている者のいるこの世に対して、死んだあとの向こう側っていうか……そこがはたしてお花畑みたいなところなのか暗くて寂しいところなのかはわからないけど、とにかく、死者だけがいて、生者はいない。そういう世界」

わかります、と、今度は言えなかった。正直言って、あまりよく理解できなかった。仕方なくそのまま受けとめることにして俺がうなずき返すと、サコは続けた。

「とにかく、弟はね。言うなれば、この世とあの世のちょうど境目に生まれ落ちてしまった子だったの。その狭い隙間にはまりこんで、一生抜け出せなかった」

眉を寄せた俺を見て、サコは懸命に言葉を継いだ。

「ほら、ラジオを聴いてるとよく、別の局のノイズが重なって聞こえることがあるじゃない。それとか、電話が混線している時とか、聞きたくもない他人同士の会話がいやおうなく聞こえてきて、すごく話しにくかったりするでしょう。その感じはわかる？」

「はい」

「弟の世界はね、生きている間じゅう、ずっとそんなふうだったの。彼の耳にはいつも、死んだ人たちの声が聞こえてた。つまり、あの世とこの世が混線しちゃってたのね」

うなずくことなど、とうていできなかった。何の反応もできなかった。ごく控えめに言って、俺は困惑していた。

半日かけて砂礫《されき》の街道を走り続け、ここだけ魔法がかかったように緑の生い茂る渓谷で、日本人の女の口から語られる夢みたいな話を聞いていると、いったいその話のどこまでが正常でどこからが常軌を逸しているのか——シェヘラザードも真っ青だ——それすら判断がつかなくなってくる。勘弁してもらいたい。それでなくとも断食中は頭がぼうっとするというのに。

そしてふっと、当然の疑問がわいてきた。

死者の声が聞こえる？　あの世とこの世が混線？　そういえばフェズのネジャーリン広場にもいるぞ、壁際に座りこんではぶつぶつわけのわからないことをつぶやいて、あの世どころか宇宙と交信しているような男が。

サコがまた、俺の顔をじっと見ている。

やがて言った。

「そろそろ戻りましょうか。食事が終わった頃じゃない？」

§　――ジャン＝クロード・パルスヴァル

〈ル・グラン・ヴェフール〉の、フォワグラのラヴィオリが恋しい。

シャンゼリゼ劇場の最上階にある〈メゾン・ブランシュ〉で、極上のオマール料理が食べたい。

〈シェ・ジャヌー〉のプロヴァンス料理でも、〈ラルザス〉のアルザス料理でも、いっそのことマクドナルドのハンバーガーだってかまわない。とにかく、モロッコ料理以外のものなら何でもいい。

煮込んだ肉の匂いが鼻について、食べる気が起きない。もしもこの若い二人がいつも以上の食欲を発揮してくれていなかったら、シェフが怒り狂ってとんでくるところだったろう。

でも、ぼくが食欲をそそられなかったのは、何も味に飽きたからというばかりではない。今朝ワルザザートを出てからずっと、曲がりくねった道を長時間がたがたと揺られてきたせいか、胃がもたれていてほとんど食べものを受け付けなかったのだ。香辛料のきつい匂いを嗅ぐだけで胸が悪くなるほどだった。

それなのに、

「何ならあなたも、一度くらい断食してみるといいのでは?」

ヒサコと一緒にテーブルに戻ってきたサイードが、ぼくの皿に残った料理を見てまた生意気なことを言う。

「そうすれば、日が暮れる頃にはハリラ一杯でさえ美味しく感じられますよ」

「思わずアッラーに感謝したくなるくらいに?」

「そのとおり」

「はん、まっぴらよ」

その言葉に、かちんときたらしい。サイードが、あからさまに不機嫌そうな顔をした。

「そういう言い方はないでしょう。あなたに、我々の神をばかにされるいわれはない」

「は?　ぼくがいつばかにしたって?」

「今したでしょう、たった今。アッラーに感謝するなんてまっぴらだと」

めずらしく感情を剝きだしにして、口ひげの下では唇の端がぴくぴくしている。どうしたのだろう。外でヒサコと何かあったのだろうか。

コウスケが目を丸くしている。すぐ隣のユイが気をもんで、口出ししていいものかどうかためらっているのがわかる。ぼくは、ため息をついた。

「サイード、あんた何聞いてんの。そんなこと、誰も言ってないでしょ。ぼくはただ、断食するなんてまっぴらだって言っただけよ」

「……………」

「あのねえ。いくらぼくがあんたの大嫌いなオカマだってね、よその国へ来て、そこの神様を侮辱するなんてもってのほかだってくらいの常識はあるのよ。おわかり？」

最後の「おわかり？」がまた余計だったようだ。歯ブラシ並みの剛毛が生え揃った眉が、ぐいっと吊り上がった。

「俺には、わからない」

「何がよ」

「あんたの亡くなったルームメイトも、この国へ来たときは何日も断食をしたそうじゃないか。それなのに、どうしてそれをばかにする？」

「だから、何もばかになんかしてないったら。わかんない男ねえ」

「なら、どうして試してみようともしない？　あんたにとって彼は大事な相手だったんじゃないのか？　所詮あんたたちみたいな連中には、恋人のしていたことを理解したいという気持ちもないってことか？」

「サイード」

見かねたヒサコが割って入る。

「それはいくら何でも言い過ぎよ。ジャン＝クロードもお願い、やめて」

「やめても何も、ぼくはなんにも言ってないわよ。彼が勝手にのぼせあがって喧嘩を売ってくるだけじゃない」

険しい顔のサイードに目を移す。

「イスラム《ムスリム》教徒でもないのに、断食を強要されるとは思わなかったわ」

「強要などするものか。俺はただ、あんたが何もわかっていないくせに、そうやって知ったふうな口をきくのが我慢ならないだけだ」

今度はぼくがかちんとくる番だった。

「よく言うわよ。もっと正直になったらどう？　我慢ならないのは、ぼくの口のきき方？　それとも、ぼく？」

サイードがぼくを睨みつける。

「最初からわかってたわよ。あんたは、ぼくが何をしたって気に入らないんでしょ。ねえ、知ってる？　あんたみたいなホモフォビアはねえ、何がこわいって、自分の中のホモっけが目覚めちゃうのが一番こわいのよ。だから無意識のうちにそうやって、異常なくらいぼくらを毛嫌いするの」

「くだらない。お話にもならんね」

「頭から否定するのがいい証拠よ。それと、もう一つ言っとくけど——アマネは、ぼくの恋人じゃない。あんたが思ってるような肉体関係は一切なかったのよ。それでもぼくにとってアマネは唯一だったし、アマネにとっても、ある部分においてぼくが唯一だったの。あんたがぼくのことをどれだけ嫌おうが蔑《さげす》もうがかまわない、だけどね、アマネとの間のことを軽々しく口にされたり馬鹿にされたりするのは、ぼくのほうこそ我慢ならない。ほんとうに、我慢ならない。今後一切、もう金輪際《こんりんざい》、そのことについては話題にしないでちょうだい。いい？　おわかり？」

言い終わったとたんに、あたりがシン、となった。

離れたテーブルにいたグループがこちらを見ている。いつのまにか声がずいぶん大きくなっていたことに今ごろ気づいて急に気まずくなる。なんてことだろう。ぼくとしたことが、このジャン＝クロード・パルスヴァルともあろうものが、現地ツアーの運転手にからまれたくらいで何をこうまでむきになっているのか。

立ちあがると、全員がぼくを見あげた。

「どこ行くの」

と、慌てたようにヒサコ。

「どこって、どこへも行きようがないでしょうが」

ぼくは言った。

「トイレよ。悪い？」

くるりと背を向けて足早に立ち去る、はずが、うっかり椅子に蹴つまずいてよろける。格好のつかないことこの上ない。

通路の奥、ウェイターが指し示すドアを押し開け、個室で独りになってやっと、詰めていた息を吐いた。

閉めたドアの裏側によりかかり、両手の中に顔を伏せる。額の生え際ににじんだ汗がへんに冷たい。地肌にへばりついた砂が指先に触れてざらざらする。

――アマネ。

呻《うめ》き声がもれた。

ふいにこみあげてくるものがあって、ぼくは慌ててかがみこみ、便器に顔を突っ込んだ。

でも、あふれ出たのは予定とは違うものだった。煮えるような雫《しずく》が、便器の中にぽとぽと落ちては小さくはねる。汚くて、透明な、クラウン。

ああ、これだから気をつけていたのに。アマネが逝ってしまって以来、それはもう細心の注意を払って、いつものぼくだったら有り得ないくらい、誰かとぶつかったり思い入れたりすることを避けてきた。それもこれもみんな、ただただ外でこういうふうにならないためだったのに。

一旦こうなってしまうと、なかなか感情のセーブがきかない。それがわかっているからこそ、これまではホテルの部屋に独りでいる時しかアマネとのことを思い起こさないようにしてきたのだ。なのに、よりによってこんなところで――そう思ってから、他のみんなの前で決壊するよりはまだましだったか、と思い直す。

サイードが憎らしかった。ハゲタカが死体からはらわたを引きずりだすみたいに、ひとを挑発してこんな思いを味わわせるサイードが。

ほんとうは、アマネが自分にとって唯一だったなどと、えらそうに言いきる資格はぼくには無い。以前はあったかもしれないが、アマネが息を引き取ったあの晩に、きれいさっぱり喪《うしな》ってしまった。

最後まで、ずっと、アマネに付いているつもりだったのだ。こわいと言った彼の耳もとで、約束もした。自分のことなんかもうどうだっていい、息をしている彼と過ごせる残り時間を一分一秒も無駄にしたくなくて、意識がないとわかっていても話しかけ、手を握ったり、頬を撫でたり、髪をとかしたり汗を拭いたりした。まだそうしてやれるということだけが、ぼくの救いだった。

でも、あの日病院からヒサコが電話してきてアマネの死を告げた時――ぼくは、アパルトマンにいた。寝室の、柔らかな羽根布団の上に。

病院の硬いベッドのせいで腰が痛み、ほんの少し体をのばそうと横たわっただけのつもりが、電話のベルに飛び起きたら数時間も過ぎていた。ぼくが呑気《のんき》に口をあけて鼾《いびき》なんかかいている間に、アマネはそっといなくなってしまったのだ。うっかり開け放した扉のすきまから猫が出ていくみたいに。

唯一の存在、が聞いてあきれる。自分のことなんかどうだっていい？　ハッ。結局あんたは自分のことばかりなんじゃないか。

涙が止まらない。こんな時こそアマネにいてほしかった。本職のお菓子作りをはじめとして彼にはいろんな特技や才能があったけれど、何より、泣いているゲイの男を慰めるにかけては天才的だった。

でも、仕方がない。彼はもう戻ってこないのだ。このさき一生、ぼくは泣きだしたら自分ひとりで泣きやまねばならない。

よろよろと立ちあがり、便器のふたを閉め、トイレットペーパーで表面をぬぐってから腰をおろす。例によって絶対に目をこすらないように気をつけながら、涙と洟《はな》を拭く。

気を落ち着けようとシャツのポケットからジタンを取りだしたものの、くわえ煙草の先がふるえてなかなか思うように火がつかない。ようやく一服したとたん、鼻を抜ける煙につられて、ふっとよみがえる記憶があった。

ボタンの飛んだ上着。破れたシャツ。鉄錆《てつさび》の味のする唇……。

あれは、もう遥かな昔、寄宿学校の生徒だった頃だ。初めて本気で好きになった先輩に、口には出せないほど手ひどい扱いを受けたことがあった。もとよりろくな人生じゃない。そんなこと、今の今まで忘れていることさえ忘れていた。

ほろ苦いジタンの煙を胸深く吸いこむ。

この味を覚えたのも、トイレで煙草を吸うのも、思えばあの日以来だ。

§　――早川結衣

土色の道がサハラへと続いている。

ここまでのすべての道程だってもちろんサハラに続いてはいたのだけれど、というかそもそもがサハラを目指すためだけの旅だったのだけれど、さすがにここまでくると砂漠の存在がひしひしと迫ってくるというか、いよいよサハラっぽくなってきたというか。

車の窓を全部閉めていても、乾いた土埃《つちぼこり》の匂いがする。この道のもうすぐ先に、熱砂の海が横たわっているのが気配で感じ取れる。吸引力と圧迫感、真逆のものが対で迫ってくる。実体のあるブラックホール、みたいな感じ。大きな、巨《おお》きな質量のものがまぎれもなくそこにあって、ものすごいエネルギーを孕《はら》んで静まりかえっている。ものすごい質量なのに同時に「無」で、「空」で、「虚」で、だけどなんだか生きものの、けだものの、巨大な神獣の、気配のようでもあって。——わからない。うまく言えない。

道路までが土色になってきたのは、あたりの地面がだんだん砂っぽくなってきたからだ。でもまだ、細かい砂漠の砂じゃない。砂礫《されき》というのか、石混じりのひたすら平たい荒野だ。

いつのまにか羊の群れは見えなくなった。人影もなければ村もない。川なんてもうすっかり遠くへ離れてしまった。

遥かな山並みもほとんど地平線の直線と区別がつかなくて、その真ん中をただまっすぐに道路が貫いているものだから、フロントガラスにひろがる景色は単調だ。地平線から上半分が紺碧《こんぺき》の空。下の半分は、道の消失点を頂点とした、とんでもなく鋭角の三角形が三つ合わさっている。真ん中の二等辺三角形が先細りの道路で、その両側がそれぞれ荒野、といった具合に。

車がどんなに走ってその底辺を呑みこんでも、三角形は果てしなく先へ先へとのび続ける。だんだん、こちらが走っているのじゃなく、道路のほうが向かってきて素早く車の下へ滑りこむみたいに見えてくる。このままでは催眠術にかかってしまいそうだ。

あたしは、行く手から目をそらし、右隣の浩介を見やった。

彼は窓の側に寄りかかって眠りこんでいる。その前の席にジャン＝クロード、さらに前の助手席に緋沙姉。ハンドルは相変わらずサイードが握っている。

トイレに消えたジャン＝クロードが、ずいぶんたったあと、何ごともなかったような顔で戻ってくると、緋沙姉は彼が座るより先に「行きましょうか」と立ちあがった。あたしも浩介も、急いでそれにならった。

緋沙姉のああいうところは、さすがに長くツアコンをやっているだけあるなと思う。空気を読むだけじゃなく、調整しコントロールする技術、というか能力。

ジャン＝クロードとサイードはどちらも無言で、走りだしてからもどちらが謝るでもなければ謝らせるでもなかったけれど、はじめのうち車の中に充満していた気まずい空気は、いつしか空と地平の彼方に紛れていった。このあまりにもとりとめのない風景のただなかでは、ネガティヴとポジティヴのどちらにせよ、一つの強い感情を保ち続けるのは至難の業なのだ。

振動に合わせて、浩介の頭がぐらんと揺れる。

パリとの往復、向こうでの徹夜仕事、乗るはずだったあの飛行機のこと――ほんとにいちどきに、いろんなことが重なった。

とくに飛行機については、当たり前だけど浩介自身もよほどショックだったようで、以来ここ数日、彼は寝るときにあたしを手放さない。さんざん抱いて疲れ果てた後でも、ぜったい放してくれない。

　たぶん、お守りみたいな感じなんだろうと思う。心を健全に保つためのよりどころ。眠っている間もしっかり抱きかかえて放さないのは、子どもがクマのぬいぐるみを抱いて寝るのときっと同じだ。そして今のあたしは、それが嫌でも何でもない。むしろ男と女になった後でも、彼がこうして自分の弱味を見せてくれることにほっとしているくらいだった。

　セックスというのは、時になんてややこしいものかと思う。それがあるおかげで大事な想いを伝えられる場合もあるけれど、そのせいで逆に大事なものが見えにくくなることもある。頭からシーツですっぽりとくるまれたかのように、相手だけじゃなく自分自身まで見えなくなる。

　体の構造からいっても、男が一方的に支配し女は一方的に受け容れるという形にどうしてもなりがちだから、それであたしは怖くなってしまったのだった。中学時代から長いあいだ見てきた浩介が、いざセックスという原始的なフィルターを通したら、まったく見知らぬ別の生きものに変わってしまったように思えた。ほんとうはそうではなかったはずなのに、どうしてもそういうふうに思えてしまって、心細くて、寂しくて、どうでもいいことにまで八つ当たりしたくなっていた。

　でも、今のあたしの中のどこをどう見渡しても、浩介に対する不安はない。あれだけ熱烈に求められれば疑う余地もない、というだけじゃなく、彼があたしとの間に、これまでのほかの女性たちとの間では築けなかった特別な関係を築こうとしているのが感じ取れるからだ。

それと、人生いつ何が起こるかわからなくて、本当に、ほんとうにわからなくて、だからこそ、大事な相手と今こうして一緒にいられる奇跡みたいな時間を無駄にするわけにはいかないんだってこと。まず周の死があり、それから今回の飛行機事故があったせいで、いいかげん頑固なあたしの中にもその真実がどすんと入ったのだった。もう二度と動かせないし忘れることもできない、堅くて静かな悟りとして。あの事故の夜を境に、浩介だけじゃなくあたしにも、ずいぶんと大きな変化があったんだと思う。

車が大きくバウンドし、窓ガラスに頭をぶつけた浩介がうっすら目をあける。

あたしと視線が合うと、彼は寝ぼけまなこのまま、わずかに唇の端を上げた。無造作にあたしの右手をつかんで自分の左腕にからませ、一緒くたに腕組みして再び目を閉じる。あたしの手は体温計みたいに彼の腋《わき》にはさまれたまま、熱を持ち、汗ばんでいく。

全身の毛穴がきゅうきゅう音をたてそうだった。この男を永遠に喪《うしな》うところだったなんて、考えただけでまた泣きそうになる。

それとも、泣きそうなのは、今があんまり幸せだからだろうか。周のお弔いのための旅だというのに、ワゴン車のいちばん後ろで恋人と寄り添って、こんなに幸せでいいんだろうか。

〈いいんだよ〉

と、周なら言ってくれる気がした。

助手席のほうを眺めやる。彼の灰が入った缶は、今は緋沙姉の膝の上にある。

周は――そう、浩介のことが好きだった。きっと、あたしが女だというだけであたりまえのようにそばにいられることに対して、複雑な思いを抱くこともあっただろう。そういう幸運を幸運とも思わずに悪態ばかりついているあたしを、なんて馬鹿なんだと思っていたかもしれない。やきもちだってものすごく妬《や》いたかもしれない。

でも周は、一度としてあたしを憎んだことはなかったと思う。それだけははっきりわかる。むしろ彼は、他の誰でもないあたしに、浩介のそばにいて彼を支えてもらいたがっていた。

〈あいつをあいつのまんまでいさせてやれる女なんて、どう考えたって結衣しかいないんだよ。わかってる？〉

最初にそう言われたのは高校の時だった。数年前にパリを訪ねた時にも、同じことを言われた。もし、いまわのきわに会うことができていたら、その時もやっぱり言われただろうと思う。わかってる？　と。

あたしは、目を閉じた。

(会いたかったよ、周)

胸の裡《うち》でつぶやく。なんだか、どこかすぐそばで周がちゃんと聴いてくれているような気がする。

ねえ、周ってば。病気のこと、なんでもっと前に教えてくれなかったの。あんたが、痩せ衰えた姿をあたしたちに見せたくなかった気持ちはわかる。それでもあたしは、最後にもういちど会いたかった。どんな姿だっていいから、あたしたちのことがわかんなくなってたっていいから、もういちど生きてるあんたに会って、いま浩介にしてるみたいに触りたかった。浩介だって絶対そうだったと思うよ。ばかだねえ、あんたってば。もっと早くあたしたちを呼んで、最後にいっぺんくらい、浩介に手を握ってもらえばよかったじゃない。あたま撫でてよ、って言ってみればよかったじゃない。この鈍感バカのことだから、最初はそりゃびっくりするかもしれないけど、でもきっとすぐに呑みこんで、何にも言わずにあんたを抱きしめるくらいのことしてくれたよ。だって、ほら、浩介だもの。あたしたちの、浩介だもの。

それともあんた――そんなに怖かったの？

砂漠の気配が、また近づいたのを感じる。

目を閉じたまま、浩介の肩に頭をもたせかける。

洟《はな》をすするのは我慢したはずなのに、寝ている浩介の腕にじわっと力がこもって、あたしの手を強くはさみこんだ。

§　――久遠緋沙子

弟の周がまだ赤ちゃんだった頃、私は小さな彼を抱っこするのが大好きだった。母があまり子どもを抱こうとしない人だったからよけいに、私がちゃんとかまってあげて、寂しい思いをさせないようにしなくてはという使命感に燃えていた。

私だってまだ小学生だったわけだから、いくら小さい弟でも抱きあげるのはひと苦労だったけれど、ぐにゃぐにゃと柔らかい体を抱き、少し饐《す》えたような甘酸っぱい頭の匂いを嗅いでいると、胸の奥にある空っぽの容器がひたひたと満たされる気がした。

周は、とてもおとなしい赤ちゃんだった。私の目をじっと見あげてはにっこり笑うのが常で、無駄に泣きわめくようなことはほとんどなかった。まるで人生に必要なすべてをすでに悟っているかのように、ただ見つめ、微笑み、時おり自分だけにわかる言葉で何かつぶやいていた。

彼が闇に怯《おび》えたり、とつぜん泣きだしたりすることが増えたのは、二つか三つくらいになってからだ。ちょうど言葉を覚え始めた頃だった。

母は、困惑した。私が小さかった時とは何から何まで違う周に、どう触っていいかわからないみたいだった。

当時は父の仕事がひどく忙しく、妻として、せめて家ではゆっくり夫を寝かせてやらなければという思いが苛立《いらだ》ちになって溢《あふ》れたのだろう。一度、泣いている周の耳を母が引っぱってつねりあげているところを見てしまったことがある。私が見ていることに気づいたとたん、うろたえたように手を引っこめて取り繕ったけれど、あの一度きりだったはずはない。そうして父は、だんだんと家に寄りつかなくなっていった。

気がつけば、あの頃の母の年齢を、私はいつのまにか追い越しているのだった。今なら母の困惑も苦しさも、少しくらいは理解できる。外国製のいっぷう変わった掃除機やコーヒーメーカーを買った時みたいに簡単なマニュアルでも付いているならまだしも、周にはもちろんそんなもの付いていなかったし、すべてはあの母の許容量を超えてしまっていたのだ。パニックを起こしたからといって、彼女だけを責めるのは酷かもしれない。

＊

聞こえてきた轟音《ごうおん》にはっとなって目を上げると、ものすごく久しぶりにオートバイとすれ違った。男が乗っていた。サングラスをかけ、ターバンを頭と顔の下半分に巻きつけていて、灰色っぽい布きれが後ろへたなびく様子はうらぶれた月光仮面みたいだった。月光仮面なんて、もちろんリアルタイムでは見たことないけど。

しばらく前から車のバウンドがますます小刻みになっている。道路が荒れているばかりじゃなく、両側にひろがる荒野から転がり出た石ころがたくさん散らばっているせいだ。

私の膝の上には、周。

（こんなに軽くなっちゃって……）

赤ん坊だったあの頃よりもはるかに軽くなってしまって、おまけにこの缶ときたら両手の中におさまるくらいの小ささだ。

見おろすたびに目にとびこんでくる〈ÉROS〉という綴りが、なんだか哀しい冗談のようだった。まるで、泣き顔の道化師がそっと差しだす薔薇の花みたいな。私はたまらずに缶をくるりと裏返し、それから、やっぱり思い直して正面をこちらに向け直した。周の遺影を裏返したみたいで落ち着かなかった。

──遺影。

葬儀の時の遺影には、何年か前に撮った写真を使った。背景はリュクサンブール公園。日本から浩介くんと結衣ちゃんがやって来るというので、周がめずらしく休みまで取ってパリを案内したときの一枚だ。

あとから彼らが送ってくれたというCD−ROMの中から、いちばん周らしい表情のものをジャン＝クロードと一緒に選んだのは、周の意識がいよいよ戻らなくなった日のことだった。

あの日、私たちを呼んで担当の医師が口にした決まり文句の、あまりの容赦のなさ。すべての希望を斬って捨てるような残酷な響き。

〈なんでなの。なんで医者って、ああいう場面になるとどいつもこいつも、痛ましさをやたらと誇張した口調になるわけ？ わざとらしいったら〉

二人になると、ジャン＝クロードは苛立たしげに吐き捨てた。

〈しょうがないわよ。まさかそうそう事務的に言うわけにもいかないでしょう。向こうだっていろいろ大変なのよ〉

なだめながら、じつは私もジャン＝クロードと同じことを思っていた。医師が口にする同情の言葉の向こう側に、面倒な荷物から解放されることへの安堵のようなものが透けて見えた気がした。ちょうど、どうにも手のつけようのないエンジンの修理をあきらめた整備士が、車の下から這いだして一服つけるみたいな……。

〈決めた〉

と、ジャン＝クロードは言った。

〈今夜からぼく、ここで寝泊まりするわ。病院に頼んで、ずっとアマネに付いてることにする〉

〈そんな。無茶よ〉

〈なんでよ、個室なんだから大丈夫よ。駄目だって言われたら、今度はもうあんたがどれだけ文句を言おうと特別室に移してもらうからね。病院側だって高いお金が取れるなら文句ないでしょ〉

そういう問題ではなくて、あなたの体のほうがまいってしまうと言ったのだが無駄だった。そんなことをしても周にはもう何もわからないのよと言ってみても、頑として聞かなかった。

〈ほっといてよ、ぼくがしたくてすることなんだから〉

傲然と言い放ったあとで、ジャン＝クロードは付け加えた。

〈それと、念のために言っとくけど――ぼくと同じようにしないからって、あんたが自分を責める必要なんかまったくないんだからね。ぼくにとってアマネが誰より大事な子なのと同じように、あんたには今、アランってひとがいるんだから。いなくなっちゃう

人間より、生きてるほうを大事にしなくちゃ〉
ずっと苦手だった相手から思いがけず示された優しさに、ついたまらなくなってしまって、
〈生きてるひとには待っててもらえるもの〉
そう言ってみたら、彼は憔悴《しょうすい》しきった顔にうっすら笑みを浮かべた。これまで見たこともないほど慈愛に満ちた微笑だった。
〈あんたってば、相変わらずばかねえ。その考え方自体が間違いのもとだって、まだわかんないの？ アマネにだって、こうなる前は時間がたっぷりあるはずだったのよ。いい、サコ。人は誰も、ほかの誰かを待っててやるなんてことはできないの。どんなにそうしたくても。時間は情け容赦なく過ぎていって、ときにはものすごい早回しで過ぎてっちゃって、おまけに巻き戻しは絶対にできないの。ぼくの言ってること、わかる？ だからね、あんたは家に帰んなさい。生きてる者のことを大事にするっていうのは、死んでいく者をないがしろにすることじゃあないのよ〉
……正直、今の今まで忘れていた。そうだ、あのときジャン＝クロードは私にそんな不意打ちをくらわせたのだった。
ちょくちょくマメに会いに来てやればいいじゃない、とジャン＝クロードは言った。あんたが来たときには、ぼくも着替えや何かを取りに帰らせてもらうから、と。

　このときのジャン＝クロード自身、ほとんど予想してはいなかったろう。まさかあの子が、自分を待つことなく逝ってしまうなんて。でも周は、毎日朝から晩までそばについていたジャン＝クロードがほんの数時間留守にするのを、それこそ待っていたかのようにこの世からいなくなってしまったのだった。

　葬儀の日、引き伸ばされたモノクロームの遺影の中で、周はまぶしさをこらえるようなはにかんだ顔で笑っていた。写真が撮られた頃にはもう自分の病気を知っていたはずだけれど、その表情は信じられないくらい生気に満ちあふれて見えた。

　シャッターを押したのは結衣ちゃんだろうか、それとも浩介くんだったのだろうか。

　柩《ひつぎ》を前に、二人に訊いてみようとして、思いとどまった。

　周をもう、そっとしておいてやりたかった。


　運転席のサイードが、ちらりとバックミラーを見あげる。

　目で問うと、彼は苦笑いともつかない顔でわずかに顎をしゃくり、後部座席を示す仕草をした。

　そっとふり返ってみる。私に釣られて、すぐ後ろにいたジャン＝クロードまでが首をねじる。

　一番後ろのシートで、浩介くんと結衣ちゃんが互いにもたれかかるようにして眠っていた。寝顔がどちらも幼い。さんざん兄妹《きょうだい》げんかした後、くたびれきって眠りこむ子どもみたいだ。

「雨降って地固まる、ってこのことね」

と私はささやいた。

「何それ」

「日本の格言よ」

「うまいこと言うじゃない」

私もジャン＝クロードも、何となく笑ってしまう。

「あと、どれくらい？」

とジャン＝クロードがサイードを見る。渓谷のレストランを出てから、彼がサイードと口をきくのはこれが初めてだ。

「エルフードの村までなら、あと一時間です」

と、サイードも大人の態度で言った。

「そこで、まずは車をオフロード用の４ＷＤに乗り換えます。このワゴンで砂漠は無理ですからね。そこから、我々の泊まるメルズーガのホテルまでは、そうですね、道がよくないので一時間半といったところでしょうか」

「そんなにかかるものだったっけ」

「『エルフードから遠くてもいいから、いちばん砂漠らしい砂漠のきわに建ってるホテルを』という御希望でしたよね」

「ええ、ええ、そうよ、そういう御希望でしたわよ。……ふん、誰も文句言ってやしないじゃない」

　ジャン＝クロードが口をとがらせる。

「しょうがないでしょ、前に泊まったホテルの名前を忘れちゃったんだもの。まさかこんなとこ、もういちど来ることになるなんて思わないし」

「無理ないわ」

　と私も言った。

　こんなことでもなければ、私だって砂漠を旅することにはならなかったろう。パリからサハラまでの案内を全部通しで頼むお客なんかまずいない。

「とにかくもう、真ん前が砂漠って感じのホテルだったことだけは覚えてるの。前と同じところなら嬉しいけど、そうじゃなくてもそれはそれでいいわよ。だって考えてもみてよ、いやでしょ？　いざラクダで砂漠に向かっていって、いかにも砂漠らしく蜃気楼《しんきろう》が見えてきたかと思ったら、何のことはない、次のホテルだったなんて。裏口からカバブの匂いでも漂ってこようもんなら思いっきり興醒《きょうざ》めじゃない」

　サイードが口ひげの下で、ぷ、と笑い、しまったという感じに急いで口もとを引き締める。

「ここまで、時間的には予定通りに来てるし」と私は言った。「エルフードに着いたらいったん休憩にするっていうのはどう？　カフェくらいあるでしょう」

「いくつもありますよ」

「そうね、トイレも借りたいし。こんなにひらけてちゃ隠れておしっこもできやしない」

ジャン＝クロードは言い、わずかに口ごもってから不機嫌そうに付け加えた。

「運転だって、いいかげん疲れたでしょ」

前を向いたままのサイードが、太い眉をあげて目を真ん丸に見ひらいたので、私は笑いを噛《か》み殺すのに苦労した。どうやら今のが、ジャン＝クロードの精一杯らしい。

「で？　サコは、まだ頑固に断食？　水も飲まない気なの？」

「そうよ。今日の日暮れまではね。でもあなたたちは気にしないで、何でも飲むか食べるかして」

ジャン＝クロードはやれやれと大仰に首を振った。

「言われなくたってそうさせてもらうわよ。あんたみたいにお肌がガビガビにひからびるのはまっぴら」

僕はいま、とても乾いた、とても静かな場所にいる。

午後も遅くなってみんなを乗せた車がいよいよ砂漠と呼べるエリアに入り始めた頃から、僕をとりまく世界はますます静かになってきている。

死者の声はめったに聞こえてこない。こんなのは、ものごころついて以来のことだ。ごくたまに、たとえば車がベルベルの小さなテントの前を通りすぎた時などにふっと強い想念が流れこんでくることはあったが、それも大勢のものではなかったし、すぐに風に吹かれて後ろへ消えていった。

†

運転しながらサイードが、ベルベルの嫁取りについて説明している。男が若い娘を見《み》初《そ》めると、まずは彼女の父親やその兄弟に許可をもらいにいく。このあたりの住人はみんな横のつながりがあり、若い者たちもほとんど幼なじみ同士だとサイードは言う。

「あなたがたの国と違って、この国では女のヒトとそう簡単に仲良くなれませんからネ。だから、人生で一番大切なのは奥さん。いい奥さんをもらうかどうかで、シアワセが大きく左右されます」

サイードは助手席の緋沙姉にいたずらっぽく片目をつぶってみせた。

ジャン＝クロードは、マラケシュの広場で出会ったデイヴィの言葉を思いだしている。昼には空と砂、夜には月と星、恋してしまえば恋がすべてになる娘たちのことを。

結衣は結衣で、そんな彼女たちの気持ちを思い描いている。自らの意思より先に、父親や叔父《おじ》や兄などを通じて結婚を申し込まれる娘たち。彼女らにとっての恋というものは、日本で育った自分にとってのそれと似通っているものなのか、それともまったく違うものなのか、違うとしたらどんなふうに違っているのだろうか、と。

窓の外遠くに、ぽつんと井戸がある。コンクリート管を置いて屋根をかけただけの井戸のそばにロバがつながれ、小さい子どもが二人して水を汲んでいるのが見える。

かすかな声が聞こえた。子どもの声ではない。かつてここにあり、今はなくなったトゥアレグのテント――その住人たちのようだ。

〈ムスターファ〉

と優しい声が呼ぶ。

〈ザフル〉

と低い声が返す。

若い夫婦の名前だろうか。ザフルとはたしか、花、という意味だ。

木組みにラクダの毛布を数枚かぶせた、それこそ井戸よりも脆《もろ》い彼らの家は、風と砂嵐に吹きさらされればめくれあがり、まれに降る雨に濡れれば自らが毛布にきつくくるまって凍えるしかなかった。そういう人生を、誰も喜べはしない。彼らはただ受け容れ、子を産み、育て、ここで一生を終えた。

何も持たないと同時に、他と比べる手段とてないのは幸せだ、と言う者もいる。安易にそう断じることと自体、ひねれば水の出る世界から気まぐれにここを訪れる僕らの傲慢にすぎないのに。

〈ムスターファ〉

〈ザフル〉

かそけき声が、風の中へちりぢりに遠ざかる。

彼らにとっての恋愛が、僕らの想像するそれとどう違うのかはわからない。だが、憎からず思う相手から情愛のこもった言葉や行いを差しだされたとき、唇に浮かぶ笑みは誰も同じなのではないだろうか。頼るべきひと、守るべきひとの身に何かが起きたとき、不安におののき震える心もまた。

恋愛なんて、結局のところどれ一つとして同じではないのだ。そうとでも思わなければ、僕やジャン＝クロードなどとてもやっていられない。

車が揺れる。浩介が身じろぎする。

さっきから彼の腿《もも》に置かれている結衣の手に、僕は正直、複雑な思いを禁じ得ない。

嫉妬？

しないわけがなかった。できることなら、彼女の手首から先と僕の全存在とを取りかえて、ジーンズ越しに伝わってくる浩介の腿のぬくもりや、張りつめた筋肉の動きをじかに感じてみたかった。

二人を見守りたい思いは本当なのに、どうしてこんなに胸がざわついてしまうのだろう。

――ああ。結衣の言うとおりだ。僕は、馬鹿だった。どんな結果になろうとかまわない、間に合ううちに浩介に告げればよかった。

その先を望んでも叶わないことはわかっている。それでも、生涯でただひとり恋した相手に、彼のおかげで僕がどれほど自分を呪い、どん底を味わう羽目になったか、そして同時に、彼のおかげで僕の人生がどれほど生きる歓《よろこ》びに満ちあふれたものになったか、一度でいいからはっきり伝えればよかった。

浩介だけじゃない。結衣にも堂々と自分の想いを告げて、その上で後を託せばよかったのだ。彼女は早くから僕の気持ちにうすうす気づいていて、それでも僕が何も話そうとしないものだからずっと訊かずにいてくれた。せめて彼女にだけは、本当のことを言うべきだった。

後悔が、止まらない。

緋沙姉。そう、緋沙姉にもだ。あなたがアランに望む幸せは、決していけないことなんかじゃない。お互いの考えのどちらが間違っているわけでもないし、だからあなたが自分をわがままだと苦しむ必要はないのだと、ちゃんと言ってあげればよかった。

そしてジャン＝クロード。間に合ううちに、彼をもっと抱きしめてやればよかった。彼が僕にしてくれたすべてに対して、ありがとうなんて何回言っても足りやしない。でも、何回だって言えばよかった。彼の最後の後悔なんかは本当にまったく必要なくて、僕は彼に自分の最期を見せずに済んだことを喜んでさえいるのだと、そう伝えたかったのに。

でも。

今となってはもう。

§　――奥村浩介

誰かに呼ばれた気がして目をあけるなり、あっけにとられた。

景色が変わっていた。空と、砂の大地。ただそれだけ。遥かな地平はほぼ一直線だ。

目をこすっていると、隣の結衣が俺を覗きこむようにして笑った。

「どれだけ眠れば気がすむんだよ、って感じだよな」

エルフードで休憩を取り、車を４ＷＤに乗り換えた後も、また性懲《しょうこ》りもなく寝入ってしまった。

「無理ないよ」と結衣が言う。「疲れがたまってるんだよ」

「毎晩頑張っちゃってるから？　……痛《い》てっ」

腿を思いきりつねられた。

やがて、地平線の上にぽつんと小さなイボのようなものが見えてくる。だんだん、だんだん大きくなって、ようやく細部が見てとれるようになるとホテルの建物だとわかるが、それはどうやら俺らの目指すホテルではなくて、何台かの車と、人とラクダと、時には犬や山羊や鶏なんかを置き去りに、俺らの車は轍《わだち》とも言えない轍をさらにたどってまた何もない地平へと切り込んでゆく。

ほんの一瞬の、生。すれ違って、あとは再び空と荒野。まるで火星にでも探検に来たみたいだ。

そんなことが何度かくり返される。ホテルの建物は地面と同じ色をしているから、近づくまではまるで城砦《カスバ》の廃墟のように見える。地下深く水脈が流れているのか、それぞれの周囲にはたいてい何本かの木々が立っている。そこだけみずみずしい緑が、一滴の目薬のように見る者を潤す。

入口に掲げられている看板は、手描きだったり、タイル細工の凝ったものだったり様々だ。〈カスバ・デルカウア〉……〈オーベルジュ・デューン・ドール〉……〈オーベルジュ・ル・オアシス〉。いや、ロアジスと読むのか。名前だけで旅情をそそられると同時に、それらの文字がなんだか奇妙というか、あたりの風景の中にあってずいぶん異質なものに見えてくる。人の作りだした文字、意思の疎通手段としての文字の、その起源にまで思いを馳《は》せる。こうも果てしない風景の中では、こんな俺でもいつもは考えないことまで考える。

もはや、道と呼べるほどの道はない。

砂礫《されき》の上に残る乾ききった轍だけを頼りに、サイードはひたすら4WDを駆る。

＊

たどり着いた頃には、日がだいぶ傾いていた。

車を降り、こわばってしまった節々をほぐしながら無意識に、

「ここーは地の果てアルジェリア……」

歌っていたら緋沙姉に、なんでそんな古い歌知ってるの、と笑われた。

もちろん、じいちゃんのせいだ。死んだじいちゃんが昔やっていた歯科医院、つまり今の〈FUNAGURA〉だが、そこに通ってくるのはやっぱり年を取った患者が多く

て、有線からはたいてい昭和の古い歌が流れていた。俺のモノ集めがやたらとレトロに傾いたのも、多分にその影響がある気がする。

乾いた風に混じって、いくつかの懐かしい匂いがふっと記憶の鼻先をかすめる。消毒薬と、木の床に塗られたワックス。歯を削られる時の骨くさい匂いと、酸っぱいようなうがい薬。

久々に思いだしたじいちゃんのことで、こうも感傷的になる自分が不思議だった。もうすぐシュウとも別れなくてはならないからだろうか。それとも、ほんとうに地の果てに来たみたいなこの茫漠《ぼうばく》たる風景のせいか。

「ここからほんの数十キロ先はね」と緋沙姉は言った。「本当にもうアルジェリアとの国境なのよ」

ここ――は地の果てアルジェリア。

あの曲を聴いていた子ども時代にはまさか、自分がいつか本当にそんな場所へ旅することになるだなんて想像もしなかった。

俺らの泊まるホテルは、〈オーベルジュ・カスバ・トンブクトゥ〉という名前だった。

「ああ、ここだった気がする」

入口にたたずむ建物に入り、小さいフロントを見るなり、ジャン＝クロードは相好《そうごう》を崩した。

「そう、やっぱりそうよ。前の時もここだった。よかった」

五人掛けのソファセットだけでほぼいっぱいの、うちの茶の間くらいしかない狭いフロントロビーに、ターバンを巻いた男が数人たむろしている。誰がスタッフで誰が地元民なのかわからない。地元民でスタッフなのかもしれない。

緋沙姉がサイドと一緒にチェックインの手続きをしてくれるのを待っていると、

「トンブクトゥって、何のことだか知ってる？」

とジャン＝クロードが言った。

「たしか、どっかの砂漠に栄えた古い都の名前じゃなかったっけ」

俺が答えると、例によって、おや、というふうに片方の眉をあげる。

「ご名答。マリの砂漠よ。もともとは、遊牧民トゥアレグ族の野営地だったようね。そこがやがて、アフリカ大陸の北と南からの交易拠点として栄えはじめたんだけど、その噂《うわさ》が遠くヨーロッパへも伝わって、さまざまな伝説や噂がささやかれ始めたの」

金や象牙、奴隷に塩。ありとあらゆる交易品が行き来する砂漠のオアシス。蜃気楼のような富の都。

「そのうちに、トンブクトゥって名前は『遠い異境』だとか『遥かなる土地』っていうような意味の比喩《ひゆ》としても使われるようになっていったわけ。誰もが憧れるけど、たどりつくことはあまりにも困難だったから」

「今は？」

「今はもう、都としてはすっかりすたれて廃墟みたいになってるらしいわよ。世界遺産には登録されてるけど」

「トンブクトゥ、かあ」

隣で結衣がつぶやく。

「それもいいかも」

「何が？」

「ん……。あとでゆっくり話すね」

結衣は俺と目を合わせて微笑んだ。

目もとが、今までに見たこともないくらい和んでいる。こんなに柔らかい表情をするやつだったか、と思う。十三の頃からよく知っている少女が、ひとりの女へと変貌を遂げるのを目の当《ま》たりにして、俺のほうがどぎまぎする。もしかして俺が変えたのかと思うと誇らしくもあり、同時にちょっと怖いような感じもある。妙な気分だ。

チェックインを済ませ、それぞれの部屋に荷物をおさめたところで、俺たちは砂漠の入口まで散歩してみた。ホテルの門柱を一歩外に出れば、足もとはもう柔らかで滑《なめ》らかな砂の大地だった。

例によってジャン＝クロードだけは宿に残ったが、緋沙姉とサイードは一緒について来た。近隣の宿から車で集まってきた観光客もまばらに散っていて、遠くの砂丘には蟻《あり》んこぐらいのラクダの姿も見える。そういえばフロント脇に、日没をラクダの背中から眺めるツアーの案内が置いてあった。

目にしている風景に対して何ひとつうまい言葉が思いつかなくて、

「やっぱ鳥取《とっとり》砂丘よりでっかいな」

苦し紛れにつぶやくと、結衣と緋沙姉がふきだした。

「すっごいねえ。こんな大きな景色、あたし初めて見た」

「俺も」

「けっこうあっちこっち旅したんでしょう？」

と緋沙姉。

「そうっすね。でも、ここまで大きいのに、ここまで何にもないってのはさすがに初めてです」

もうほとんど沈んでしまった太陽が、砂漠全体を淡い薔薇色に染めている。

どこからともなく青いトゥアレグ族の装束に身を包んだ若者が近づいてきたかと思うと、てのひらにデザートローズとアンモナイトの化石をのせて差しだしてみせた。俺と緋沙姉は首を横にふったが、

「あたし、記念に欲しいな」

結衣がデザートローズのほうを指さすと、若者はがぜん笑顔になって別のもふところから取りだした。

ひとつ二十ディルハム、とふっかけてくるのを、結衣が三つで三十にまで値切る。店で留守番している陽子ちゃんたちへの土産にするのだと言う。

とうとう根負けした若者は、結晶を三つ取って結衣に手渡しながらあきれたように言った。

「アー・ユー・ベルベル？」

「え？　どういう意味？」

と結衣がサイードを見あげる。

「ベルベルはですネ」とサイードがニヤニヤして言った。「『ロバの値段でラクダを買う』とよく言われますネ」

結衣は声をたてて笑った。

「じゃあ、褒め言葉ってことじゃない」

値切られてもそれなりには満足したのだろう、若者が手をふり、またほかの観光客めがけて歩いていく。

緋沙姉が言った。

「私たちには区別がつかないわね。ほんもののトゥアレグ族なのかどうか」

まったくだ。〈砂漠の青い貴族〉という称号とあの装束が観光客のロマンを誘うと知っているものだから、一緒に写真におさまってチップをもらうためだけに、他部族の者がトゥアレグのふりをしている場合も多いと聞く。服やターバンなどは、エルフードのホテルショップでも土産に買えるらしい。

「それにしてもどうして〈貴族〉なの？」

歩きながら訊いた緋沙姉に、サイードは少し考えてから答えた。

「トゥアレグというのは、もとはトァーリック、『道』を意味する言葉からきている名前とも言われてますネ。つまり、『道を越えてゆく人』というような意味です。昔から彼らには、国同士が定めた国境も、約束ごとも関係なかった。生まれながらの誇り高く自由な旅人であり、戦士だった。それで、みんなから尊敬や憧れや、畏《おそ》れの気持ちをこめてそう呼ばれるようになったんではないかと……そう、たぶん、そういうことだと思いますネ」

夕陽の光が、徐々に弱々しくなっていく。それにつれて、砂丘の稜線は逆にどんどん硬質な気配をまといだす。

ゆっくり歩いているうちに、サイードと緋沙姉とは少しずつ離れ、俺らは小高い砂丘の上にふたりきりになった。結衣の小さな右手は、俺の左手のなかにそっくりおさまっている。

やがて、ねえ、と結衣が言った。

「うん？」

耳を寄せると、彼女はもう少し声を張って言った。

「帰ったらね」

「うん」

「例のカフェの件、ちゃんと詰めて考えてみない？」

「例のカフェって？」

「やだ、忘れたの？」

眉を寄せて、俺を見あげてくる。

「誰よ、店の庭にカフェを併設したらどうだなんて言ってたの」

「えっ。うそ」

「うそってまさか、本気で言ったんじゃなかったとか」

違う違う、と俺は慌てて打ち消した。

「もちろん本気も本気だけどさ。こっちこそ、まさかお前がオーケー出してくれるなんて思ってなくて」

「誰がオーケーだなんて言ったのよ。趣味や道楽じゃないんだから、採算が取れるかどうか、ちゃんと考えてから決めなくちゃ。でもまあ、陽子ちゃんや佳奈ちゃんにも相談して、とりあえず前向きに検討してみるくらいはいいんじゃないかなってこと」

俺は、体ごと結衣に向き直った。

「……何よ」

「いや。べつになんも」

「じゃあそんな、どっかの馬鹿犬みたいな嬉しそうな顔しないでよ」

不機嫌そうに目をそらすのは、照れている証拠だ。

「馬鹿犬だもん」と俺は言った。「俺、お前の馬鹿犬でいい。もう、死ぬまで忠実にお仕えしちゃう」

「ばか」

「うん、だからそれでいいって」

「そうじゃなくて、」

「ん？」

覗きこむと、結衣はどこかが痛むような顔でつぶやいた。

「死ぬまで、とか安易に言わないで」

「……………」

「死ぬなんて言葉、簡単に言っちゃやだ」

つないでいた手にぎゅっと力がこもる。

そうしていると、ちっとも大人の女になんか見えなかった。暗いところが怖くてパパの手にしがみつく少女みたいだ。

「わかったよ」俺は言った。「悪かった。ごめん」

その手に、ますます力が加わる。

「けどさ。カフェのこと、どうして急にやってみる気になったわけ？　スタッフも増やさなくちゃならなくなるし、そこまでしてリスクを背負い込むのはどうとかってお前、ずっと反対してたじゃんか」

「そのはずだったんだけど」

結衣がうつむく。今度は困ったような顔をしている。

「なんかね。人生観が変わっちゃったっていうか」

「人生観？　ずいぶん大げさだな」

結衣は鼻にしわを寄せて苦笑いした。

「ほんとにね。でも、そうなの。うまく言えないんだけど、そういう感じにいちばん近いの」

「まあ、わかるような気はするよ。ってか、よくわかるよ。正直、俺もそうだもん」

「そうって？」

「なんていうかさ。しなかったらいつか後悔するようなことは、絶対先へ残しておいちゃだめだって思うようになった。やりたいことがあるなら、すぐやって、今やって、とにかく片っ端からやりまくって死んでやるって。あ、また死ぬっつっちゃった。ごめん」

結衣がそっとかぶりを振る。

口には出さなかったけれど、二人とも、頭にあることは同じだったと思う。あの飛行機に乗っていた未《いま》だに発見されていない人たちと、今ごろはその中の一人だったかもしれない俺と――そしてもちろん、シュウのこと。やつにだって、本当はしたかったこと、し残したことがきっと山ほどあったはずなのだ。

「これは理想なんだけどさ。最後の最後に、『あーよく遊んだ、楽しかった!』っつって、笑って死ねたら本望だと思わねえ?」

「……うん。ほんとにね」

しばらく俺の手を握りしめたままだった細い指から、ようやく力が抜けていく。

「マラケシュに戻ったら、ちょっと付き合ってくれる?」

と、結衣は言った。

「いいけど、何?」

「フェズの旧市街《メディナ》で、すっごい素敵なアラビア風のランプを見つけたのね。なのになんか買いそびれちゃったの。探せばマラケシュでも同じようなのが見つからないかなと思って。ったくもう、あんたが居てくんないとどうも決断力が鈍っちゃう」

「なんだよ、また俺のせいかよ」

「でね、ほら、あんた最初、カフェのコンセプトをアジアにヨーロッパの風が吹いたみたいな感じって言ってたじゃない。あれ、いっそのこと全体をモロッコ風にするっていうのはどうかな。お店にはこの旅の思い出になるような名前を付けてさ、たとえば『カフェ・トンブクトゥ』とか。もしそういう感じにしていいんなら、テーブルごとに天井からアラビア風のランプをさげて、最初にタンジェのレストランで見た青と白の食器とか、あとモロッコ風のグラスなんかも買って帰ってさ、お客にお水を出すのに使ってもいいし、何ならついでに銀色のポットもセットで買って、メニューに本場仕込みのミントティーを加えてもいいし……」

採算だ何だと言っていたその口で、もうこれだ。でも、いいアイディアだ。

だったら、と俺は言った。

「もうひとつ、メニューにスペシャル・ティーを加えようよ」

「なに？　あ、スパイスティーとか？」

いや、と首をふって、俺は言った。

「〈マリアージュ・フレール〉の〈エロス〉」

黙って俺を見あげた結衣が、泣きそうな顔で笑った。

§　――ジャン＝クロード・パルスヴァル

ゆっくりと暮れていく砂漠を、壁際に置かれたベンチから眺める。散歩に出かけるときヒサコが、ぼくにアマネを預けていった。ぼくは、アマネと一緒にボウルズを味わうことにする。

ページが砂まじりの風にふるえる。ひらいた本の上にベージュ色の細かい粒子が溜まっていく。

いつもながらボウルズの作品世界には、ひどい目にあう人間しか出てこない。ドライでクールな文体が、あまりにも不条理な出来事を淡々と描き出していく。彼の小説を読むと、旅先でのふれあいだの行きずりの善意だの、信じたくもなくなる。むしろ、我々は常に他者の悪意、いや神の悪意ともいうべきものにさらされているのだと思えてきて、殺伐とした気分になる。

旅を日常の延長と錯覚し、油断していた先に用意されている真っ黒な裂け目。自らの迂闊《うかつ》さのせいでそこに落ちこんだ人間に、ハリウッド映画のような安易な救済は訪れず、物語はほとんど何のカタルシスもないまま唐突に終わる。後味はと訊かれれば、悪い、と答えるしかない。

　本を裏返し、著者のプロフィールを眺めた。

ポール・ボウルズ、一九一〇年、ニューヨークのロングアイランド生まれ。歯科医の息子だった、とある。歯科医か。コウスケのことをちょっと連想する。

　それからぼくは、もう何度も読んだ『遠い挿話』をもういちど読み返す。アマネが好きだと言っていた一編だ。

〈たまに、あっち側の声がうるさくて眠れない夜があるんだけどね〉

　と、アマネはいつか言っていた。

〈そういうときは、あえてボウルズを引っぱりだしてきて読むんだ。神経がこう、ピアノ線か何かで宙づりにされる感じがしてさ。それが、すごく気持ちわるくて、気持ちいい〉

『遠い挿話』は、白人の言語学の教授が、辺境の部族に捕えられ、舌を引き抜かれて道化師に仕立てられるという物語だ。意識が混濁し正気を喪《うしな》った教授を、彼らは見世物にして笑う。やがて他の部族に売られた彼はしかし、正則アラビア語を耳にしてとつぜん意識を回復し、脱出を図る。だが、すでに境界を踏みはずした者は、望んでもそう簡単に元の場所には帰れない。

誘惑と、その結果としての破滅、そして帰還の不能——それらは、『シェルタリング・スカイ』へとつながる他のボウルズの作品にも共通したテーマだった。

唐突に、この教授になりたい、と強く思っている自分に気づく。舌を抜かれ、見世物にされて、いっそ心など喪ってしまいたい……。そうだ。これほどまでに激烈な肉体的苦痛と恐怖があれば、やわな心の痛みなどきっと忘れられる。後悔や懺悔《ざんげ》など、している暇もないにちがいない。

目を上げる。暮れなずむ砂漠に、ちらほらと観光客の姿が見えるが、どれがヒサコたちなのかは判別できない。

べつだん、歩く元気もないほど疲れていたわけではなかった。ただ、何をするにも理由というものが消滅してしまった感じだった。アマネの死とともに、ぼくには、何かをしたいという気持ちが一切なくなってしまったのだ。

今のぼくにとってただ一つの希望は、アマネの望みを叶えてやることだけだった。明日の朝、彼の灰をまいた後に自分がどうなってしまうのか、それを考えるとうっすら怖ろしくなる。

やがて、砂の向こうから四人が戻ってくるのが見えた。ヒサコはサイードと、コウスケはユイと連れだって歩いてくる。ぼくはそれを、アマネと一緒に待つ。

すぐ近くまで来たところで、ちょうどヒサコの携帯が鳴りだした。サイード以外の全員がびっくりする。何となく、砂漠の真ん中では携帯なんて通じないような気がしていたのだ。

ヒサコの受け答えを聞く限りでは、どうやらパリの上司かららしい。笑みを含んだ声で何か話している。

この旅の最初の頃にくらべると、彼女の笑う回数が増えてきた気がする。考えてみればコウスケも、ユイもそうだし、たぶんぼくもそうだ。何でもないことに少しずつ笑えるようになってきている。それが、回復しているということなのだろう。

彼らのために喜ばしいことだと思う反面、ぼく自身に限っては、どこかでアマネを裏切っているような後ろめたさがあった。アマネを喪って、どうしてこのぼくが笑えるのだ？　いったい何を笑っているのだ？

サイードが車のほうへ行き、コウスケとユイが部屋に戻っているというゼスチャーをする。彼らに手を軽くあげて応え、ヒサコは電話の向こうの相手が何か読みあげるのを、うなずきながらじっと耳をすませて聞いていた。その唇に、だんだんとまた笑みが浮かんでいく。

なおもひとことふたこと話してから携帯を切る。ふう、と息をついたヒサコに、ぼくは声をかけた。

「いい知らせ？」

「そうね。知らせってほどでもないんだけど」

「なに」

「前にね、私がアテンドした女の子たちがいて……普通の観光じゃなくて、どっちかっていうと取材とか勉強みたいな感じだったんだけど」

「雑誌の記者か何か？」

「ううん、フラワー・コーディネーターの卵。その子たちから、私宛てにお礼のファックスが届いてるって言って、いま夏恵先輩が読んでくれたの」

「ふうん。じゃあ喜んでもらえたってことなのね」

ヒサコはうなずいた。

「パリでいろいろ吸収して帰った甲斐あって、日本へ戻ってから無事に仕事がもらえたんですって。山奥の、いっぷう変わった宿を花で飾る仕事だそうよ」

歩いてきたせいばかりではなく、ヒサコの頬は紅潮していた。

うらやましかった。彼女にせよ、そのファックスをよこした女の子たちにせよ、情熱を注げる仕事があるということがどれだけ人間を支えてくれることか。ぼくには、そういうかたちの〈仕事〉はない。働かなくても食べていける者の不幸だ。

ヒサコも部屋に戻ってしまうと、あたりは急に寂しくなった。

さっきまで砂漠に散らばっていた観光客たちも、ほとんどが車に乗りこんでそれぞれのホテルへ帰っていった。まだ暗いというほどではないが、本の文字を追うにはもう辛い。おまけに肌寒くなってきた。砂漠の夜が来る。

ホテルの建物の裏手には、さっき見たラクダが二十頭ほどつながれていて、時おり引きつけを起こしたような鳴き声が響く。風向きによっては、乾いた糞の匂いが漂ってくる。ラクダ引きたちの多くは、例の青いトゥアレグの衣装を着ていた。

サイードが前に言っていたとおり、他部族の者がトゥアレグの服を着ていることだってあり得るのだと思ってみると、なんだかいろんなことが嘘くさく思えてしまう。こんな地の果てでも人は化かし合いをしているのか、と。

だが、ここを地の果てと思うのも、まるで聖地のように思い入れるのも、すべてはこちらの勝手でしかない。彼らはここで生きている。ここが彼らの世界の中心なのだ。

「ハールーン！」

ふいに呼ぶ声が響いた。

「ハールーン！」

フロントの戸口から顔を出した男が、裏手に向かって怒鳴る。

その響きにはっとなって、ぼくは思わず立ちあがっていた。

どうして覚えていたのかわからない。モーゼの兄弟と同じ名前だったせいもあるかもしれない。それは、あのときアマネがここで呼んでいた名前――ラクダ引きの男の名前だった。ぼくが誘っての帰りぎわ、車に乗りこむ直前に、アマネは後ろ姿のその男を呼びとめ、そばへ行って抱擁を交わした。戻ってきたアマネに訊くと、彼は短く答えた。前の晩のラクダツアーでずいぶん世話になったのだ、と。

立ちあがり、フロントへ向かう。

スタッフに、ハールーンという男を呼んでくれないかと訊くと、

「どちらのハールーンでしょう。二人おりますが」

彼は達者なフランス語で答えた。

「年は?」

「五十過ぎと、三十」

「三十のほうは、もしかして四年ほど前にもここにいた?」

「もっと前からいますよ」

「じゃあ、そっちのハールーンを」

スタッフの男はつかつかと戸口へ行くと、

「ハールーン・アハマッド!」

とまた呼んだ。

誰も返事をしないので、裏のラクダのほうへ呼びに行く。アラビア語で何か叫んでい

るのが聞こえる。

しばらく待つと、がっしりとした背の高い男が一人で現れた。青い装束に、藍色のターバン。砂を防ぐためか、鼻から下も布で覆っている。

「ハールーン？」

と訊くと、男はうなずいた。

「俺に、何か用か」

サイード以上に巻き舌のフランス語。強すぎる眼の光に射すくめられて、狼狽《ろうばい》した。いったいぼくは、この男を呼んで何をするつもりだったのだろう。何を訊くつもりだったのだろう。

答えられずにいるぼくを、しかし男は気にかける様子もなかった。ずかずかとフロントの中へ入り、冷蔵庫からコーラの缶を取りだして、プシュ、と開ける。

口もとを覆っていた布を無造作にほどき、その浅黒い顔が露わになった時——すべてが、一瞬で、胸に落ちた。

ぼくは言った。

「頼みがあるんだ」

## §　――早川結衣

明日、夜明けの砂漠で周に別れを告げることは決まっていた。夕方みんなで散歩したあたりからもう少し先まで歩いてみようということだったから、あの蟻んこみたいなラクダたちが見えた砂丘くらいまで行ければ上等だろうと思っていた。そのためにはずいぶん早起きして歩かなくちゃならない。それも、浩介ともども覚悟を決めていたのだ。

なのにまさか、今夜のうちに発《た》つことになろうだなんて。

「明日のお昼過ぎには戻ってこられるんだから、荷物はぜんぶ部屋に置いて、要《い》るものだけ持てばいいのよ」

とジャン＝クロードは言った。

「水と、あとはまあパスポートと貴重品ぐらい。え？　ばかねユイ、わざわざ腹巻きになんか入れなくたって大丈夫よ。小さい鞄《かばん》ならラクダにくくりつけてもらえるそうだから」

真夜中のラクダツアーを企《くわだ》てたのはジャン＝クロードだ。ホテルで働くラクダ引きの男に頼み込んで、砂漠を数時間歩いた先のベルベルのキャンプ地まで連れていくことを承知させたらしい。そこで夜明けを迎えるツアー自体は元からあるのだけれど、普通だったらもっと早く、夕方の日のあるうちに出発するもののようだった。

でも、なんでもジャン＝クロードが周と知りあったのは、その同じツアーに参加した周がホテルに戻ってきた午後のことだったそうだ。

「アマネが話してたのを思いだしたのよ」

ジャン＝クロードは興奮気味に言った。

「同じ朝日を眺めるのでもね、後ろをふり向けばホテルの建物が見えるような場所で眺めるのとはぜんぜん違うんですって。ほんとうにサハラ砂漠の真ん中っていうのを実感できるんだってアマネは言ってた。そりゃあもちろん、俯瞰《ふかん》してみたらそこだって砂漠の真ん中なんかじゃないわよ。まだまだ端っこもいいとこよ。でも、そこまで行けばとにかく、三百六十度どっちを見ても砂の海っていう状態を味わえるの。何日もかけてようやくこんな遠くにまでたどり着いたんだもの、どうせならアマネをそこまで連れてってやりたいと思わない？」

誰も反対などするわけがなかった。

＊

砂漠の夜は冷えると聞いていたけれど本当だった。

それぞれにしっかりと厚着をして部屋を出ると、ホテルの裏手に連れていかれ、待っているところへ人数分のラクダが引かれてくる。

「お客さんをサハラまで乗せてきたことは何度かありましたけれどネ」とサイードは言った。「自分でラクダに乗るのは初めてです」

でも、彼にも一緒に行ってもらわないと困る。ラクダ引きの男はフランス語も英語も今ひとつ片言のようだし、着いた先にいる人たちにいたってはアラビア語しか通じないかもしれない。

目の前にやってきたヒトコブラクダは、思いのほか大きかった。柔和な顔で、まつげが異様に長い。体からは草食動物特有のにおいがする。牧場の牛小屋のにおい。

腰の引けているあたしたちの前で、男が鼻面を結わえた綱を下へ引っぱると、ラクダはおとなしく前脚を内側へ折りこみ、続いて後ろ脚も折ってうずくまった。猫が香箱を作るのと同じ座り方だった。

男があたしに向かって顎をしゃくる。

なんであたしから、と思いながら、コブの上によじ登って台座にまたがる。厚地の毛布が幾重にも敷いてあるおかげで、座り心地はそう悪くない。

台座の前には、T字の鉄製のバーが突き出ていた。しっかりつかまっているように言われるやいなや、いきなりラクダの前脚だけが半分伸びて膝立ちになった。後ろへずり落ちそうになって慌ててバーにしがみつくと、とたんに今度はラクダが後ろ脚を全部伸ばした。がくんと前につんのめって転がり落ちそうになるあたしの肩を、男が無表情に押さえる。その間に、ラクダは最後に前脚を完全に伸ばして立ちあがった。死ぬかと思った。

続いて浩介が乗り、緋沙姉が乗り、ジャン＝クロードが乗ってサイードが乗る。

全員の準備ができるまでは一緒に手伝っていたホテルのスタッフも、五頭のラクダをロープで一列につなぎ終えた男が歩き始めると、手を振って建物の中へ消えていった。

先頭が浩介、あたし、その後ろに緋沙姉とジャン＝クロードとサイード。

一番前で引き綱を握って歩く男は、背格好も面差しも、驚くほど浩介によく似ていた。二人でターバンを巻いて並んだら兄弟に見えるんじゃないかと思うくらいだった。名前は、さっき聞いたような気もするのだけど思いだせない。かといって、わざわざ今ふり向いてジャン＝クロードに訊くほどのことでもない気がする。

右手の遠くに、明かりが散らばっているのが見える。たぶんメルズーガの町だ。後ろのホテルの明かりもけっこう遠くまで届いて、砂をぼんやりと白く照らしている。ラクダ引きの男と、浩介の乗ったラクダの影が、砂の表面をそろりそろりと撫でさするように進んでいく。

さく、さく、さく、とラクダたちが砂を踏む音がする。ひづめはカンジキを履いたみたいに丸く大きく広がっていて、そのおかげで砂に埋もれることがない。その一方で、男の足音はほとんど聞こえなかった。砂の丘なんてさぞかし歩きにくいだろうに、足取りには乱れもない。

どうして正しい方角がわかるのかが不思議だった。砂丘は毎日のように風に吹かれて形を変えるはずなのに。フェズの迷路を歩いたときのサイードにも感心したけれど、あたりに人影も目印もないぶんだけ、なおさら不思議でならなかった。体の中に方位磁石でも仕込まれているみたいだ。

さく、さく、さく、さく。

闇が濃くなるにつれて、星の輝きが増す。おびただしい星が隙間もないほどに夜空を埋めつくしていて、見あげているとあっちにもこっちにも流れ星が尾を引く。

少し離れたところを別のラクダの一群が歩いているのが見えて、でもそれは、もっとよく目をこらすと、星明かりに照らされたあたしたち自身の影なのだった。長くながく伸びた影が、角度の急な砂丘の横腹に映って立ちあがり、別のラクダたちのシルエットのように見えているだけだった。

男はおおかた黙りこくって歩いていたけれど、たまに思いだしたように首だけあたしたちをふり返り、

「ラバース？」

と訊いた。大丈夫か、具合はどうだ、というくらいの意味らしく、浩介がわずかに覚えたアラビア語で「ワッハ」と答えると、うなずいてまた前を向く。

さく、さく、さく、さく。

それ以外は、完全に無音だった。ずいぶん長いこと遠くでかすかに聞こえていた犬の鳴き声も、今はもうまったく聞こえなくなった。

静かすぎて、ほんとうに静かすぎて、自分の心臓の鼓動しか聞こえない。キィーンというかすかな金属音が真空状態の頭の奥でずっと響いている気がするのは、これはたぶん耳鳴りだ。あまりの静けさに、逆に聴覚が焼き切れそうで怖くなる。

いくつかの砂丘を越えるうちに、やがて左側に月が昇ってきた。ほぼ真円に近い巨大な月が姿を見せるなり、砂漠があっというまにその全貌をあらわした。

一つひとつの砂丘に光と影が刻まれてむっくりと起きあがる。連なる丘、丘、丘。滑らかで硬質な線が重なり合い、そのあまりにもストイックな美しさに夢と現実の区別がつかなくなる。

さく、さく、さく、さく。

ラクダの背中は前後に揺れる。台座には馬の鞍《くら》と違ってあぶみがなくて、ぶらぶらとさげているしかない脚がだるくなってくる。このぶんなら突然走り出すこともまずあるまいと、あたしはラクダの背中にあぐらをかいた。少し楽になった。

周の灰は、今は浩介がふところに入れて運んでいる。ジャン＝クロードが、ここから先はあんたが連れていきなさい、と言ってきかなかったのだ。

揺れに任せて、半ばトランス状態みたいにぼんやりとしたまま、あたしはなんとなく昼間のジャン＝クロードの言葉を思いだしていた。サイードと言い争った時に彼の口から出た、周とは互いに唯一だったというあの言葉だ。

周とジャン＝クロードの間に、特別なことは何もなかったというのはきっと本当なんだろう。そういう関係がなくても、互いに唯一であり続けることはできるんだろうか、と思ってみる。それとも、ないからこそ可能だったんだろうか。あたしと浩介のように名実ともに男と女であっても、互いをこれから先も替えのきかない唯一と思い続けることはできるんだろうか……。

耳鳴りは続いている。体の中を、血潮の流れる音が聞こえる。まるで波の音みたいだ。自分が〈生きている〉ということを、刻一刻いのちを刻んでいるのだということを、これほどまでに強く意識したのは初めてだった。

真空の世界に、ラクダの足音と自分の鼓動がビートを刻む。

さく、さく、さく、さく。

どっくん、どくん。どっくん、どくん。

——どれくらいたったのだろう。たぶん、二時間以上は過ぎたはずだ。

はじめはそれも夢かと思った。それから、空耳かと思った。

でも、風の向きで強まったり弱まったりする。空耳じゃない。鼓動よりもずっと軽やかな、太鼓のリズムだ。

先頭をゆく男が、あたしたちのラクダをぐいぐいと引っぱって、ひときわ大きな砂丘を越えたとたん、いきなり眼下にいくつもの篝火《かがりび》が見えた。

点在するテント。うずくまるラクダたち。

ベルベルの野営地だった。

§ ——奥村浩介

砂に打ち込まれた丸太の杭《くい》の間に、ざっくり織られた毛布がぴんと張られ、まわりにも垂らしてある。ベルベルのテントの作りは単純だ。

野営地にはすでに、何組かの先客がいた。夕方早いうちに近隣のホテルを発《た》って、晩飯もここで済ませたらしい。

今日で三日にわたる断食を終えた緋沙姉は、サイード共々、ホテルを出るときに水と小さいパンだけは口にしていたが、さすがに空腹が限界にきていたのだろう。ベルベルのスタッフに熱いハリラやタジンの残りをふるまわれると、皿をかかえこんで「おいしい」と涙目になっていた。

　どういう割り当てなのかは知らないが、ジャン＝クロードの泊まるテントの隣はオーストラリアから来たという白人のカップルだった。そのまた隣がサイード、緋沙姉、間に低い木の茂みがあり、少し離れて俺と結衣のテント。そういう配置になっていた。

　ほかにも、広場の焚《た》き火《び》を取りまくように幾つかのテントが散らばっていたが、そのうちのどれくらいが埋まっているものかはわからなかった。俺たちが着いた頃にはもう、人々の多くは食休みを終えて火のそばから引きあげてしまっていたのだ。

　焚き火のそばで太鼓を叩いていたのはベルベルの男たちで、ほかにはイギリス人の若い男女が三、四人、鈴を束ねたものや、タンバリンや、ブリキでできたカスタネットみたいな楽器を手にして楽しそうに合わせていた。

　さっさと食い終わり、仲間に加えてもらう。壺《つぼ》を逆さにしたような太鼓の胴体は陶器でできていて、張られているのはラクダの皮だと男は言い、テルブーガとかドゥンパクと呼ぶのだと教えてくれた。なるほど、真ん中を打つとドゥンと低い音が響き、まわりを打つとパクと鳴る。

　ドゥン・ドゥン・ドゥンパク・ドゥンパク・ドゥンパク。コツをつかんで打つ手を速めていくと、女の子たちが奇声をあげてリズムを合わせだす。

マラケシュの市場《スーク》で見かけた太鼓より装飾が少なくてずっと原始的だが、最初から飾りとして作られたものには無い力強さがある。買うんだったらこっちだな、と思った。太鼓として使うのでなくても、ちょっとしたサイドテーブル代わりになりそうだ。いや、こういうことばかり考えるから、いつのまにやらコンテナがいっぱいになってしまうのだけれど。

やがて、最後まで残っていたイギリス人の女の子たち二人も、おやすみを言ってテントに引きあげていった。

俺も結衣のところへ戻る。一緒に起きて待っていてくれた緋沙姉が言った。

「そろそろ寝ましょうか。朝早いけど、起きられる？　日の出前に一応声をかけてみるけど」

「ありがとう」と、結衣が言った。「でもきっと、もっと早くからみんな起きだしちゃっておちおち寝てられないんじゃないかな。それが目的で来てる人たちばっかりだもの」

「そうね。そうかも」

おやすみなさい、と言い合って別れると、俺らはテントに潜りこんだ。

頭上に低く張られた毛織り布。砂の上にはマットレスが敷かれ、清潔なシーツと毛布が畳んで置いてある。あとは、細長いグラスの中に入ったキャンドルと、百円ライター。

野趣あふれるツアーだが、ツアーである以上、やはり観光客基準は満たしていなければならないわけだ。

と、外から緋沙姉の声がした。

「ごめんなさい、もう一度いい？」

顔だけ突きだすと、緋沙姉は黙って、俺の目の前に例の缶を差しだした。晩飯のあと、預けてあったのだ。

「いや、あの……最後の夜だし、緋沙姉が持ってたほうが」

「ううん。私はもういいの。それに、ジャン＝クロードからも言われてるから」

「なんて？」

「今夜はぜったい浩介くんに預けるようにって」

差しだされた缶をじっと見る俺を、緋沙姉もまた、じっと見つめている。

俺は、黙って缶を受け取った。おやすみなさい、と緋沙姉が静かに言い、茂みの向こうのテントへと消える。

再びテントに這いずり込んでも、結衣は何も言わなかった。

あちこちに焚かれた篝火と月のおかげで、テントの中はキャンドルを灯さなくてもわずかに明るい。

俺は、マットレスを二つ隙間なくくっつけ、枕もとにシュウの缶を置き、仰向けになって毛布をかぶるとその端を持ちあげてみせた。もぞもぞとふところに滑りこんでくる結衣を、しっかりと抱きかかえる。

足もとのすぐ外で、ラクダがわめいた。ものすごい悪声だ。

「さっき、あんたが太鼓叩いてる時にね」

と結衣がささやく。

「緋沙姉とラクダたちを見にいってみたんだけど、びっくりしちゃった」

「なんで」

「どこにもつないだりしてないのに、なんでみんな逃げずに大人しくうずくまってるんだろうと思って不思議だったんだけど、ねえ、どうしてだかわかる？」

「いや」

「ラクダってほら、前脚をこう、内側へ折り曲げて座るじゃない。その前脚の膝の関節をね、左も右も、それぞれ縄でぐるっと縛ってあるの。どっちの前脚もまっすぐ伸ばせないように。もうさ、緊縛だよ緊縛。虐待じゃないのって感じ」

「へえ」

「ついつい、可哀想とか思っちゃうけど、そんなのは、よそから来た人間の勝手な感傷なのかもね。あの人たちはもう何百年何千年って、そういう生活の知恵を受け継いで生きてきたわけだし」

「……うん」

「サイードさんが言ってた。古い詩の言葉に、『ラクダの脚のように柔らかい』っていう表現があるんだって。ちょっといいと思わない？　実際、それくらいしなやかだからこそ、長いこと砂の上を歩いても脚を痛めたりしないんだって」

「……………」

黙っている俺を、顎の下から見あげるようにして、

「どうしたの」と結衣が言った。「眠くなっちゃった？」

「結衣」

「ん？」

「あのさ」

「なに」

「……………」

「なによ」

俺は、思いきって言った。

「ジャン＝クロードはさ。なんだって最後の最後で、シュウを俺に預けようとするのかな」

結衣が口をつぐむ。

「もしかして……シュウは、その……」

言いかけて、でも、その先が言えなかった。おしまいまで言葉にする勇気が出なかった。

ラクダが吼《ほ》えるように鳴く。一頭が鳴くと、離れたところの何頭かが応えるように鳴き叫ぶ。男の声がわからない言葉で何か怒鳴り、あたりがしんと静まりかえった。

やがて、結衣が、ぽつりと言った。

「そうだよ。やっと気がついた？」

§　――久遠緋沙子

眠れなかった。目を閉じても、頭のなかで篝火《かがりび》が焚かれているようで。まぶたの裏に、月が昇ったようで。

三日間の断食を終えた胃袋は今しっかりと満たされて、本来ならすぐさま眠くなってもおかしくないのにちっとも睡魔が訪れない。一時間以上も寝返りばかり打っていただろうか。とうとうあきらめて目を開けると、私は起きあがり、テントからそろりと這いだした。

月が高く昇ってきたおかげで外は前より明るかったけれど、またいちだんと冷えていた。テントの中を手探りしてフェズで買ったジェラバを引き寄せ、頭からかぶって立ちあがる。足首まで覆うたっぷりとした丈と、厚地のウールの重みが頼もしい。

焚き火はもう消えかけていた。広場を横切り、大きめの茂みのかげでそっと用を足してから、裏手の砂丘に登ってみる。砂漠をもっと高いところから見わたしてみたかった。ラクダ引きのハールーンはあんなに軽々と歩いていたのに、ちょっと登っただけでも息が切れ、腿に乳酸がたまってだるくなる。砂の斜面はひと足ごとに柔らかく崩れ、一歩のうちの三分の二はずり落ちてしまって、ろくに進むことができない。

もう少し、あともう少し……。

ムキになるうちに、肺がひゅうひゅう音をたてはじめ、私はとうとうその場に腰をおろし、ずるずると斜面にもたれかかった。背中が汗ばんで、少しめまいがした。

見下ろせば、思ったよりは高いところまですでに登ってきているのだった。散らばるテントの一つひとつが、とても小さく見える。篝火はまるでろうそくの灯りのようだ。ラクダのわめく声もここでなら山羊《やぎ》の鳴き声くらいに聞こえるし、糞の匂いもしない。

月の光が斜めからさしているせいで、砂漠はみごとな陰影に彩られている。金色とも銀色ともつかない光の粒子が、果てしない砂の上を薄いヴェールのように覆って輝かせ、大小に連なる砂丘それぞれの稜線が複雑に重なりあい、異次元のような光景を作りだしている。

風が耳もとをかすめて吹いていき、その音で初めて、どれだけ静かであるかに気づく。一度気がついてしまうと、今度は自分の呼吸の音がやけに大きく聞こえだす。

投げだした革靴のすぐ先を、小さなちいさな甲虫が這っていった。コガネムシか、フンコロガシか。世界に私とこの虫一匹しか存在しないような気がした。どこか別の惑星に流されてしまったみたいだ。

そっと寝転がってみた。仰向けになっても、斜面が急なせいで足のほうに血が下がる。ここまで来る途中、頭上を埋めつくしていた星は、月に邪魔されて前ほどは見えない。あんなに凄い星空を見たのは生まれて初めてだったが、こんなに凄い月を見るのも初めてだった。

風が吹いていく。

呼吸の音が響く。

さっきはあんなに眠れなかったのに、だんだんまぶたが重くなってくる。ジェラバの襟元をかき合わせ、フードをかぶり、手足を引き寄せて丸くなる。

ほんとうに眠るつもりはなかったのに、ふいに揺り起こされ、ぎくりと飛び起きた。

明るい月を背に、男が私を見下ろしている。

一瞬、ジャン＝クロードに聞かされたボウルズの物語が頭をよぎった。教授が、起き抜けにいきなり舌を引き抜かれる場面だ。

でも、男は――ハールーンはただ静かに、

「こんなところで寝ると風邪をひく」

そう言っただけだった。

「ここで、何してるの」

と私はまだどきどきしながら言った。

「それは俺が訊きたい」とハールーン。「下から見あげたら、あんたが寝ているのが見えた。だから見に来た」

訛《なま》りの強い、やや片言の英語だった。フランス語で話しかけてこなかったのは、私たちが英語で会話しているのを聞いていたせいだろう。

深い話をするつもりもなかったので、私も英語で返した。

「眠れなくて、何となく登ってきたら、何となく眠っちゃったのよ」

ハールーンは、浩介くんによく似た顔で少しだけ笑った。それほど気むずかしいというわけではなさそうだ。笑うと前歯がすきっ歯なのがわかって、それを見たらなんだか気が抜けた。

「もう少し上まで登ってみないか」

「もう少しって？」

「あそこまで」

ハールーンが指さした先は、この砂丘のてっぺんだった。あんな高いところまで登るなんて、考えただけで気が遠くなる。

「とても無理よ」

「俺が手を引いてってやる」

「無理だってば」

「じゃあ、あと少しだけ。高いところから見おろしたほうが気持ちいいぞ」

ずいぶん強引な男だった。なんだか駄々っ子みたいだ。

警戒する気持ちももちろんあったけれど、これだけ見晴らしのいいところなら何も起きようがないだろう。小さく溜め息をつき、私はジェラバの裾をからげた。

「ほんとにあと少しだけよ」

登り始めると、またすぐに息が切れた。ハールーンは私を待ってばかりだ。

「靴が悪いんだ。脱いでしまえ」

「だって、サソリとか蛇とか」

「そんなもの、このあたりには居ない」

本当に？　と訊くと、彼は、信じないのかというゼスチャーとともに自分の青いガンドゥーラの裾を持ちあげてみせた。素足だった。浅黒い足先に、白っぽい貝細工のような爪がきれいに並んでいた。

両足の紐《ひも》を解き、重い革靴を脱ぎ、言われるままに靴下も脱ぐ。はだしの足裏に踏む砂はひんやりと冷たくて、粒のきめ細かさにあらためて驚く。まるで絹を踏んでいるかのようだ。

「そこに置いとけ。下りるときに拾えばいい」

ハールーンは有無を言わさず、私の手を引いてまた登り始めた。

たしかに素足のほうがずっと歩きやすかったけれど、それでもやはり、鍛えていない身にこの坂は苦しすぎる。早々に音《ね》を上げた私を憐《あわ》れむような目つきで見ると、ハールーンはあきらめて手を放し、かわりに両手で犬みたいに斜面を掘り返し始めた。

「座れ」

どうやら私が座りやすいように窪《くぼ》みを作ってくれたらしい。

考えてみれば、やたらと命令口調に聞こえるのも、単に英語が充分でないせいなのだろう。かといって今さらフランス語でいいと言いだすのも気が引けて、私は黙って窪みに腰をおろした。

「ソファみたいだろう」

残念ながらソファほど柔らかくはなかったが、窪み具合がまるで駅の待合室にある椅子のようで、座り心地はなかなかだった。

テントも篝火もラクダも、さっきよりまたずいぶん小さくなっている。砂漠全体もずっと遠くまで見渡せる。なるほどてっぺんまで登ったならどれほどの景色だろうと思わされるけれど、でも無理なものは無理だ。

「サハラは、初めてか」

とハールーンが言った。

「ええ、私たち日本人組はね。あのジャン＝クロードだけは前に一度来たことがあるけど」

「あんたは他にどんな国へ行った？」

「けっこういろいろ。ヨーロッパはだいたい行ったと思うわ」

「仕事で？　休暇で？」

「どっちもよ」

ハールーンは何度かうなずくと、砂をひとつかみ握ってさらさらとこぼした。

「俺は、ここから出たことがない」

「モロッコから？」

「いや。サハラから」

返す言葉に詰まった。

「あなたは、何歳？」

「二十九だ。もうじき三十。俺は、ここで生まれて、ここで育った」

「トゥアレグ族なの？」

「ああ。九人兄妹の長男だ」

「九人も！」

「それくらいは普通だ。弟たちのうち二人はマラケシュに働きに出たが、俺は残った。家族を守るのは長男の役目だから」

ふいに指を折って唱え始めた。

「サーリム、ファティマ、ハッサン、ゾラ、ラシード、アブドゥル、ミリアム」

「もしかしてそれ、兄弟姉妹の名前？」

「そうだ」

「でも九人って言わなかった？」

「俺のすぐ下にアハミッドというのがいたが、死んだ」

「……ごめんなさい」

「いや。それに、親父《おやじ》がムハンマド、おふくろがハディージャ。俺をいれて、今は全部で十人だ」

家族を愛しているのね、と言ってみると、ハールーンはあたりまえだと胸を張った。

「あんただってそうだろう？」

私に家族はいないの、と答えそうになって、どきりとする。

たしかに、周はもういない。でも、アランは……たとえ結婚していなくたって、彼は、私の家族なのではなかったか？

黙ってしまった私を横目で見たものの、ハールーンは何も訊いてこなかった。

「俺は、家族も好きだが、何よりこの砂漠が好きだ」

かわりに彼は、低い声で言った。

「ここは静かで、町なんかよりもずっとリラックスできる。丘のてっぺんまで登って寝ころがってみろ。自分と月しかいなくなる。どの丘に登ったっていい。ここから見えるすべてが俺のベッドだ」

私は想像してみた。自分と月しかいない夜。

「素敵ね」

心から言っているということが伝わったのだと思う。ハールーンは、ふっとはにかむように笑った。

「だろう？」

またすきっ歯がのぞいた。

私が「三日月」と言うと、ハールーンが「ヒラール」と言う。私が「満月」と言うと、ハールーンが「バドゥル」と言う。

「なら、『太陽』は？」

「アラビア語は、シャムス。ベルベル語ではアラミダル」

　一度聞いたくらいで覚えられるわけはないのだけれど、そうして教えたり教えてもらうのはゲームのようで楽しかった。

　星、ラクダ、火、明日。

　鼻、唇、食べる、眠る……。

「じゃあ、砂漠は？　砂漠は何て言うの？」

「サハラ」

「え？」

「サハラ」

「うそ。サハラって、砂漠っていう意味なの？」

　すると、急にハールーンが笑いだした。

「そんなにおかしい？」

「いや。ちょっと思いだしただけだ。だいぶ前に、同じことを訊いて、同じように驚いた男がいたなと。そういえば、そいつもたしか日本人だったな」

　日本語ではサハラを何というのだと訊かれて、さばく、と教えてやると、ハールーンはサパック、とつぶやいた。

「サ、バ、ク、よ」

「サバック」

「まあそんな感じ」

いつのまにか、月は空の頂点にまで達していた。丘の一つひとつから影がなくなったせいで、砂漠はさっきまでのドラマティックさを失ってしまった。ただひたすらに広いだけの、平板な丘の連なり。

「〈トゥアレグ〉って、〈道を越えてゆく人〉というような意味だと聞いたけど」

私が言うと、ハールーンは肩をすくめた。

「まあそんな感じだ」

さっきの私の口まねをする。

「いいわね。すごく自由で」

「といっても、昔の話だがな。昔はたしかに、国境も自由に越えられた。だが、いつの頃からかな、トゥアレグにも許可証が必要になった。身分証明書だ。それがあれば、どこへでも行ける。パスポートだって取れる。だが、それじゃ、違うんだ」

「違う？　違うって、何が？」

「違うんだ」

ハールーンは眉を寄せてくり返した。

「それはもう、トゥアレグじゃない」

私は、しばらく考えてから言ってみた。

「つまりあなたが言うのは――アイデンティファイを得ようとした段階で、アイデンティティを失う、というようなこと？」

ハールーンも、しばらく私を眺めてから答えた。

「俺には、難しいことはよくわからない」

フランス語で言い直そうかとも思ったけれど、やめた。言葉で説明しおおせたからといって、現実がどう変わるわけじゃない。むしろ、むなしさが増すだけのような気がする。

さっきからずっと私のことをまじまじ眺めていたハールーンが、いきなり言った。

「膝枕をしてやろうか」

あまりにも唐突だったので、意味がわからなかった。

はい？　と訊き返すと、ハールーンはもういちどくり返した。

「膝枕をしてやろうか」

「ど……どうして、膝枕？」

「前に、俺にそう言って頼んだ男がいたんだ。このほとんど同じ場所から、こうして砂漠を見おろしている時に」

ハールーンはまったくの真顔だった。冗談でも何でもなさそうだ。

「さっきの、〈砂漠〉はアラビア語で何というのかと訊いたやつさ。そいつと、今のあんたの感じが何だか、」

「ちょっと待って」

私は混乱してさえぎった。

「男、なのに？」

「うん？」

「男なのに、あなたに膝枕してくれって？」

「……ああ」

「それで、してあげたの？」

ハールーンはうなずいた。

「意外とリベラルなのね」

「だから、難しい言葉はよくわからない」

私のほうこそよくわからなかった。サイードの反応を見てもわかるとおり、イスラム社会は西欧社会以上に、同性愛者に対して厳しい。なのにハールーンはどうして――。

「死んだ弟のアハミッドは、兄弟の中で一番頭がよかった」

またしても話が飛ぶ。面食らった私を無視して、ハールーンは続けた。

「やつだけは、マラケシュの大学に通ってちゃんと卒業もした。コンピュータの会社で忙しく働いていたが、それでも休みのたびに、おふくろに顔を見せにきていた。いつも同じ友人を連れてね。そいつは留学生で、カリームといった。明るくて、人懐こくて、いいやつだった」

眉を寄せ、口をつぐむ。

「どうかしたの？」

「あのジャン＝クロードという男は、ホモセクシャルか」

いいかげんにしてほしい、と思った。話についていけない。

「どうしてそんなことを訊くの」

「答えてくれ。そうだよな」

あきらめて、

「そうだけど、どうして？」

訊き返すと、ハールーンは深い息をついた。じっと自分の足先を見つめて、私のほうは見ようとしない。

「カリームの祖国は、この国なんかよりはるかに戒律が厳しい。同性愛者に対しても」

「………」

「一時帰国するカリームと一緒に、弟も休暇を取って向こうへ行くと言ったとき、俺はなんだか嫌な予感がした。だが、やめろと言えなかった。言えば逆に、彼らの関係を認めるような気がしたんだ。あの時、何が何でも止めていればよかった」

「何があったの？」

「アハミッドは――向こうで処刑されたんだ。カリームと一緒に」

「な……」

体じゅうの血がざっと引くのがわかった。処刑などという言葉、日常でそう聞くものではない。

「嘘でしょう？　そんな……」

ハールーンが首を横にふる。

「二人ともに、盗みの疑いをかけられたらしい。やっていない、といくら言っても信じてもらえなかったそうだ。あいつらがそういう関係にあるってことが、もう周囲にもばれていたんだろう」

「ちょっと待って。それってまさか、同性愛者だってことが刑の重さに影響したってことなの？」

返事がない。

「そんなことがありうるの？　ねえ」

返事はない。

私は急に、ひどく寒いということに気づいた。

はだしの足先が冷えきっている。風が吹き、ジェラバの中にこもったわずかな熱まで奪っていく。

何も知らなかった私のほうが無知なのか。それとも、表向きは無いとされていることなんだろうか。

かける言葉を、何も思いつけない。その一方で、どうしても寒さが耐えがたくなってきて、とうとう私は、そっと訊いてみた。

「ねえ、ハールーン。どうしてそんなこと、私に聞かせてくれるの？　あなただって弟さんのことは、その、イスラム教徒《ムスリム》として恥ずかしいことだって思っていたんでしょう？」

「わからない」と彼は言った。「あの男と話したからかもしれない」

「あの男？　ジャン＝クロードのこと？」

「今夜ホテルで、本来なら発《た》つにはもう遅いツアーをどうしてもと頼みこまれたときに、事情を少し聞いたんだ。一緒に暮らしていた男の遺言で、サハラに遺灰をまきにきたんだと。あんたの弟だったそうだな」

「……ええ」

ラクダが鳴いている。風向きのせいで、ほんの小さくしか聞こえない。

ハールーンがジャン＝クロードと周の関係を誤解していることは明らかだったけれど、私は何も言わなかった。それはこの際、どうでもいいことのような気がした。

もしかすると彼の中にはいまだに、同胞には打ち明けるのがためらわれる種類の後悔があるのかもしれない。こうして旅人である私になら話せるというのなら、それもなんだかわかる気がする。

「それで」

と、やがて私は言った。

「さっきの話に戻るけど。その、あなたが膝枕をしてあげた人はどうなったの」

「別にどうもならない。ただ、俺の膝に頭をのせて月を見あげながら、こんなに幸福だったことはないと言った。なんでも俺は、やつの想い人によく似ていたらしい」

「……え？」

「おまけに、」ハールーンはくすりと笑った。「あんたはどうせ信じやしないだろうが、やつは俺にこうも言ったんだ。『きみの弟はここにいる』と」

「…………」

「死んだ者は、必ずしも死んだ場所に縛りつけられるとは限らない。気持ちが一番強く残っている場所に駆けていって、そこにとどまることもできる。だからアハミッドは、カリームと一緒に、自分の愛する家族がいるこの場所に戻ってきてる、自分には彼らの声が聞こえると、そう言った。おかしなやつだろう？　もっとおかしいのは、俺がそれを疑いもなく信じたってことだがな」

「……………」

「お、おい、なんだ、どうした？」

ハールーンの声に、狼狽の響きが混じる。

「俺は何か悪いことを言ったか？」

私は激しく首を振った。

両手で顔を覆って自分の膝に突っ伏し、涙が噴きだすにまかせる。指の間からこぼれた熱い水は、すぐに冷えて手首を伝わり、ジェラバの袖の奥へ流れこんでいく。

ばかみたいにしゃくりあげた拍子に咳《せ》きこんでしまった私の背中を、ハールーンが撫でようとして、手を引っこめ、それからまた撫でてくれた。無器用な手つきだった。

下のほうでまたラクダの声が響く。

その吼え声が、たった今私がしゃくりあげた声とあまりにもそっくりで、まずハールーンがふきだし、私まで釣られて笑ってしまった。笑うと、よけいに涙がこぼれた。

洟《はな》をすすり、袖口で頬を拭う。まぶたが腫れて重たい。

「横になったらどうだ」ハールーンが言った。「眠れば、少しは楽になる」

そのとき、どうしてそんなことを言ってしまったかわからない。

「ねえ」私はささやいた。「膝枕、してあげようか」

「は？　あんたが俺にか？」

「ええ」

ハールーンは、まるで老眼の人が新聞の文字を見るときのように、首を引き、顔を遠ざけるようにして私を見た。そのまま、ずいぶん長いこと眺めていた。月の動く音が聞こえるくらい長く。

やがて、彼は鼻からふっと息を吐いた。それからごろりと横になり、私の腿の上に耳のあたりをのせた。

「どう？」

「いい気持ちだ」と、ハールーンは言った。「あの時のあいつの気持ちが、少しわかる」

「どんなふうに？」

「とても、落ち着く」

よかった、と私は言った。

ハールーンが深々と息をつく。

ややあってから、彼は、目を閉じたままつぶやいた。

「――女の膝とは、柔らかいものだな」

しばらくたつと、寝息が聞こえ始めた。月がいくらか傾き、眼下にひろがる砂漠はまた少しずつ陰影を取り戻し始めている。

時おりラクダの声が響くほかは、ハールーンのかすかな寝息しか聞こえない。さっきまで下界で小さく燃えていた篝火も、今はもう消えてしまった。ほんとうに、この星の上にひとりでいるみたいだった。

アランを思いだす。彼の顔を、榛《はしばみ》色の瞳を思い浮かべる。

そうして私は、再び涙を流した。

彼を、愛している、と思う。愛されている、とも思う。でも今、なぜだかぽっかりとわかってしまった。彼では、私のこの寂しさは埋まらない。この先も、ぜったいに。

結婚をしてくれないからではないのだった。そうではなくて、今この瞬間、こんなにも誰かを求めているこのとき、彼の面影を心に描いても、願うほどには深くも強くも私を慰め満たしてはくれないことが原因なのだ。深さが、少し足りない。強さは、もっと足りない。そのことに、私ははっきり気づいてしまった。彼を、愛している。愛してはいるのだけれど、この先も彼と一緒にいようと思ったら、私はきっと寂しいままだ。それでもなお一緒にいたいと、思い続けられるかどうか――。

膝に男の頭の重みを感じ、その寝息を聞きながら、私はすすり泣いた。涙は流れるそばから夜気にさらされて、頬がしんしんと冷えていく。

周……。ああ、周。あなたを喪《うしな》いたくなかった。あなただけが、私に残された〈家族〉だったのに。

涙が男の顔の上に落ちないように、顎の先を拭う。

ジェラバの襟元をかき合わせると、彼が身じろぎして目をひらいた。

「すまん」

と、ハールーンは言った。

「寒いな。下りようか。火を熾《おこ》せば暖かくなる」

下りるのはずっと簡単だった。途中で靴を拾い、足指の間の砂をはらって履き、私はハールーンが熾してくれた火のそばに横たわった。

わずかだが明るくなりかけた空の彼方に、真白い月が張りついている。部屋の床に横たわると天井が遠く感じられるのと同じように、こうして地面に横たわると空はあまりにも高かった。これでは落ち着かなくてとうてい眠れっこない。かといって、テントで寝るほどの時間はもうなさそうだ。どうせすぐに起きなくてはならないのだから、べつに眠らなくたってかまわないのだけれど。

そう思った次の瞬間を、覚えていない。

澄みわたった冷たい空が茜《あかね》色に染まってゆく。サハラの砂もまた、空の色を映して輝き始めている。

†

最初にテントから這いだしたのは、めずらしいことに浩介だった。それから結衣、ジャン＝クロード、サイード。緋沙姉は、焚き火のそばで深くふかく眠りこんでいるところをジャン＝クロードに揺り起こされた。

そうして彼らはいま、ひときわ大きな砂丘の尾根に立っている。ゆうべ遅く彼らを運んできたラクダたちの足跡は、夜のあいだに風に消されてあとかたもない。

見渡せば、平らかな砂の上のあちこちに風紋が刻まれている。磨り減った洗濯板のような肉色の襞《ひだ》が、まるで脳みそみたいで気持ち悪い、とジャン＝クロードが言う。僕はなんだか可笑《おか》しくなる。そういえば彼は、グルメを自任するわりには、羊の脳みそとか魚の白子とかいった類のものがまるで駄目なのだった。

また風が吹き、表面を覆ういちばん細かい砂がわずかに浮きあがる。赤みがかった湯気がうっすらと立ちのぼるように、砂はどこまでもひそやかに移動していく。

そうやって少しずつ少しずつ作りあげられた砂丘の、無機物にしてはあまりになまめかしすぎる曲線を眺めながら、浩介はまたしても結衣を抱きたくてたまらなくなっている。しょうのないやつだ。

初めて見る砂漠の夜明けに感極まった結衣が、周も生きてるうちに一緒に来られたらよかったのに、と可愛いことを言って涙ぐむ。

でも、あの子が生きてたらそもそも、この顔ぶれでの旅自体がなかったわよね。緋沙姉が腫れぼったい目でもっともな指摘をする。

わずかに尾根を下ったところから、サイードが四人を見守っている。

そして、だいぶ離れたラクダたちの餌場のあたりで、ハールーンもまた、彼らの背中ごしに東の空を見つめている。彼はたった今、朝の祈りを終えたところだ。

遠い砂丘の尾根から、やがて一条の光が天を突き刺す。たちまち眩《まばゆ》い光が空一面に溢れ返り、砂漠全体になおさら濃い陰影を刻みつける。わずかな朝露の湿りけを吸って砂糖菓子のように固くなっていた砂が、みるみるうちに乾いてさらさらになっていく。

うながしたのはやはり、ジャン＝クロードだった。

浩介が、握りしめていた缶のふたを開ける。もともと怪力だから苦もなく開けてのける。

そのままジャン＝クロードか緋沙姉に渡そうとするのに、二人ともが首を横に振るので、とても困った顔で缶の中を覗きこむ。意を決して、親指と人さし指と中指の三本を缶の口から入れ、僕の灰に――僕に、さわる。

つまみ出した灰を、浩介は中空にかかげ、思いきったようにぱっと放す。かかげたままの三本の指をこすりあわせて、指先に付いた灰までを風に流そうとする。まるで喜捨《バクシーシ》を要求するみたいなその手つきに、僕はまた可笑しくなり、とても幸せな気分になる。

ようやく浩介から缶を受け取ったジャン＝クロードが、同じように灰をつまみ、僕の望み通りサハラにまいてくれる。

緋沙姉も。

結衣も。

結衣が、サイードを手招きして、もし嫌でなかったらあなたもまいてやってくれないかと言う。彼が嫌でさえなければ喜んで、とサイードがジャン＝クロードのほうを見やり、ジャン＝クロードは静かに、ぼくからもお願いよ、と言う。

そんなふうにして、僕はみんなの間を三回ぐらいぐるぐるまわる。どの指もそれぞれに違っていて、それぞれにせつない。

最後に底にたまった灰には、結衣の細い指でさえ届かなかった。

浩介が受けとり、思い入れがあるんだか無いんだか、優しいんだか素っ気ないんだかわからない手つきで、缶を逆さまにして底をぽんぽんと叩く。

とたんにひときわ強い風が吹いて、最後の灰を、僅《わず》かずつだけれどみんなの顔に浴びせかけた。

「アマネ!」

ジャン＝クロードが、撃たれた狐《きつね》みたいに哀しげな声をあげる。

「アマネ……。アマネ……!」

砂に崩れ落ちて泣き伏す彼を、緋沙姉と結衣が両側から抱きかかえる。相変わらず、ジャン＝クロードの泣き方がいちばん女らしく見える。

サイードが、つと動いて、浩介の手から空っぽの缶を受け取った。

かわりに彼は、サハラの砂をいっぱいにすくいあげてふたを閉めると、黙ってジャン＝クロードの前に差しだした。

*

〈生まれ変わったら何になりたい?〉

あの問いへの正しい答えを、僕はもう持っている。

生まれ変わらなくて、いい。灰のままで、いい。砂漠の砂でいい。吹きわたる風でいい。あふれる光でいい。燃えさかる炎でいい。流れる水でいい。森羅万象のなかに、ただ在ればいい。そうして彼らを見守っていられれば——それでいい。

ああ、なんて静かで、なんて穏やかなんだろう。

生きている間ずっと僕を苦しめていた死者たちの声は、もう聞こえてこない。僕は安心して耳をすませ、自分の聞きたい声、聞きたい音だけを聴く。

たとえばそれは、僕を悼《いた》んで泣いてくれるひとたちの、優しいすすり泣き。僕のことを思いだすたびに語りかけてくれる、あたたかな声。

そうしてそれから、砂の下深くを流れてゆく水脈の、涼しげな音。この乾ききった砂漠のなかで、文字どおり命綱となる遠い水音だ。

それらはどれも、愛《いと》しい者たちのからだを流れる血潮に似て、みずみずしく、力強く、命の鼓動と絡みあうように響き続ける。

僕は、その音を聴く。

その音に、なる。

遥か深くを流れる水の音と一体になって、懐かしいひとたちのもとへ帰る。
——還《かえ》る。

対談　沢木耕太郎×村山由佳

# 砂の声、水の音——旅に生き、旅を書く

## 『遥かなる水の音』を読んで

沢木　『遥かなる水の音』を読ませていただきました。
村山　ありがとうございます。
沢木　この前の作品というと『ダブル・ファンタジー』ということになるのかな。あれを書かれてから、どれくらいの間があるんですか。
村山　実は『遥かなる水の音』の最初の二百枚ぐらいは『ダブル・ファンタジー』の前に書いているんです。その後、私生活面で激動の時期が訪れて、それまで住んでいた千葉・鴨川の家を飛び出したら、なぜか『遥かなる水の音』が、今はこの先を書けないという精神状態になってしまって。間に挟んだ『ダブル・ファンタジー』の執筆に丸二年

かかりましたかね。

沢木　丸二年中断して、そこから再開するのは難しくなかったですか？

村山　結構難しかったです。何を書こうと思っていたか、忘れちゃったぐらい（笑）。サハラ砂漠に自分の遺灰をまいてくれという周《あまね》の遺言を達成しに行くわけですから、ある意味でラストは決まっているわけなんです。ところが、そこまでの間に、何をテーマに書こうとしていたんだっけ？　とか、どういう読後感を味わってほしくて書き始めたんだっけ？　ということが、しばらく体に戻ってこなくて。

逆に新鮮だったのが、最初に書いた部分を読み返していたときですね。私ではない誰かが書いたもののようで、結構うまく書いているじゃないかと自画自賛してみたり（笑）。

沢木　ほんと、確かにそういうことってあるよね（笑）。僕にも二十三、四の頃に書いた「イシノヒカル、おまえは走った！」というのがあるんですけど、その最後の一節を英文学者の小田島雄志《おだしまゆうし》さんがことあるごとにほめてくれるんですね。きっとあれ以上のものは書いてないという批判でもあるんでしょうけど（笑）。でも、ときどき自分で読み返しても、どうして書けたのかわからないほどの躍動感がある。

村山　そう、人生のその時にしか出てこない言葉や表現というのはあるんですよね。だから書くことは面白い。

**沢木**　僕は、この『遥かなる水の音』という作品を読んで、「おっ！」と思ったことが三つあったんです。一つは、必ずしも主人公というのではないけれど、冒頭で中心になる人物である周が死にますよね。

**村山**　はい。

**沢木**　だけど、死んでいるけれども死んでないという設定なわけじゃないですか。その設定の仕方はありきたりといえばありきたりだけど、意外な新鮮さで、そうか、こういうふうにして彼を生き続けさせるのか、と。確実に生きている感じのものとして彼は旅に同行していく。それが作品を支える見事な柱になっていると思ったんです。

二つめは、群像劇としてうまく機能しているという点でした。周のほかに緋沙子《ひさこ》、ジャン＝クロード、浩介《こうすけ》、結衣《ゆい》、ガイドのサイードといった人物が入れかわり立ちかわり登場して、彼らの心象風景を通して物語が進んでいきますよね。正直に言えば、初めのうちは面倒くさいという感じがあるんだけど、読み進むうちに彼らが個性を持つようになり、声を響かせ始める。読者としては、登場人物が声を持つようになって初めて小説として受け入れられるということになりますから、読者としての僕もそのあたりから物語の中に入っていけるようになりました。

三つめは、最後どうやって終わらせるかということ。その終わらせ方って、当たり前だけど、一番難しかったはずですよね。

村山　そうですね。読者だって最初から行く末はわかっているわけなので、それを裏切らないようにしつつ、どうやって裏切るかという。
沢木　とても難しかったろうと思うんだけど、その終わりは、僕には、うん、これでいいかもしれないって。
村山　よかった〜。
沢木　なんだか先生みたいな言い方になっちゃったけど（笑）。
村山　ほっとしました（笑）。
沢木　おまけの驚きの一つは、彼らのたどった道というのは、僕がモロッコでたどったのとほとんど同じだったということです。
村山　えっそうなんですか？
沢木　僕は先にカサブランカへ行ってから、その後でマラケシュに行って、以降はほぼ同じルートなんですよね。
村山　アトラスを越えてサハラへ行かれたんですか？
沢木　うん。僕のモロッコへの旅は、三週間ぐらいしかかけていないんだけど、それはそれですごく濃密な感じがしました。
村山　長さではないんですよね、きっと。

## 旅から物語が生まれるまで

**沢木**　僕は七、八年前、『ＦＲａＵ』という雑誌にその紀行文を書いているので、今日、ここに来る前にその切り抜きを読み返してきたんですよ。まだ本にしないで、放りっぱなしにしてあるもんでね。

**村山**　ああ、もったいない（笑）。

**沢木**　で、やっぱり旅のありようというのは、人によっていろいろ違っているな、と。村山さんがモロッコに行ったのはいつでした？

**村山**　もう四年前になりますかね。

**沢木**　小説を書こうと思ってモロッコに？

**村山**　はい。今までの旅のほとんどがそうでした。でも書くために仕方なく行くわけではないんです。小さいときからあこがれていた土地だったら、長い小説を書く間、私の〝石炭〟になってくれる気がして、そこを舞台にしようと思って行く。行って、楽しんで、それをまた小説にできるということですから、すごくラッキーな話なんですよね。

**沢木**　旅で実際に経験したものや見てきたものをフィクションに変形していくときに、それをどういうふうに接合したり分離したりしていくんだろう？　もちろん、シンプルに考えれば、素材としてそれをさまざまに使うということなんだろうけど。

村山　自分の中でどういう核融合みたいなものが起こっているかはよくわからないんですよ。帰ってきて小説にしようと考えている最中ぐらいまでは、まだ核融合が起こってないから私個人の体験になっているんです。
　そこからキャラクターが立って、この人がどう動くことによって、どんな読後感を残したいのかということを考え始めたときに、そこですり合わせのようなものが行われる。で、あの体験を少し加工したらここに差し入れられるんじゃないかと思って描写し始める。その途端に私の体験ではなくなって、彼の体験、彼女の体験になっていくんですね。
沢木　なるほど。
村山　答えになっていないですね（苦笑）。
沢木　いや、そんなことはありません。でも、どういう読後感を残したいとか、何を書きたいのかっていうのは、あるとき、ふっとわかったりするものなの？
村山　旅の最中にわかるときもあれば、終わるまでわからなくて不安にかられるときもあります。
沢木　『遥かなる水の音』の場合は？
村山　サハラの夜に降ってきました。
沢木　夜、砂漠のなかのベルベル人のキャンプに行くという設定がありますよね。実際それに近いことをしたわけですね。

**村山**　そうですね。キャンプに到着してから、夜中に一人で散歩に出たら、砂丘の中腹で疲れて眠りこんでしまって。見つけて起こしてくれたトゥアレグ族のラクダ引きの青年と二人で砂丘のかなり上まで一緒に上がりました。いろいろ話すうちにふと、彼にひざ枕をしてほしいと言われてそうしたときに、それまで私の外側にあったモロッコが、膝からいきなり私の中へすとんと入った気がしたんですよ。あっ、これで書けるかもしれない、と。それはまったく何の根拠もなくて、そこでストーリーの全部ができ上がったとか、そんなことじゃないんですよね。何でしょうね。

**沢木**　それはわかるような気がする。その体験によって、皮膚を通してというか洋服を通しているんだけど、モロッコの体温のようなものが感じられた。そういうことなのかな？

**村山**　はい。

**沢木**　それはもう圧倒的な体験だよね。

**村山**　そうですねえ。あのとき私は、きっと彼にとっては、女の人に触れるというふうなことが、同じ文化の中では難しいことなんだろうなと思って承諾したんです。ひざ枕以外は何もしないという約束でね（笑）。砂丘のもっと高いところへ行こうと誘われたけれど、それこそ沢木さんが『旅する力』のなかで「初めての人に呼ばれて二階に上がったら危ないかもしれない」ってお書きになっていたみたいに、どこら辺が自分の安全圏かということは考えました。あの丘を越えちゃうとやばいかなとか。

沢木　基本的にガイドさんと一緒だったの？

村山　そうなんです。それがね、ちょっと話がそれますけど、ぼやいていいですか。

沢木　どうぞ、どうぞ、遠慮なく（笑）。

村山　パリからモロッコまで通して、フランス語とスペイン語とアラビア語を話せる五十代の日本人のガイドさんにずっと案内をしてもらっていたんですね。で、私は旅の最初に彼に、モロッコで行きたいところを告げて、「名所旧跡の案内はいりません。とにかく野放しにしてほしい」とお願いをしていたんです。カフェの外でぼーっとしているだけでも、小説に必要ないろんなものが降りてくるときはあるので、と。ところが彼は「ここまで来て、あの門や塔を見ないとは何事ぞ」とか言い始める。門や塔なんて町ごとにあるじゃないですか。壮麗な歴史的建造物であることは確かなんだけど、小説の中では、そんなもの待ち合わせの場所に使えるかどうかぐらいの話なわけで。だけど断るとすごいへそ曲げるから、彼の機嫌をとるのでもう大変。

沢木　それは大変だったたね（笑）。

村山　はい（苦笑）。

沢木　砂漠も一緒に行ったわけですね。

村山　一緒だったんです。

沢木　そのガイドのおじさん、砂漠でどうだった？

村山　私が「ベルベルのキャンプ地まで行って、周りに明かりがなく、人工物も最低限しかないところでキャンプをしたい」と言うと、「ホテルの外にテント張るのと何が違うの？」って。なんとか頼み込んで、砂漠をラクダに乗って何時間もかけてキャンプまで行ったんですけど、その間中、「ああ、疲れた」「ああ、遠いなあ！」とか言うわけですよ。

沢木　おもしろい（笑）。それはそれでまた別の話として書けそうだ。

村山　キャラ立ってました、なかなか。

## 「地の果て」なんてない

沢木　アルヘシラスから砂漠――僕の言い方をすれば砂漠のほとりなんだけど――まで行って、一応いろいろな町を通るわけですけど、やっぱり圧倒的だったのは砂漠でしたか？

村山　やっぱり砂漠でしたねえ。でも、町の中のスーク（マーケット）の感じとかは、日本の、たとえばアメ横とは全然違うわけじゃないですか。

沢木　そうですね。

村山　私もアフリカ大陸とかアメリカとかいろいろ行きましたが、モロッコのスークの雰囲気というのは、ほかのどことも違う。常に身構えていないといけないんですね。危ない目に遭うという意味ではなくて、流れ込んでくる刺激が多過ぎるので、受けとめたいと思うと後ろにも目と耳をつけて身構えていないと追いつかない感じがしたんですね。でも、そこを出てアトラスを越えて、どんどん寂しくなっていく風景を見ながらサハラへ着いたとき、こんなに何にもない場所に来たことがないと思って。

沢木　僕も『FRaU』で連載した紀行文の砂漠の項で、ほとんど同じ感想を書いているんだけど、この作品の登場人物のひとりもそれに近いことを述べているよね。

村山　ええ。ブラックホールみたいだと。ものすごい質量なのに、同時に「無」で「空」で「虚」で。何もないのに猛々《たけだけ》しかった。

沢木　僕はいつものように一人で旅をして、砂漠のほとりに着いて、小さな宿屋に泊まって、砂漠に入っていって、また戻ってくるということを何日も繰り返していたんです。ある早朝、砂丘の一番高いところに上がったら朝日が昇るところだった。日本的な感覚で言えば、あそこは地の果てですよね。だけど向こうから太陽が真っすぐこっちに昇ってくるというのは、いわば中心だからじゃないかという感じもする。地の果てにして中心。当たり前なんだけど地の果てなんてないんだよね。だって住んでいる人たちにとっては、そこが中心なわけだからね。

**村山**　彼らにとっては、そこが生きる場所で。

**沢木**　中国語で天涯、地角、海角は、どれも天の果て、地の果て、海の果てという意味なんです。中国から見ればそうなんだろうけど、実際にそこに行ってみれば、ああ、太陽はこっちに向かって上がってくるんだ、となる。その感じは、どこでもサハラの砂丘の上で見たのと同じだと思うんです。

それと、僕は、ほんとに砂漠のほとりの小屋みたいなところにいたもんだから、一人で砂丘に入っていくことができたんです、夜も昼も。で、また戻ってくる。

**村山**　よく戻れましたね。下へおりちゃうと、もう見えないじゃないですか、サハラの丘って一つが本当に巨大だから。

**沢木**　夜、一回、迷ったことがあって。毛布借りて、砂丘まで寝に行ったんですね。

**村山**　ああ、それをしたくなるのは、すごくよくわかります。

**沢木**　明け方、帰ろうと思ったら足跡がなくなっていたわけね。どっちの方角かと月の方向を考えても、移動しているからよくわからない。高いところに上ればわかるかと思ったんだけど、まったくわからないんですよ。

そのとき思い出したことがあったんです。僕が泊まったのはベルベル人がやっている宿で、そこには猫がいっぱいいたんですね。名前を聞いたら、どれも「キャット」としか言わない。人間以外の生物で名前をつけるのはラクダだけだというんです。だけど

「ナツメヤシには名前をつける」って。

村山　ああそうか、命にかかわるものには名前がつくんだ。

沢木　そう。砂漠の中でナツメヤシはたった一つの道標《みちしるべ》なわけですよね。僕は砂丘の頂上でそれを思い出して。遠く月明かりにナツメヤシが見えるんですね。あれは、おれがあそこから来るときに見たナツメヤシのはずだが、どこでどのような角度で見たんだろうと必死に思い出したんです。で、それを目印に、宿のある場所の角度を三十度ぐらいに絞っていった。だけど、失敗したら大変なことになっていたかもしれないと今になって冷や汗が出ますけどね。

村山　もっと遠くに行っちゃうかも……。

沢木　日本で「あいつ、自殺するためにサハラに行った」とか言われちゃうんじゃないかなと思って（笑）。でも、幾つか砂丘を越えて行ったら、やっぱりあったんですよね。

村山　うわ〜、すごい生存本能。野性の勘ですね（笑）。

沢木　ナツメヤシに名前をつけるって聞いてなければ思いつかなかったと思う。

村山　でも、私だったらナツメヤシの方向を見て、確信を持って違うほうへ行きそう。ものすごい方向音痴なんですよ。

沢木　時々、砂漠を横断しているベルベル人の若者を見かけるけど、何もない砂漠を直線的にふわーっと歩いていくわけね、稜線の上を。

村山　あれ、不思議ですよね。

沢木　まあ、僕も長くそこにいればできそうな気もするけど、村山さんはできないかもしれないね（笑）。

村山　できないですね、きっと（笑）。私を案内してくれた例のトゥアレグ族のラクダ引きの青年も、真っすぐに歩いていきました。目印にできるものもなければ、真っ暗な間はほんと見えない。そこを何でこんなにちゃんとキャンプに辿《たど》り着けるのかしらって……。

沢木　『遥かなる水の音』の登場人物じゃないけど、女性だったらそれは心が動いたりするよね、そういう能力を持っている人には。

村山　はい。もう生命力の差で、すごい、これは男だと思ったんですよね。

沢木　ねえ、ほんとに。

村山　砂丘の上に立つまでは、どうせテレビで見ているのと同じなんでしょうって思っていたんです。ところがいざ立ってみると、これをどうやって言葉で描写しろというんだって無力感にうちひしがれるぐらい、ものすごいスケールだった。テレビで見るサハラ砂漠は鳥取砂丘と大した差はないようだけど、行ってみると砂丘の一つが山みたいに大きい。

沢木　そうですね。大きいですね。

村山　ねえ。あれにびっくりしてしまって。だって、あの尾根まで上るのに、どれぐらいかかる？　っていうふうな、ものすごいサイズで迫ってくるでしょう。さっき、沢木さんが砂丘で迷われたって聞いて、よくぞ戻られたと思ったのはそれを知っていたからなんです。

## 旅は常に「遅れて」しまう

沢木　なぜモロッコに行ったかというと、僕の『深夜特急』という作品が十年ほど前、大沢たかおさんの主演でテレビ番組になったんですね。そのとき、冗談で「ロンドンにゴールインできたら、そこで一杯飲もうか」って言ったんです。
村山　それだけで一編の小説のような話ですね。
沢木　しばらくして、ロンドンにゴールしたので来てくれないかとスタッフから航空券が送られてきたんですよ。それでロンドンに行って、彼らと一緒に酒を飲んでわりと幸せな一晩を過ごしたわけ。で、次の日にモロッコに行こうと思った。
村山　へえ〜。
沢木　どうしてかというと、七〇年代に『深夜特急』の旅をしていた頃、行く先々ですれ違うヒッピー、今でいうバックパッカーたちから彼らにとっての聖地の名前を聞いていたんです。インドでいうとゴア、ネパールだとカトマンズ、アフガニスタンのカブール、トルコのイスタンブール、そしてモロッコのマラケシュ。

**村山**　なるほど。

**沢木**　当時、僕もマラケシュに行こうかどうしようか迷ったけど、結局行かなかったんですね。そのことで、ちょっと後悔が残っていたから、ロンドンでバックパックを買って、まずはスペインのマラガまで行ったんです。

それにも一つ理由があって、昔、僕が『深夜特急』の旅をしているときに、ほんとに金がなかったんだけど、マラガで一軒だけ寄ったバーがあったんですね。バーカウンターがあって、ワインの樽《たる》が壁にばーっと並んでいて、当時は一杯十円ぐらい。カウンターの横に老人が一人いて、ざるにハマグリが入っている。それを食べたいって言うと貝を開けて、鋭利なヘラみたいなもので貝柱を外してから三つくらいに切って、レモンかライムをシュッとかけて出してくれる。それが夢のようにおいしかったような気がしたわけ。金もないときだからワインを二杯と、ハマグリを一個。

どうしてもまた行きたかったからマラガに立ち寄ったんだけど、そのバーはまだあったんです。でも、当たり前のことだけど、あのときの老人はもういなくて、生の貝を食べさせるのにも冷蔵庫風のおつまみのコーナーから取り出すようになっていてね。あっ、もうこれは違ってしまったんだと思って、マラガからモロッコのタンジェへ行く船に乗ったんです。

**村山**　ああ、なんだか切なくなる話だな。

**沢木**　フェズ経由の村山さんたちとは少し違って、僕はタンジェからカサブランカで、そこからマラケシュに行き、砂漠に入っていった。でも、マラケシュに着いたとき、ああ、遅れたと思いました。僕がもう若くはなかったというのも大きかったんだけど、二十五年前のマラケシュにほんとうに遅れてしまった！　と思いましたね。

**村山**　永遠に失われちゃった感じなんですね。

**沢木**　うん。でも常に旅は遅れるものなんです。村山さんが行っても、あるいは僕がどこに行ったとしても、その「黄金時代」には遅れているに違いない。だから七〇年代に行ったって遅れていたんだろうけど、胸が締め付けられるような思いで決定的に遅れたと思ったのは、そのマラケシュだけでしたね。

それまで、僕、モロッコで砂漠なんか行こうと思っていなかったんですよ。ただマラケシュに行こうと思っただけだから。

**村山**　じゃ、マラケシュですごく満足していたら、砂漠まで行かなかった？

**沢木**　行かなかったですね、間違いなく。マラケシュで酒を飲んでいたら、一人の男がツアー参加者を募るカードを置いていってね。僕はフランス語はあまり読めないんだけど、「夢の砂漠へ」という言葉だけわかった。そうか砂漠があったのか、と思ってね。

で、次の日、バスに乗ってアトラスを越えていったんです。途中の町でカナダのケベック出身の若者二人と知り合って、彼らが「砂漠の近くまで行くんだったら四輪駆動車を借りなきゃならないからシェアしないか」って声をかけてきてくれたんです。夕方、リッサニという町に着いて、さてどうしようと話しているところに一人の少年がやってきて、とつぜん日本語で「砂漠行けるよ、一緒に来ないか」って。彼はベルベルの子だったんだけど、それこそ、だまされるんじゃないかって思うじゃない？

**村山**　すごく怪しい感じがしますよね（笑）。

**沢木**　値段を聞いたら十ディルハムだと言うんですね。

**村山**　えっ？

**沢木**　ほとんどただだっていうことだよね。カナダの二人は「だまされるからやめたほうがいい。ここにはいいホテルがないらしいからいったんエルフードまで戻って、明日またここに来よう」って言う。でも、戻るのは嫌だなと思って少年に「どういうふうにして行くの？」って聞いたら、「朝と晩、僕たちの村からここまで来る定期便があるんだ」って。

**村山**　バスで？

**沢木**　バスで。それも四輪駆動の大型バンらしいんだけど、夕方に帰る便があるから乗せてもらえるよって。「向こうに着くとどうなるの？」って言ったら、「うちに泊まってもいいし」と。

**村山**　日本語をしゃべれるんですか？

**沢木**　それこそ何百人と接触しているうちにカタコトを覚えるようになったんでしょうね。それぐらい日本人が来てるってことなのかもしれないけど。

**村山**　そうですねえ。

**沢木**　だけど、おもしろいと思った僕はカナダの若者たちと別れて彼と一緒にバスに乗ったわけ。そうしたら、砂漠のまさにほとりですよね、そこでおろしてくれて、そして、本当に彼の家に泊めてくれたの。

**村山**　へえ～。

**沢木**　別にお金をとるわけでもなく。夜はタイルの床にじゅうたんを敷いてみんなで寝るんですよ。僕はお客さんだったんで最も風の通りのいいところに寝かせてくれて、その日はクスクスをつくって食べさせてくれた。

**村山**　それは何のための親切だったんでしょう。

**沢木**　僕にもよくわからなくてね。彼のうちに泊めてもらった翌日、あまり何日もやっかいになるのも悪いので、「どこかに宿がないかな」って聞いたら、「近くに一軒あるよ」と連れていってくれた。実際はとんでもなく歩かなくてはならなかったけど（笑）。結局そこに滞在することになったんだけど、だからといって、その宿からマージンをもらってるという感じでもないの。

**村山**　てっきりそうかと思ったのに。

**沢木**　うん。そこはめちゃくちゃ安いところでね、彼もそこに一緒に泊まって、二日目ぐらいに帰っていった。「リッサニでお土産買うんだったら案内するよ」って。僕がそこで何か買えばマージンもらえたんでしょうけど、それを強要する感じでもなくて。

**村山**　不思議な話ですねえ。それとも、不思議とか思うこちらが貧しいのかしら。

**沢木**　その宿に泊まれたことで、村山さんと同じように砂漠に入って、何日も一人で過ごしているうちに、あっ、ここは地の果てじゃなくて真ん中なんだなと思うようになって、何か了解して帰ることができたわけですね。それがなかったら、マラケシュで「ああ、しまった」と悔やんだあと、何か悲しい思いを味わっただけで帰ってきていたと思う。

## 初めての盗難

**村山**　旅をしていると、沢木さんも書いていらっしゃいますけど、今、この誘いに乗っていいかどうかっていう見きわめがほんとうに難しいということがありますよね。命は一つしかないですから。

沢木　確かに相当なリスクはある。だけど、僕はあんまり悪人はいないと思っているようなところがあるんです。基本的に性善説なんですね。どこかに、どんなことが起きても何とか対応できるっていう過剰な自信があるのかもしれない。実際、今までそんなにひどいやつに出会ったことはないし、旅をして何十年になるけど、一回も物を盗《と》られたことがありませんでしたからね。

村山　それはすごい。

沢木　ところがこの間、初めて盗られたんですよ（笑）。バックパックで旅をしているとき、中国の西安《せいあん》でバスの停留所に荷物を置いて、ちょっと時刻表を見に行ったのね。で、戻ってきたらなかった。

村山　荷物ごと？

沢木　すっかり。それでどう思ったかというと、これはいい機会かもしれないと思ったんですね。

村山　いい機会？

沢木　本当は、旅に荷物は少なければ少ないほどいいわけじゃないですか。これを機会に荷物を持たないで旅を続けようと思ったんです。もっとも、カメラとかパスポートとか大事なものは小さなショルダーバッグに入れて肌身離さず持っていたんで、これから先はそれだけで旅をしてみようと。そして、実際にシルクロードの果てのカシュガルまで荷物なしで行ったんです。そしたら北京にある日本大使館から僕の留守宅に連絡があって「西安のバスステーションに荷物が置いたままになっている」って。それを聞いて、もしかしたら、僕はうかつにも、あの時、確かめる場所を間違ったのかなと思ってね（笑）。

**村山**　私も今、それを疑いました（笑）。

**沢木**　で、とにかく、カシュガルからの帰りに北京の日本大使館に寄って荷物を受け取らせてもらったんです。でも、僕の勘違いなんかじゃなくて、そのバッグはちゃんと盗難にあっていた。ちゃんとというのもおかしいけど（笑）。本の間にはさんでおいた中国の小額紙幣のピン札とか、使ってないフィルムとかはきれいになくなっていた。それ以外のものは全部残っていて、中国ではそんなことはとても珍しいことなんだそうです。僕が旅の途中に集めた領収書とか切符とかメモとかが封筒に入っていたから、盗ったやつが、これは外国人の大事なものじゃないかと思って戻してくれたんだろうな、きっと。

　村山さんは盗られたことってあります？

**村山**　ないんですよ。

**沢木**　意外（笑）。そんなにうかつじゃないんだ。

**村山**　結構うかつなんですけど、土壇場でいつも助かっている。トイレに財布置いてきたことに気づいて、あわてて走って取りに戻るみたいなことはちょくちょくあるんです。

沢木　際どいところでセーフなんだね。
村山　そうなんです。

## イスラムを旅して

沢木　水が合うとか空気が合うとか食べ物が合うとかで言うと、モロッコとの相性はどうでした？
村山　合ってました。おまじないみたいなものかもしれませんけど、私、この土地とお近づきになりたいなと思うと裸足《はだし》になって地面を踏む癖があるんです。相性みたいなものが足の裏で感じられるというか。オーストラリアは、わりとよそよそしかったですね。
沢木　それはとてもとても感覚的なものなんですね？
村山　はい、とてもとても（笑）。オーストラリアは、目に見えるものは嫌いではないのに、私に近しく入ってきてくれなかった。イギリスもそう。ケニアと、それとアメリカのネイティブの居留地と、それからサハラが今までで一番きましたね。ビリビリビリって感応する感じが。
沢木　サハラの砂って、ほんとにすごくて、白い靴下なんかはいて一日歩き回ると、帰ってきて洗濯しても砂の赤い色が落ちないの。

**村山**　落ちないですよね。染料みたいな感じ。
**沢木**　赤くてきれいだけどね。
**村山**　真っ赤ですよね。私も洗濯したけど落ちなくて、Tシャツとか、そのまんまです。
　モロッコでは、沢木さんがおっしゃるように、ご来光を見ているとき「ここが中心」という感じがはっきりとありましたね。人とラクダぐらいしかいないから、昇ってくる朝日が一番猛々しい生き物みたいに見えてきて。百年分のご来光を今見ました、みたいな。現地の人たちは毎日それを見ながらアラーの神様を拝んでいるわけですよね。生と死がほんとに背中合わせで、どっちに転がるかは運次第、あるいは、その人の才覚次第という土地だからこそ、唯一絶対神を崇《あが》めるイスラム教が生まれてきたんだということを感じました。
**沢木**　なるほど。
**村山**　私、日本に、とても親しくしているパキスタン人の家族がいて、彼らが唱えるコーランや一日五回のお祈りというのも間近で見てきたんです。でも、日本のマンションの中でそれを見ているのとサハラで見るのとは違うんですよね。この厳しい環境でこそ生まれた宗教なんだと思いました。
**沢木**　旅先でバスに乗っていて、アフガニスタンなんかだと砂漠じゃなくてまったくの土漠なんだけど、彼らは時間になるとその土漠の、はるか遠くに青い山並みが見えるところでバスを降りて、お祈りをするんです。僕はイスラム教を信仰していないから見ているだけだけど、何か一緒に祈りたくなるような感じがありましたね。

村山　彼らは目に見えないものに対して祈っているんだけれども、その姿があまりにも切実なものだから、逆に彼らを通して、祈りの対象そのものが見えてくるような気がするんです。

それから、このときの取材ではラマダンを三日間だけやらせてもらったりもしました。「試しにそんなことをするのは、あなた方の神様を冒瀆《ぼうとく》することにならない？」って聞いたら、「自分たちの神様を敬ってくれているということだから、とてもうれしい」って言われて。でもほんとうにつらかった。空腹よりも、渇きが。九月の終わりでしたが日中は気温が四十度近くになるし、乾燥もしている。そんな中では、まるで薬物中毒者であるかのように、コップについた水滴があり得ないぐらい拡大されて見えて、トイレで手を洗いながら、今、この水をなめてもだれも見ていないと思ったほどでした。

沢木　減量中のボクサーは、「あの公園のあそこに水飲み場がある、あの駐車場の横に水道の蛇口がある」なんて思いながら、水を飲みたいのを我慢しつつロードワークをしていると聞くけど、それに近いのかな？

村山　近いと思います。一緒に行っている人たちはレストランで食事をしますよね。トドラ渓谷あたりで岩清水が流れる水汲《みずく》み場を横目で見ながら、岩を踏んで渡ってレストランに行ったんです。するとオレンジの輪切りにシナモンをかけた前菜のようなものがくるわけですよ。私はもう見るのも耐えられなくて、「ちょっと離れて寝てくるわ」って。ガイドさんもお昼になると姿を消すんですよね。みんな寝るしかないという。

**沢木**　そうだろうね。

**村山**　時々、お土産屋さんとか、じゅうたん屋さんとかに連れて行かれると、必ず歓迎のミントティーが出てくる。私は「ラマダンの最中だから」と断るんですが、そうすると王侯貴族にするかのように胸に手を当てて、敬礼をしてくれて「すばらしいことをしてくれている、私たちの神様があなたを守ってくださる」みたいなことを言ってくれるんですよ。

**沢木**　なかなかいいことを言う。それはずいぶん得をしましたね（笑）。

**村山**　得しましたねえ。そういう経験というのは、ラマダン中でないとできなかったことだし、ほんとに願ってもない体験だったなと思います。

## 上手に楽しくだまされたい

**沢木**　この齢《とし》になって若干自由になる金はあるわけだから、村山さんの小説の登場人物のように最高級のところに泊まったって構わないんだけど、僕は旅に出るとどういうわけかケチになるんですよというところがミソなんですね（笑）。

**村山**　旅に出ると、ということろがミソなんですね（笑）。

**沢木**　最初の旅のときの困難がすり込まれているのか、比較的最近まで外国に行くとタクシーに乗ることもできなかった。なんかもったいなくて。

**村山**　旅でケチになるというのは、軍資金を大切にしなくちゃという気持ちからなんですか。それとも、ぜいたくをすることによって、貧乏なときだったら出会えたかもしれない何かに出会えなくなるという気持ちなんですか。

**沢木**　最近はカードを持っているから使えるお金に限界はないはずなんだけど、今持っている現金をどうやって長くもたそうかとつい考えてしまう。それと、どこかで貧しい旅のほうがおもしろかったという感じが、僕の中にぬぐいがたくあるんでしょうね。それでなんとなく安い宿、安いレストランを選んでしまう。すると、実際に、いろいろな恩恵をこうむることが多くなる。「この近くに安いホテルある？」って聞いただけなのに、「おまえ、おなかすいているか？」とか言って、そこにいるみんなとクスクスを食べることになるというようなことが起きるわけですよ。

**村山**　本当に、旅先ではわけもなく親切にされることがありますよね。私もシベリア鉄道の旅をしたときに、明らかに私よりお金持ってなさそうなおじちゃん、おばちゃんが駅でサンドイッチ買ってくれたり、水仙の花束買ってプレゼントしてくれたり。そういう、どう考えても見返りを期待しているとは思えない親切に出会ってみると、日本人って、いつから「親切下手」になったんだろうって。

**沢木**　昔、高倉健さんに聞いたんだけど、若い連中と四人で大きなバンみたいなのに乗って渋谷を走っていたら、ホテルの場所を探しているバックパッカーの白人カップルがいたんだって。知っているホテルだったから連れて行ってあげようと「乗らないか」と言ったら、二人は慌てて「いや、結構です」って。それはそうだよ。僕たちは彼が高倉健だって知っているから喜んで乗せてもらうかもしれないけど、彼のことを知らない外国人だったら、それは怖いよね（笑）。

**村山**　それは……（笑）。それ、相当怖いですよ。

**沢木**　僕も時々、六本木の通りや地下鉄やなんかで外国の旅行者に道を聞かれることがあるんだけど、そういうとき、「ああ、こいつらどこで飯を食うんだろうな、きっとおれたちが知っているような、おいしいところには行かれないだろうな、連れていってあげたいな」なんて思ったりするんだけど、でも、まあ、向こうもついていくのは怖いかもしれないなと思って、ついモゴモゴして別れてしまう。だから、そこは親切下手ってこともあるんだけど、親切をする状況みたいなものがうまく整ってないということもあるんだよね。多分、田舎でおばあちゃんみたいな人が「うちへおいで」って言ったら、みんな乗ってくると思うんだけど。

村山　この間、アリゾナの、ホピ族の居留地に住んでいる日本人カップルのところへ十何年ぶりに遊びに行ったんです。そこで「カチーナドールというホピの精霊を木彫りでつくっている有名な人が『日本とホピの精神性は似通ったところがあるから死ぬまでに一度日本に行きたい』というので、みんなでお金を集めている。ついてはこのカチーナドールを買ってもらえないか」って。私はネイティブアメリカンの文化が好きだけど、結構法外な値段だったんですよ。でも、出せないお金ではない。

沢木　安くはないけど、まあ、出そうと思えば何とか……という金額なんですね？

村山　それを出したからといって私が食い詰めるわけではないんです。だけど友情を試されたようなところもあり、十年ぶりに会った一日目にこの話はないじゃんっていう気持ちと……。相手に対する違和感よりも、自分を振り返ったときに、何か私ってすごいケチって思ったり、そういう思いをさせないでよって思ったり。そういうせめぎ合いが自分の中にあって。

帰ってきてても、何で私、気持ちをパンと開いて、「いいよ、わかった」って言えなかったんだろうっていうのが、すごく残っちゃったんですよ。私自身は旅先であんなにいろんな人たちから親切にされてきたのに、って。彼らは別に、私を食いものにしようとしたわけじゃない。ちょっと厚意をアテにしすぎたところはあったにせよね（笑）。なのにどうして私は、反射的に身構えずにいられなかったんだろうと思ったら情けなくて。

沢木　一つは、だまされるのが嫌だっていう感じもあるじゃないですか。
村山　うん、うん。
沢木　それがどっかでバーンと弾《はじ》けると、だまされてもいいかって思うようになるんだろうな。最近、僕なんかは少しそういう感じになってきた。だけど向こうもそんなに簡単にだまされるとつまらないだろうから。ちょっとお互いに楽しんでからだまされようっていうようなところかな。
村山　そうですね。まあ今回の件はともかく、旅先の手練《てだ》れの皆さんにはぜひ、上手にだまして、楽しませて頂きたいですね。
沢木　そうだね。いつだったかテレビのクルーと三人でロッテルダムの繁華街を歩いていた。向こうから刑事を名乗る二人組がやって来て「ドラッグの検査をしている。パスポートを見せてほしい」と。僕が一人に「IDカードを見せてくれ」と言っている間に、もう一人がクルーたちに「早くパスポート、パスポート」って急《せ》かしていて、彼らは渡した。
村山　うわあ〜。
沢木　向こうはパスポートを見て、すぐに返してきたんだけど、そこに入れてあったはずのお金はもうなかったって。どうやって盗られたかわからないらしいんだけどね。あとで聞くと、それはパスポートとお金をセットにしている日本人に対するヨーロッパで流行の窃盗《せっとう》の手口だということでした。

村山　いいカモですねえ。

沢木　クルーの二人は手品のようだった、どう考えても盗られたプロセスがわからないって。それからは会う人ごとに「いやあ、すごい早業だった」としょっちゅうその話をしていたから、盗まれた金の元は取ったかもしれませんけどね（笑）。

村山　あっ！　今、思い出しました、盗られたことあります！　ケニアの空港で、空港係官にカメラのバッテリーと五百ミリのレンズを盗まれたんです。

沢木　ほう。どういうふうに？

村山　やっぱり検査だったんです。しかもそれだけじゃないんです。ケニアのマサイ族から買った盾を、トランクに入らないから手荷物で持って入ろうとしたところ、「武器になるからだめだ」って言われて。

沢木　まあ、武器は武器だろうね。

村山　でも、盾は防ぐものでしょ？

沢木　ああ、そうか。盾で襲う人はいないだろうからね（笑）。

村山　何とか持って帰りたいって言ったら、隅っこへ連れて行かれて「パスポートを貸しなさい」。パスポートを渡したら「これに幾らか入れろ」と。人生初のわいろですよ。

沢木　初体験をしたんですね（笑）。

村山　ええ、白昼堂々（笑）。十ドル入れたら「少ない」と。もう十ドル入れたら「オーケー。そのまま行け」って言われて、結局、十ドルで買った盾が三十ドルについちゃった。

## 小説でしか書けないこと

沢木　ところで、『ダブル・ファンタジー』は相当、精神的にはリアルなものが描かれている可能性があるの？

村山　さすがにとても上手な聞き方をなさいますね（笑）。

沢木　はっはっはっ。そうか、あの作品には性的にかなり生々しいことが書かれてあるから、みんな質問する人が神経を使うんだね。

村山　でも、今まであれについて聞かれた中でも秀逸な聞き方だと思います。精神的には、はい、リアルです。

沢木　なるほど。以前、近藤紘一さんというジャーナリストがいて、『サイゴンから来た妻と娘』という作品を書かれたんです。僕が『テロルの決算』で大宅賞をとったときの同時受賞作品だったんだけど、その近藤さんが『仏陀を買う』という小説を書いているんです。彼はずっと、ベトナム人の奥様とお嬢さんのことをエッセイで書き続けていたんだけど、それでも、小説を書きたかった。それには理由があって、前の奥様を精神的な病気で亡くしているんですね。おそらくそれは彼にとってものすごく大きなことだったはずなんだけど、エッセイでは書き切れない。だから彼は小説という方法を手に入れたかったんだろうと思う。

その『仏陀を買う』は、「ですます調」で書かれた軽妙体の文章なんですね。その作品で中央公論新人賞を受賞したとき、河野多恵子さんが選評で「この文体を選んだというのは、この人は、内部をさらけ出すときの羞恥心《しゅうちしん》を飼いならすことがまだ上手ではないからだろう」とお書きになった。もちろん内容を認めた上でのことですよ。でも、これって小説を書くとき、ものすごく重要な話じゃないですか。

**村山**　そうですね。核になる話ですね。

**沢木**　作品に精神的なものを露出しようと思ったときに、絶対的に存在する羞恥心というものを飼いならす方法を、すぐれた作家というのは身につけているよね。僕なんかは今、ぽつぽつと小説を書きながら、自分はそれができていないと思ったりするわけですよ。

村山さんは、精神的なものの核にあるものを何らかの形で表に出すということがあったときに、その羞恥心というものを自分でうまく飼いならせていると思う?

**村山**　それがですね、私にとっては、むしろそこを超えていきたい衝動のほうが強くて、いかにそれを虚構にとどめておくかということのほうが難しいんですね。つまり、羞恥心をかなぐり捨てたがって暴走する自分をいかにコントロールするかという。暴走したままだと、私にとって切実なストーリーであっても小説ではなくなってしまう気がするんですね。読者が入り込める余地のある普遍性のある物語として提示しようとするならば、そこは飼いならさなくちゃいけないないなという意味で……。

沢木　手綱を絞ったわけね、自分で。

村山　羞恥心を解除するだけでは充分ではなくて、ここから先を書けば露悪になってしまうんではないかとか、ここまで書かなければ人間を描いたことにはならないんじゃないかとか。その辺のすれすれを見きわめるのが非常に難しくて。『ダブル・ファンタジー』を書くときに一番自問自答したところでした。

沢木　ものを創作するというときに、二つに分かれると思うんですね。それは純文学とか大衆文学とかいうレッテルとは全然関係なくて、行くところまで行くんだという覚悟を持つか、そうではなく、受け手にどのように提出できるか、そのことこそ重要なのだと考えるか、そのどちらを選択していくのかという問題が出てくるじゃないですか。どちらも大事だ、という言い方もできるかもしれないけど、どっちを選択するかは創作する人の本質にかかわってくる。

村山　そうでしょうね。そうだと思います。ただ私は非常に欲張りで、今までは、読者にどれだけのカタルシスをもたらすことができるかが、私のカタルシスだったんですね。

沢木　なるほど。

村山　その延長でいろんなものを書いてきて、でもある時からふっと目覚めるものがあって、私は黒村山と呼んでいますけれども、そういうものを丸出しにして書いたものが『ダブル・ファンタジー』でした。じゃ、『ダブル・ファンタジー』ビフォアとアフターがあって、きっぱり分かれてしまったのかというと、いや、両方行けるぞという気がするんです。その時々によって、どちらかの自分を中から引きずり出して書くと。

ちなみに、『遥かなる水の音』は以前とまったく同じような精神状態で書いているかというと、白村山の下に沈殿物のように『ダブル・ファンタジー』を書いたアフター村山が沈んでいる気はするんですね。

沢木　なるほど。村山さんはそういう自己解析をしているんですね。

村山　今のところは。これから書くものがどうなるかは、わからないです。

沢木　ノンフィクションを書いている僕というのは、よき人、善人なんですね。多分、エッセイを書いている村山さんはよき人だと思う。エッセイも含めて、ノンフィクションというのは悪を書けないんですよ。悪について書くことはできるけど、悪を抱え込んだ自分を書くことはできない。悪を書くことができるのはフィクションしかないんですよ。だから、近藤紘一さんもフィクションを書きたいと思ったと僕は思うんですね。

ただ、悪を書くことをいったん引き受けたら引き返せるのかどうかというのは、実は、僕はよくわからない。悪を書かざるを得なくて書き始めたときに、よき人に戻れるんだろうかというかね。むろん日常生活ではよき人であることはできますよね。だけど、書く者として、よき人の世界に戻れるんだろうかという非常に根源的な質問ですけどね。村山さんは両方いける、でも沈殿物として黒村山がいるのではないかという話だったけど。

**村山**　白村山的なものを出すときに、前だったら、よき人のまま書けていたんです。でも、自分を一回解放して、その甘やかさというか、中毒になるような部分も知ってしまった。その上で白村山的なものを待ち望んでいてくれる読者のために、さあ、差し出そうとなったときに、つら構えは相当ふてぶてしくなっているだろうなという気はするんですね。

**沢木**　ああ、それはいい（笑）。

**村山**　先日、『ダブル・ファンタジー』で柴田錬三郎賞をいただいて、受賞の言葉を書いたんです。私は、書きたい小説を書くためにそれまでの生活をかなぐり捨てて家を出てきた。自分の中の鬼を解き放つかのような所業だったわけで、そこまでしたのにろくなものが書けなかったら、何のために人を傷つけてまでそんなことをしたかわからない。

デビュー以来、だれかを傷つけてでも書かなくちゃいけない小説なんていうものがこの世にあるだろうかと思ってきた。それがこういうものを書いてしまって、あまつさえ賞までいただいた。そう思ったとき、諸先輩方から「作家なんてしょせん人でなしである。いいかげんに腹をくくれ」と言われている気がした。この作品で賞をいただいたということは、あの鬼からの再びの招待状のようだ、いつまでも善人ぶっているんじゃないと叱られた気がするというようなことを書いたんですけど。それが今の覚悟ではありますね。だから、いかに白っぽいものを書こうが、黒っぽいものを書こうが、それを企《たくら》む自分というのは、明らかに前とは違っている気がします。

## 砂の声、水の音

沢木　『遥かなる水の音』では、あの最後に登場する水の音というのが重要なモチーフになりますよね。僕なんかも、砂漠のオアシスに流れる水とかはよく見たけど、砂漠の下を水が流れているというイメージはあまり持ったことがなかった。そのイメージはいつ、どんなふうに手に入れたの？

村山　今言われてみて頭に浮かんだのが、砂漠で見た簡易井戸です。コンクリートの土管を置いて簡単な屋根がさしかけてあって、そこへ子どもたちがロバにポリタンクを積んで水を汲みに来ている。この乾いた風景の中に、あの井戸の底には水があるのかと思って。それとトゥアレグ族のキャラバンが最初に町をつくったのはそういった井戸の周りだと聞いて、私の頭の中で、それらが何の違和感もなく二重写しになったんです。で、地底を流れる水脈を描くことによって、死んでいるのに生きている、まだ存在感のある周がそこへ溶けちゃうような感じが、うまくはまるんじゃないのかなと。

**沢木**　おっしゃるように砂漠のほとりには井戸があって、川の流れがあって、オアシスの林のところには、もうちょっと豊かな水の流れがある。ただ、あそこは土漠で、村山さんの作品の中では砂丘の下に水が流れている、その音っていうイメージが僕にはあったものだから。だけどそれは、ここでも流れているのだから、あそこにも流れているはずということなんですね。

**村山**　ベルベルのキャンプ地のところにナツメヤシがあって、茂みも幾つかあるんだけど、水が見えるわけではない。でも植物が育っているということは、朝露以外に何らかの湿りけのようなものがあるんだろうと思ったんです。あの砂漠の宝石のような緑を見るたびに、ああ、ここは川になるんだとか、下のほうにはまだ水がたまっているのかもとか、そういうことを考えていました。結局、地底深くにはつながるものがあってというふうなイメージだったからかも（笑）。ラマダンの断食で水の尊さを思い知らされた後はとても強く抱きました。

**沢木**　あのシーンは、砂の下に水が流れていなければ最終的に結実しないよね。

村山　はい、そう思います。命の巡りにも関わるシーンですから。

沢木　あの砂丘の下に水が流れていると村山さんは思ったんだなというのは、『遥かなる水の音』を読んでいる僕の最後の驚きでしたね。僕は砂の声は聞くことができたような気がするけど、水の音までは聞けなかったから。

（構成／佐藤万作子・初出「小説すばる」二〇一〇年一月号）

## 主要参考文献

『岩波イスラーム辞典』（岩波書店／大塚和夫ほか編）
片倉もとこ『イスラームの日常世界』（岩波新書）
『コーラン（上・中・下）』（ワイド版岩波文庫／井筒俊彦訳）
浅野素女『フランス家族事情――男と女と子どもの風景』（岩波新書）
ロベール・ブリアット『ポール・ボウルズ伝』（白水社／谷昌親訳）
四方田犬彦『モロッコ流謫』（新潮社）
ポール・ボウルズ『優雅な獲物』（新潮社／四方田犬彦訳）

JASRAC　出1213168-202

## 初出

「小説すばる」二〇〇九年一月号～五月号

この作品は二〇〇九年十一月、集英社より刊行されました。

村山由佳

# おいしいコーヒーのいれ方 Second Season Ⅰ〜Ⅸ

集英社文庫

鴨川に暮らすかれんとなかなか会えず、悶々とした日々をおくる勝利。
それぞれを想う気持ちは変わらないが、ふたりをとりまく環境が、
大人になるにつれて、少しずつ変化していき……。

## 天使の梯子

年上の夏姫に焦がれる大学生の慎一。だが彼女には決して踏み込めないところがあった。大事な人を失って10年。残された夏姫と歩太は立ち直ることができるのか。傷ついた3人が奏でる純愛。

## ヘヴンリー・ブルー

8歳年上の姉、春妃が自分のボーイフレンドと恋に落ちた。「嘘つき！一生恨んでやるから！」口をついて出たとり返しのつかないあの言葉……。夏姫の視点から描かれた「天使の卵」アナザーストーリー。

## 約束　―村山由佳の絵のない絵本―

自分たちにできないことは何もないと信じていたあのころ。『約束』『さいごの恐竜ティラン』『いのちのうた』。大人になったいまだからこそ読んでみたい、三篇の心のものがたり。

集英社文庫

遥《はる》かなる水《みず》の音《おと》

2012年11月25日　第1刷　　定価はカバーに表示してあります。
2022年3月13日　第2刷

著　者　村山由佳《むらやまゆか》

発行者　徳永　真

発行所　株式会社 集英社
東京都千代田区一ツ橋2-5-10　〒101-8050
電話　【編集部】03-3230-6095
【読者係】03-3230-6080
【販売部】03-3230-6393(書店専用)

印　刷　凸版印刷株式会社

製　本　凸版印刷株式会社

フォーマットデザイン　アリヤマデザインストア　　マークデザイン　居山浩二


ISBN978-4-08-745003-3 C0193